BUR

Biblioteca Universale Rizzoli

Al mio giudice

Inviato:	giovedì 29 aprile 23.12
Da:	angelo@nirvana.it
A:	miogiudice@nirvana.it
Oggetto:	Perché ho ucciso

Vuole sapere come l'ho ucciso? Vorrei saperlo anch'io. No, certo, non il freddo resoconto dei fatti di quella sera: chissà quante volte l'ha letto nei verbali degli interrogatori e nelle perizie della Scientifica. No, intendevo come ho fatto a prendere la decisione di ucciderlo; sì, perché a un certo punto ho deciso e l'ho fatto. Non credevo che ne sarei stato capace, a dire il vero non ci avevo mai pensato: l'omicidio non è un'idea come un'altra, un'eventualità che prendi in considerazione. Adesso so che lo posso fare, che magari lo rifarò. Ma quella sera no, quella sera non era previsto: come al solito sono le coincidenze, le occasioni a fare gli assassini. Ha presente Camus, *Lo straniero*? Quel luccichio del coltello sulla spiaggia: basta niente, un lampo, una smorfia, una qualsiasi cosa che sembri una provocazione. Ad esempio, io non volevo neanche andarci in quel locale, non mi piace come cucinano e non mi piace la gente che lo frequenta; e poi avevo avuto una storia con una che abitava lì vicino, sul Naviglio Grande, ed evitavo la zona se no mi veniva la malinconia. Ma Piero ha insistito, mi diceva: «Dài, vieni, ci sono tutti gli amici, è il mio compleanno, offro io». E così sono andato a quella cena, come lo straniero è andato a quel picnic sulla spiaggia, che forse non ne aveva nemmeno voglia. O forse sarebbe bastato che i dolci fossero arrivati un po' prima, o che i secondi non avessero tardato tanto. Se fossimo usciti dieci minuti prima, oggi lui sarebbe ancora vivo e io non le scriverei questa e-mail. E invece lui è arrivato mentre stavamo aspettando il caffè. Era con la fidanzata e con la sua compagnia; le solite facce di merda. Intendo la compagnia, perché la fidanzata, Stella, è una ragazza con l'aria da madonna e un sorriso dolce che sembra chiedere scusa delle sbruffonate di lui: mi sono sempre chiesto come facesse a stare con una pelle da galera come quello. Lui mi ha guardato, direi dall'alto al basso, ma è solo un modo di dire, che col suo metro e sessanta la cosa non gli riusciva. Mi ha guardato, dicevo, e poi ad alta voce mi ha fatto:

«Ma puoi ancora permetterteli locali come questi? Mi dicono che adesso dormi nei vagoni fermi in stazione».

Eccola la lama luccicante. Poi se n'è andato al suo tavolo. I miei amici hanno subito cambiato discorso, ma ormai io ero ammutolito. Quasi subito lui si è alzato; dava l'impressione di aver dimenticato qualcosa nell'auto, perché ha puntato dritto verso l'uscita. L'ho seguito. Aveva dimenticato il telefonino. Lo ha preso sul sedile. Io ero un po' distante e lui non poteva vedermi. Credevo che sarebbe rientrato subito e non sapevo bene perché lo avevo seguito. Invece si è fermato davanti al muro del ristorante, quello sotto l'insegna che è ben illuminato, ha composto un numero e ha iniziato a parlare. Ogni tanto rideva, sguaiatamente, o così a me pareva.

È stato in quel momento che ho deciso. Ho sentito la rabbia come un brivido che mi scuoteva le spalle. Sono salito in macchina, sulla mia Renault 4 bianca. I giornali scrivono che l'avete trovata. La mia R4 è uguale a quella che avevo da ragazzo, appena presa la patente, ma non è per nostalgia che l'ho comprata; è che era l'unica auto che oramai potevo permettermi. Me l'ha venduta una mia amica per trecento euro; non abbiamo neanche fatto la voltura, così è finita nelle grane anche lei, ma, glielo garantisco, non c'entra niente. Una volta in macchina ho messo in moto e ho pensato ancora un istante a quello che stavo per fare. Un istante, un istante solo. Pensare un attimo al fatto che stai per uccidere un uomo è già premeditazione? Credo di no.

Lui era fermo contro il muro, sotto la luce, un bersaglio perfetto. Sono partito.

Al momento dell'impatto il muso mi si è mezzo accartocciato: lei, signor giudice, ha presente la lamiera della Renault 4? Poco più che stagnola, se spingi forte con un dito la ammacchi. Il paraurti però è robusto, deve avergli spezzato tutte e due le gambe schiacciandogliele contro il muro. Quando ho messo la retro e mi sono spostato, lui è crollato a terra e ha cominciato a urlare, che prima, colto alla sprovvista, non aveva emesso suono. Allora ho innestato di nuovo la prima; di solito il cambio non funziona così bene, è ancora uno di quei cambi con la leva lunga che si inserisce all'altezza del cruscotto, e invece quella sera la prima è entrata senza fare storie: vede che ho ragione quando parlo di occasioni? Ho accelerato e questa volta il paraurti non ha colpito le sue gambe: gli ha spaccato la testa, gliel'ha fracassata. Penso che sia morto sul colpo.

Non si lasci ingannare, signor giudice, dalla freddezza con cui descrivo la scena. È che una volta scritte le cose diventano asettiche, ma se lei potesse vedere quello che vedono i miei occhi quando sono chiusi! Se lei potesse entrare in uno degli incubi che ogni notte popolano il mio sonno, scoprirebbe quanto è incancellabile l'orrore di chi uccide. La gente crede che se davvero si provasse orrore non si ucciderebbe una seconda volta; e invece è proprio l'enormità di quell'impressione a suggerirti che oramai sei dall'altra parte, che oramai niente può alleggerire quel peso e niente può aggravarlo, non un altro omicidio, non una strage, non uno sterminio. Darei qualunque cosa per tornare indietro, ma penso che non avrò difficoltà ad andare avanti, ad ammazzare di nuovo.

Vede, signor giudice, che ha fatto bene ad aprire questa casella di posta elettronica, così risparmia i soldi per i criminologi, per i consulenti, per gli psicologi da talk show televisivo: quello che pensa un assassino glielo dico io, in diretta.

Aprire la casella di posta elettronica non è stato poi così difficile, vero? Le mie istruzioni erano chiarissime, e poi scommetto che si è fatta aiutare da suo nipote: i quindicenni di oggi sembrano nati col computer. O forse l'hanno aiutata quelli della Polizia Postale: è inutile che si illudano di beccarmi tracciandomi, sulla rete so triangolare come pochi altri. Ho un software di mia invenzione che può mascherare il mio indirizzo IP per tutto il tempo che voglio. I tecnici le diranno che questo messaggio è stato inviato da Parigi, da Tokyo, da Adelaide, e invece io potrei essere ad Abbiategrasso o a Treviglio o magari proprio in un ufficio della Procura. No, non è per farmi beccare che ho deciso di scriverle. Ma allora perché?

Quando ho letto sui giornali che le indagini erano state affidate a lei ho avuto paura. Lei il mio giudice! Un giudice donna, lontano dai grandi palcoscenici, ma sempre precisa, decisiva; così la descrivono. Ma poi ho pensato che in fondo era meglio, perché lei mi avrebbe capito, a lei avrei potuto spiegare tutto. No, non confido nell'indulgenza, e poi non è la sua che dovrei implorare, ma la clemenza della corte giudicante, che però non mi interessa, perché so che non mi prenderanno. È solo che, l'altro giorno, mi sono detto che forse ognuno di noi è il ricordo che lascia, niente di più. Perciò volevo lasciare un ricordo esatto, preciso, vero e non potevo certo affidarlo a mia madre: la sua comprensione è scontata. La giustizia, anche nei ricordi, è compito suo, signor giudice.

Su internet ho trovato una sua intervista di qualche tempo fa: le avevano chiesto del suo lavoro e poi della sua vita privata, del perché non è sposata, se aveva una relazione; lei aveva eluso tutte le domande personali, ma con cortesia, e quelli avevano dovuto ripiegare su qualcosa di più anodino come la musica o le letture. Ricordo che lei aveva detto di amare Simenon. E allora ho pensato a *Lettre à mon juge*, dove l'assassino scrive al giudice per riaffermare la propria colpevolezza, scrive contro tutti i tentativi dell'avvocato di attenuare la sua colpa: per lui non è importante salvare la pelle o fare qualche anno in meno di galera, è importante spiegare perché ha ucciso, perché una persona normale diventa un assassino, cosa c'è dietro. E anche per me è importante spiegare, e poi capire ed essere capito.

Ma forse davvero mi basta spiegare. Tutti hanno parlato di un crimine senza spiegazione, hanno detto che la vittima non aveva nemici. Non è così e io voglio spiegare, perché un delitto gratuito, senza ragioni, mi sembra ancora più orribile di quello che ho fatto. Uccidere senza un perché è da bestie. Si ricorda la vicenda dei sassi lanciati sull'autostrada? Quando li hanno presi ho pensato che non bisognava avere nessuna pietà, perché quelli non erano esseri umani, perché gli esseri umani non uccidono alla cieca. Io non ho ucciso alla cieca. Non sto cercando scusanti, attenuanti, sto solo dicendo che dietro quella testa spaccata sul paraurti della mia Renault 4 c'è una storia, una storia non solo mia. Negli anni Settanta si ripeteva: "È colpa della società"; era diventato un tormentone e tutti avevano preso a scherzarci sopra: un quattro in matematica? è colpa della società, un'ammaccatura sul parafango? è colpa della società, le corna alla fidanzata? è colpa della società. Vorrei tanto dire che per la morte di Giuliano Lajanca la colpa è della società, ma io la società non so nemmeno cosa sia, ripeto solo che dietro c'è una storia, una storia complicata che comincia tre anni fa e che arriva fino al prossimo delitto, quello che sto per compiere.

Inviato: lunedì 3 maggio 08.10
Da: miogiudice@nirvana.it
A: angelo@nirvana.it
Oggetto: R. Perché ho ucciso

Non è normale, non è normale che un ricercato dialoghi con il magistrato che sta conducendo le indagini. Sì, ricordo *Lettre à mon juge*, ma lì la situazione era diversa, lì il colpevole era già stato arrestato e il giudice era un magistrato giudicante. Qui invece io devo darle la caccia.

Non è normale dunque. Può capitare con i serial killer, con gli psicopatici: ti chiamano per sfidarti, ma in fondo ti chiedono aiuto. Capita, spesso al cinema, di rado, molto di rado, nella realtà.

Ma lei non è uno psicopatico e neanche un serial killer, anche se mi dice che ucciderà di nuovo. Lei si affida a me come a un confidente, ma io devo farla arrestare: non sottovaluti quelli della Polizia Postale, prima o poi la prenderanno. Dunque la avverto, se vuole davvero continuare questa conversazione con me, sappia che ogni e-mail costituisce per lei un nuovo rischio.

P.S. Ha indovinato, per inserire su Outlook la casella di posta che lei mi ha fatto aprire mi ha aiutata mio nipote.

Inviato: lunedì 3 maggio 18.47
Da: angelo@nirvana.it
A: miogiudice@nirvana.it
Oggetto: Qualcosa di me

La ringrazio per i suoi avvertimenti, ma le ribadisco che non ho paura di essere localizzato dagli informatici: è più facile che mi prenda la Polizia Ferroviaria o che mi fermi la polizia di frontiera, là dove ancora c'è. Solo le chiedo di non far leggere ai tecnici il contenuto dei messaggi; se vogliono lo vedono senza il suo aiuto, ma a loro non interessa. A loro interessano gli indirizzi di rete, i server, le LAN: inseguiranno i miei bit lungo fibre ottiche e cavi telefonici in tutto il mondo, faranno circondare palazzi e quartieri convinti di avermi individuato, ma io sarò da un'altra parte, sempre da un'altra parte. E contemporaneamente sarò sempre qui, a questo indirizzo. È questo il bello di internet, che ridefinisce il concetto di presenza: io ora sono vicino a lei, eppure non mi può catturare, non mi può afferrare. In rete siamo vicini, ma siamo solo numeri; non siamo meno veri, non siamo virtuali, siamo solamente tradotti in cifre. Allora la prego, continuiamo ad incontrarci in questo caffè fatto di fili e di dati e non tema o non speri che il mio alter ego numerico riveli la mia presenza fisica da qualche parte: ho passato vent'anni della mia vita a violare gli sbarramenti informatici più sofisticati, posso continuare ad ingannare le reti.

Sì, sono stato un hacker, quasi tutti gli esperti di sicurezza informatica lo sono stati, è la miglior scuola: a diciotto anni assalti le banche dati per divertimento, a trentacinque ti riempiono di soldi per difenderle. È successo così anche a me. Dieci anni fa, mi ero laureato da poco, sono stato contattato dal responsabile del Centro Meccanografico di una grande azienda; pensi, lo chiamavano ancora così, "Centro Meccanografico", come avessero ancora le schede perforate e invece era pieno di computer in rete, attaccabili da ogni parte. Ho lavorato per loro fino al '98, come un matto. Poi mi sono stancato di fare il travet e mi sono messo in proprio. Con un socio, Mario, ho fondato la Titano Informatica: un ufficio di due stanze in un quartiere periferico, i mobili li avevamo presi all'Ikea e li avevamo montati noi, bestemmiando ogni volta che ci cadeva una brugola o ci mancava una vite. Eppure ci eravamo divertiti; più che un ufficio sembrava la casa di due studenti: scaffali di legno, scrivanie su cavalletti, carrelli porta computer, poster di Che Guevara, il bersaglio per le freccette...

Lavoravo più di prima, ma ero per conto mio, ero padrone del mio lavoro. All'epoca avrei detto che era un modo per uscire dall'alienazione del lavoratore nel sistema capitalistico, un modo per riappropriarsi della propria opera; ora so che era solamente una concessione alla superbia della nostra generazione, al disprezzo con cui guardavamo il posto fisso dei nostri padri. Cosa c'è di male nel posto fisso? Signor giudice, lei che ha un posto fisso si sente umiliata? Le battaglie che la destra combatte oggi in nome della flessibilità del lavoro sono già state vinte da anni, da quando ci hanno reso desiderabile il loro tornaconto: non più dipendenti, ma giovani imprenditori, con l'illusione di poter contare qualcosa. Il dipendente si mette in mutua, va in ferie, reclama i suoi diritti; il giovane imprenditore lavora anche con la febbre, anche ad agosto se il committente glielo chiede. Sì, adesso si chiama committente, ma è sempre il padrone di una volta.

Devo però confessare che all'inizio abbiamo guadagnato bene. C'era stata l'esplosione di internet e tutti sembravano avere bisogno di protezione in rete: noi gliela fornivamo. Nel giro di un anno eravamo pronti per il grande salto: Milano. Milano era tornata la "Milano da bere", specie per noi informatici. Quando c'era lo SMAU i treni della sera in partenza dalla Centrale erano carichi di gente con le borse di plastica della Hewlett Packard, della Microsoft, di Macromedia e il mattino dopo i treni in arrivo sarebbero stati pieni di gente dello stesso tipo. Centinaia di migliaia di persone che vivevano con i computer si accalcavano in metropolitana, si spingevano, si asfissiavano vicendevolmente: una volta l'ho fatta a piedi dalla fiera fino in stazione, pur di non farmi schiacciare sulla metro. Milano era la mecca: in rete potevi essere dove volevi, ma il tuo ufficio doveva essere là.

Affittammo un bello spazio in via Archimede, un po' bohémien, ma niente dell'improvvisazione artigianale del nostro primo ufficio. Due piani, di cui uno mansardato nel quale avevo ricavato il mio studio, pavimenti di parquet chiaro, mobili di design, un paio di segretarie e molti tecnici. I problemi del sistema capitalistico non me li ponevo più. D'altra parte i nostri clienti erano i pilastri di quel sistema: banche, assicurazioni, società di e-commerce, trading on-line. A tutti garantivamo riservatezza delle transazioni e sicurezza contro gli attacchi dei pirati informatici. Quanto tempo ci è servito per diventare leader sul mercato nazionale? Poco, non so esattamente quanto, ma di certo non molto. Tutti volevano i nostri sistemi di sicurezza a 128 bit, tutti si affidavano a noi per la questione della firma digitale a doppia chiave.

Quasi ci dispiaceva per quelli della Criptosoft; facevano il nostro stesso mestiere, la loro azienda andava a gonfie vele prima che arrivassimo noi. Io non so perché i nostri sistemi fossero migliori; trovavo i loro inviolabili quanto quelli che facevo io e costavano anche meno. Eppure i clienti ci preferivano. Ad aprile del 2002 loro erano ridotti ad inseguire una clientela di nicchia, gli altri concorrenti praticamente non esistevano.

Ed è qui che entra in gioco Giuliano Lajanca.

Ma forse la sto annoiando signor giudice, la sto prendendo troppo alla lontana, forse preferirebbe che arrivassi subito al dunque. Cosa intende per arrivare al dunque? La mia confessione scritta già ce l'ha, quello che le manca è la storia che ci sta dietro e, come le ho detto la volta scorsa, si tratta di una storia lunga e complessa: avrà la pazienza di ascoltarla?

Poco fa sono andato su con la barra di scorrimento e ho visto il termine "generazione". L'ho scritto io? Non mi pare vero. Ho sempre odiato il concetto di generazione, ho sempre odiato quelli che intendevano dar voce a una generazione. L'anno scorso avrò visto almeno cinque film sulla generazione dei trentacinquenni di oggi, in tutti si diceva che non sappiamo crescere, che non abbiamo voglia di prenderci delle responsabilità, che abbiamo voglia di giocare... Ma dov'è questa generazione di trentacinquenni, dove sono questi qui tutti uguali? La generazione non esiste, siamo tutti diversi: ho amici che non si sposeranno mai e altri che hanno cinque figli, ho amici che si calano come degli adolescenti e altri che passano il loro tempo a pulire il culo ai vecchi negli ospizi. Dov'è la generazione? Eppure ho scritto la parola "generazione". Volevo dire quelli che si trovano a vivere in uno stesso posto e in uno stesso momento, quelli che si trovano ad affrontare gli stessi problemi; la generazione si ferma lì, poi ognuno i problemi se li risolve in modo diverso: io l'ho fatto con la mia Renault 4.

Prima di venire al dunque ho bisogno di parlare anche di quei problemi, altrimenti la cosa non si spiega, e se non si spiega Lajanca è morto per niente e anche l'altro, quello che sta per morire.

La prego signor giudice, mi dica che è disposta ad ascoltarmi.

Inviato: lunedì 3 maggio 19.33
Da: miogiudice@nirvana.it
A: angelo@nirvana.it
Oggetto: Ti ascolto

Ascoltarti (ti do del tu, visto che abbiamo più o meno la stessa età)? Certo, lo faccio per mestiere di ascoltare la gente; solo che d'abitudine prima di ascoltare faccio le domande. È una deformazione professionale, non riesco ad abituarmi all'idea che qualcuno voglia dire più di quanto gli è richiesto. Sono come i confessori di una volta; tu andavi là decisa a raccontargli tutti i peccati che tormentavano la tua coscienza e loro ti bloccavano: hai commesso atti impuri? quante volte? da sola o con altri? E così andava tutto a farsi benedire; pensavi a quante volte ti eri toccata, la domenica mattina nel tuo letto e poi rispondevi veloce: da sola, tre volte. E tutto finiva lì; la tua coscienza non stava meglio e continuavi a chiederti perché quei fugaci piaceri dovevano essere peccato.

Dunque io non posso rinunciare a farti delle domande, e tuttavia, ti prego, non limitarti a rispondermi "tre volte"; continua a scrivere, racconta e io ti ascolto. Anzi, non rispondermi, non rispondere quando non vuoi o quando non puoi.

Ti chiederò cose che riguardano l'indagine, dove sei,

come sei scappato, chi intendi uccidere. So che mi dirai solo ciò che vorrai, ma questo fa parte del gioco.

Ti passo la parola.

Inviato: martedì 4 maggio 18.20
Da: angelo@nirvana.it
A: miogiudice@nirvana.it
Oggetto: Dove sono?

Che bello signor giudice! Che bello entrare così facilmente in confidenza. Sono i miracoli della posta elettronica: ci si può travestire per essere più veri, più autentici. Lo schermo del computer funziona come la grata del confessionale, lascia passare le parole e nasconde i volti, i rossori, le timidezze.

Bello vero? Peccato che sia una balla. La nostra confidenza è fittizia; io lo so che il suo tono confidenziale, quel diamoci del tu, quelle intimità rivelate, è quasi certamente una strategia sperimentata a lungo: chissà come sono sottili e discreti i suoi interrogatori. Eppure farò finta che tutto ciò sia vero, perché ho bisogno di credere in lei. Solo non mi chieda di darle del tu (ma lei continui pure a darmelo), non mi chieda di rinunciare a quel "signor giudice" che mi tiene saldamente ancorato alla mia posizione di imputato, anzi, di colpevole.

Dove sono? Non credo di volerglielo dire. Non ancora almeno. Come sono scappato? È stato facile, come una specie di vacanza imprevista. La fuga è iniziata con un movimento del polso: ho tirato indietro la leva del cambio (sempre quella lunga che si inserisce nel cruscotto della

R4), poi l'ho piegata su un lato e ho spinto di nuovo, in avanti; anche la retro è entrata al primo colpo. Ho premuto sull'acceleratore e la macchina ha descritto un semicerchio; il muso, tutto schiacciato, si è trovato giusto in direzione del cancello: ancora un'accelerata e la mia latitanza era cominciata. Negli specchietti ho visto qualcuno che accorreva, qualcuno che aveva sentito lo schianto e l'urlo di Lajanca, ma ormai ero sulla strada. In via Ludovico il Moro non c'era traffico a quell'ora, solo il tram numero 2 che sferragliava e scampanellava; l'ho superato portandomi tutto a sinistra che quasi finivo nel Naviglio. Poi ho puntato verso Porta Genova; dopo un po' l'auto ha cominciato a fare un fumo bianco, doveva essersi fottuto il radiatore. L'ho lasciata nel parcheggio della stazione: due passi, quasi di corsa, ed ero a casa mia. Casa, che parola grossa! Era una camera in un trilocale malconcio che dividevo con uno studente, uno che faceva giurisprudenza alla Bicocca. Mi ero ridotto così, a vivere in una stanza con la cucina e il cesso in comune. E pensare che fino a qualche mese prima nel mio appartamento potevo andarci in bici, anzi, un paio di volte l'ho pure fatto, come un bambino. Era un loft bellissimo dalle parti di Porta Ticinese, con tutto quello che in un loft non può mancare: un juke-box, una vecchia pompa di benzina, oggetti di design, frigorifero americano...

Vede signor giudice come mi ero adeguato perfettamente al modello del giovane in carriera; da un certo punto di vista Lajanca mi ha reso un favore, mi ha liberato da un po' di quella stupidità che avevo accumulato assieme ai soldi, ma non gliene sono grato: avrei preferito una cura dolce anziché una terapia d'urto. Il juke-box, i mobili, i pezzi di modernariato: ho venduto tutto nel giro di una settimana, ma è bastato appena per tacitare un po' le banche, per pagare una parte degli interessi sullo scoperto. Da un giorno all'altro mi sono ritrovato in quella stanzetta, con quello studente al primo anno, ancora con l'acne. Mario, il mio socio, è stato più intelligente, più umile; è tornato dai suoi che stanno in un paesino del Canavese, credo che adesso faccia il commesso da Vobis o da Computer Discount, non so bene. Ma io no, non potevo tornarmene con la coda tra le gambe. È come per le nigeriane o per le slave che vengono da noi con l'illusione di fare le cameriere; qualcuna di loro potrebbe tornarsene al suo paese e dire: «Mi sono sbagliata, credevo di diventare ricca e invece sono più povera di prima». Potrebbero tornare, ma non tornano, non vogliono presentarsi a casa con le mani vuote, non vogliono affrontare i mezzi sorrisi dei parenti, non vogliono sentire quei "te l'avevo detto" maligni e compiaciuti. E allora restano. Fanno le puttane, si fanno sbattere sui sedili delle auto, si fanno menare dai pappa, ma restano; ripetendo a se stesse che cambierà, che i soldi si stanno accumulando, che le banconote la stanno riempiendo a poco a poco quella vecchia scatola del caffè. Poi un giorno qualcuna la trovano ammazzata in un fosso, ma le altre pensano che a loro non toccherà, che loro sanno essere prudenti.

Anch'io mi dicevo che la fortuna doveva girare, che sarei tornato ad essere qualcuno di importante. E intanto facevo pagine web a poco prezzo; i miei clienti non erano più i pilastri del capitalismo, ma tutti quelli che erano rimasti fuori da internet e volevano entrarci spendendo il meno possibile: un'associazione culturale che faceva cineforum in ungherese, una ferramenta di Usmate, un'agenzia matrimoniale, perfino la trattoria La bella Corato che mi pagava con cene a base di melanzane e impepata di cozze. Lavoravo con un computer portatile non certo dei più recenti, un Pentium II, una delle poche cose che non mi ero venduto. È quel portatile che sono andato a prendere a casa dopo aver ucciso Lajanca; il portatile, due o tre maglie, un po' di biancheria e un paio di jeans. Ho stipato tutto nelle borse della vecchia moto, due borse di plastica nera, mezze rotte; poi ho chiamato un taxi e sono sceso in strada ad aspettarlo.

Il taxi era un lusso, ma in quel momento non potevo farne a meno, era già mezzanotte passata e all'una Salvatore avrebbe chiuso. Salvatore, di nome e di fatto; mi ha salvato, anche se certo non sapeva che stava aiutando un assassino e certo non sarà un salvatore per la mia prossima vittima.

Quando sono arrivato all'autorimessa, Salvatore stava per abbassare la saracinesca. Mi ha guardato, lì, in piedi, davanti a lui, con le mie due borse in mano; ha cercato di capire, ma non ci è riuscito.

Adesso le scrivo quel dialogo, minimo, essenziale; non so se sia importante, ma per me lo è stato. Se vuole può recitarsele nella mente quelle battute; può immaginarsi Salvatore, tozzo e irsuto, ingolfato in una tuta blu con la scritta "Olio Fiat", può imitare il suo accento siciliano e le mie "e" larghe e piene.

«Sei venuto a prendere la moto?»

«Sì.»

«A quest'ora?»

«Funziona?»

«Te l'ho tenuta come un gioiello: la batteria carica, il serbatoio pieno, i carburatori puliti. Due o tre volte la settimana la faccio partire e ci faccio un giro in cortile. Se tu avessi l'assicurazione la porterei anche fuori, ma...»

«Adesso la porto fuori io e mi sa che il giro sarà bello lungo.»

Ho incastrato le borse nei loro alloggiamenti. Il casco era appeso al manubrio: l'ho infilato, sono montato in sella, ho salutato Salvatore e sono partito.

Quello del motore non era un rombo, era il ticchettio di un orologio. Quanto l'avevo rimpianto il rumore discreto di quel bicilindrico BMW! Nel giugno 2000 avevo sostituito la mia vecchia R45 con un'altra moto, sempre una BMW, ma una monocilindrica, una F650 GS. Era superaccessoriata, aveva l'ABS, il cupolino, le manopole riscaldate, le borse in alluminio; era bellissima da vedere e da guidare, ma il suo rumore era sgraziato, come una pernacchia lunga e profonda. Avrei potuto permettermi anche di meglio, in quel periodo avrei potuto concedermi qualsiasi moto, ma volevo qualcosa di tranquillo, non troppo potente, non troppo brusco nelle accelerazioni.

Naturalmente, la F650 è stata una delle prime cose ad essere venduta. La R45 l'avevo tenuta, anche se aveva vent'anni; non volevo separarmi dalla mia prima moto, ma quando gli affari hanno cominciato ad andare veramente male ho provato a liberarmi anche di quella: non ho trovato neanche un compratore. Allora l'ho affidata a Salvatore. Era a lui che portavo le mie moto per le riparazioni. Salvatore è quel meccanico che tutti vorremmo conoscere, quello che ha il tocco magico e l'orecchio clinico, che riconosce il guasto da qualche impercettibile irregolarità nel battito del motore. Gliel'ho abbandonata lì per mesi, nella sua autorimessa e lui per mesi l'ha curata, l'ha tenuta in allenamento. Non credo che lo facesse per me, anche se eravamo amici; lo faceva per la moto, perché non sopportava di vedere un serbatoio arrugginirsi, non tollerava che un carburatore Bing si riempisse di sporcizia e che una macchina tedesca fatta per essere sempre pronta si imbolsisse nell'abbandono. È grazie alla sua visione della moto come persona se quella sera sono riuscito a scappare. Glielo ripeto, è stato come iniziare una vacanza, solo lo spirito non era vacanziero.

Accidenti, ho scritto per un'ora e non le ho raccontato che l'inizio della fuga. Forse è meglio se lei si abbandona alla sua deformazione professionale e mi rivolge delle domande, altrimenti divago troppo.

A lei, signor giudice.

Inviato: martedì 4 maggio 19.40
Da: miogiudice@nirvana.it
A: angelo@nirvana.it
Oggetto: Domande

Credi che ti stia dicendo troppe cose di me? Può darsi. Può darsi che questo mio aprirmi, questo mio rivelarmi, sia, come dici tu, solo un modo per conquistare la tua confidenza. Ma è un rischio che devi correre: se sono sincera o no, lo scoprirai solo alla fine.

Tu vuoi che ti ponga delle domande, ma le domande che posso farti sono sempre le stesse, sono quelle che interessano a me. Posso chiederti dove sei, dove posso farti arrestare, chi vuoi uccidere ancora, per quale motivo. Ma le cose che vuoi dire tu rispondono ad altre questioni. Avresti potuto rivelarmi subito perché hai ucciso Giuliano Lajanca, ma non lo hai fatto. Hai preferito parlare della tua fuga, ti sei esposto più di quanto fosse necessario. Ad esempio, questa storia della moto noi non la sapevamo e ora invece stiamo cercando una BMW R45, e abbiamo anche il numero di targa, visto che è intestata a te. Ti stai incastrando da solo, te ne rendi conto? Forse sì.

Ho un'idea in proposito. La chiamo la teoria della domenica mattina. Hai presente cosa accade in certe domeniche di primavera, certe domeniche verso le otto? Ti sarà capitato senz'altro, a me succede sempre. Hai programmato un giro in bicicletta con gli amici, o magari una camminata in montagna, o una gita al mare, non importa. Hai combinato qualcosa che ti piace, che sai che ti darà piacere, che ti farà passare una bella giornata. Lo hai combinato da una settimana, ma la sera prima, il sabato sera, hai fatto tardi, molto tardi; sei uscito a cena, poi sei andato in un locale, poi in un altro e hai bevuto, hai bevuto parecchio. E adesso sei lì, nel tuo letto, la sveglia è suonata puntuale, alle otto, e tu non sai cosa desiderare. Una parte di te spera che aprendo le persiane entri in casa quella luce gialla che annuncia sul nascere un giorno di sole; un'altra parte invece vuole vedere un cielo grigio, vuole sentire il frusciare liquido delle auto che passano sull'asfalto bagnato, vuole poter telefonare agli amici dicendo: «Hai visto che tempaccio?» e poi tornare a dormire.

Tu adesso sei nella stessa condizione. Da un lato sei certo che non ti prenderemo mai, che ucciderai ancora e che scapperai, ma dall'altro vuoi che qualcuno ti fermi, che io ti rintracci e ti arresti, per poter essere a posto con la coscienza, per non ammazzare di nuovo, perché ammazzare ti pesa.

Ecco le due parti di te; come la domenica mattina, quando speri nella pioggia per non essere costretto a scegliere tra la gita e il dormire, perché sia il tempo a scegliere al posto tuo. Non mi dici dove sei, perché questo sarebbe già scegliere una soluzione, però mi metti sulla buona strada, in modo che il tuo destino non dipenda da te, ma da me, dal caso o dal mio fiuto: vuoi che sia il *deus ex machina* della tua storia.

Ti capisco. Accetto il tuo gioco, la tua indecisione. Divaga pure, divaga quanto vuoi. Io sarò complice di una delle tue parti, staremo a vedere quale vince.

Inviato: mercoledì 5 maggio 19.31
Da: angelo@nirvana.it
A: miogiudice@nirvana.it
Oggetto: Io e la mia moto

Io e la mia moto siamo usciti dalla città e, con un lungo giro per non ripassare sul Naviglio Grande, abbiamo preso la Vigevanese. Mi chiedevo dove mi avrebbero beccato. A Torino? A Casale? Forse prima. Fuggivo, ma non avevo molte speranze di arrivare lontano. Fuggivo perché era normale che fosse così. Perché una parte di me sentiva che non era giusto che finissi in galera per uno come Giuliano Lajanca. Ma la fuga istintiva di un criminale improvvisato non dura molto. A dire il vero non sapevo neppure dove scappare; l'unica cosa che avevo pensato era di andare all'estero. Il confine più vicino era quello svizzero, ma lì c'erano le guardie di frontiera. Chiasso o Ascona, Como o il Lago Maggiore, era sempre la stessa cosa: documenti! La segnalazione sarebbe arrivata in fretta e mi avrebbero bloccato, sarebbe stato come consegnarsi. Mi dicevo che mi era già capitato un sacco di volte di andare a Lugano senza carta d'identità e mi era sempre andata bene, mai che mi avessero controllato. La dimenticavo spesso la carta d'identità. La lasciavo a casa per paura di perderla e poi non ce l'avevo quando mi serviva. Eppure, quella sera non mi sono fidato. No, la Svizzera no, mi sono detto. E ho puntato sulla Francia. Niente controlli, viva Schengen, viva l'Europa unita. O forse era perché volevo vedere per l'ultima volta Torino e la valle di Susa. È curioso il sapore dell'addio. Già da molti anni provavo a immaginare cosa avrei fatto se avessi scoperto di avere una malattia mortale, se mi avessero detto che mi restavano due mesi di vita. Pensavo che avrei salutato gli amici, riunendoli per una cena e prendendo la parola alla fine, al momento del dolce, per annunciare la novità, per salutarli per sempre. Poi mi vedevo con gli sci sull'auto, per un'ultima vacanza sulla neve, perché certo sarebbe stato d'inverno. Mi dicevo che avrei percorso su e giù le piste che amavo, le nere più difficili, le cornici più panoramiche, avrei sciato dall'apertura degli impianti fino al momento in cui l'addetto alla seggiovia avrebbe tirato il cordone per sbarrare il cancelletto di ingresso e davanti a quel cordone lo avrei implorato per ottenere ancora una salita, l'ultima, glielo avrei giurato; l'ultima davvero. Sciare è forse la cosa che più amo al mondo. O forse no, forse lo dico per semplificare. In quelle lunghe fantasticherie, talvolta immaginavo anche che avrei pagato due prostitute per provare una volta a fare l'amore con due donne insieme. Ma soprattutto pensavo che avrei gustato a lungo il sapore dell'addio, un sapore che avrebbe dovuto essere quello della vita, ma sempre più debole, come una gomma americana masticata per troppo tempo; sempre più debole, fino a sparire del tutto e quello, allora, sarebbe stato il momento di andarsene.

Lo vede signor giudice che bel carattere allegro che ho?

Mentre viaggiavo con la mia moto nel buio della Vigevanese, pensavo a queste cose. Pensavo all'addio. Pensavo a Torino e al fatto che, più degli scenari barocchi del centro, mi sarebbero mancate le prospettive grigie della periferia borghese in cui ero cresciuto. E poi mi sarebbero mancate le montagne, anche se di montagne ce n'è in tutto il mondo. Pensavo all'addio e mi sentivo un po' Lucia sulla barca, e allora mi sentivo soprattutto stupido.

Per la verità, ho pensato a molte altre cose quella sera. Lo sa, signor giudice, che andare in moto aiuta a pensare? Perché sei come isolato dal mondo, specie di notte. Intorno a te non esiste nulla; solo quello spicchio di mondo illuminato dal faro, ma se la luce del faro è debole come quella della mia R45, hai la sensazione che il nulla sia anche sotto di te: ti sembra di galleggiare su un mare nero di petrolio. Le vibrazioni del motore ti risuonano dentro, il rumore dell'aria sul casco ti avvolge ed ecco che scattano i pensieri.

Trezzano, Vigevano, Mortara.

Pensavo a com'è che ero finito lì, sulla Vigevanese, a scappare nella notte, con un morto lasciato a terra pochi chilometri più in là. Com'è che due anni prima mi sentivo in vetta e ora ero perduto?

Due anni prima, signor giudice. Due anni prima, un venerdì di aprile, avevo visto per la prima volta Ennio Lajanca, il padre di Giuliano, nel suo studio in via Manzoni. Mentre guidavo nel buio, avevo negli occhi quel suo ufficio pieno di tappeti e di quadri, avevo nelle orecchie le parole che ci eravamo scambiati e tutte le altre: le avevo chiare come se fossero appena state pronunciate, chiare come le ho in mente oggi.

Avevamo preso appuntamento la settimana precedente. Era stato lui a farmi cercare.

«Noi non ci conosciamo» mi aveva detto al telefono, dopo che una voce da pornodiva aveva annunciato: «Le passo il dottor Lajanca».

«Noi non ci conosciamo» aveva esordito, «ma sicuramente conoscerà la mia azienda, la Mida Consulting; siamo specializzati in intermediazione. Avrei una proposta da farle.»

Aveva un tono neutro, senza inflessioni, perentorio ma morbido, come un colpo affibbiato con un asciugamano bagnato.

Il venerdì, come d'accordo, mi presentai alle undici in via Manzoni. Nel frattempo avevo preso informazioni sulla Mida Consulting, e tutti quelli che avevo interpellato, commercialista, avvocato, fornitori, mi avevano detto una cosa sola: è una potenza del mercato.

«Il dottor Lajanca la riceve subito.»

Riconobbi immediatamente la voce della pornodiva, anche se l'aspetto, complici il tailleur grigio e i tacchi bassi, era più quello di un'istitutrice tedesca.

Un attimo dopo ero nello studio di Lajanca senior.

Non so perché, ma, vedendolo, pensai subito a Michele Sindona, poi mi dissi che l'accostamento non era di buon auspicio e mi concentrai sul colloquio.

Lui arrivò subito al sodo, non come me che divago sempre.

«Un'importante società finanziaria estera mi ha incaricato di creare le condizioni necessarie affinché essa possa iniziare proficuamente una raccolta di investimenti sul mercato italiano attraverso la rete internet.»

«Trading on-line?»

«Sì, ma in una forma nuova, con qualcosa in più rispetto alle offerte attualmente presenti in Italia.»

Annuii senza capire e lui proseguì.

«Naturalmente, il primo problema da affrontare, in questi casi, è la segretezza e la sicurezza dei dati. La società che io rappresento dispone di una propria rete geografica...»

Sembrava un vecchio e distinto ufficiale dell'esercito, ma parlava di cose tecniche con una precisione da ingegnere informatico.

«...ma questa rete geografica, in Italia, ha ancora delle ramificazioni non protette e per questo abbiamo pensato a lei.»

«È il mio lavoro» buttai lì, tanto per non fare scena muta.

«Certo. E a quanto ne so, lei è il migliore, la sua azienda è la più affidabile. Ovviamente, questa società ha già dei propri esperti di sicurezza informatica, ma per la filiale italiana vogliono qualcuno che conosca bene le specificità del nostro paese.»

Mi chiesi perché una finanziaria che certamente aveva già fior di protezioni all'estero non potesse applicare gli stessi protocolli di sicurezza e dovesse inseguire delle presunte "specificità italiane". Ma lui continuò.

«Non è solo questione di rendere riservato e inviolabile l'accesso da parte del cliente a un conto. Non stiamo parlando di una semplice banca on-line. Qui si tratta di segretare una molteplicità di operazioni collegate, di transazioni automatizzate e di controllare per almeno tre anni l'efficienza del sistema. Capisce?»

No, non capivo; non avevo mai capito certi meccanismi. Non avevo mai capito dove finivano i miei soldi, figuriamoci se riuscivo a comprendere come si muovevano i soldi degli altri.

Ma naturalmente dissi di sì, dissi che mi appariva tutto chiaro.

Lui tirò fuori una cartellina di cartone telato, nera, con sopra un'etichetta bianca riquadrata d'azzurro. Sull'etichetta c'era scritto "Gauguin". Pensai che era un nome molto poetico per una società finanziaria, un tentativo per rendere meno arido il gioco del denaro rivestendolo dei colori dei paesaggi tahitiani. Poi gettai uno sguardo ad altre cartelline nere impilate con precisione sulla scrivania enorme; lessi i nomi di Sisley, di Turner, di Delacroix: ogni pratica portava il nome di un pittore e il nome di ogni pittore nascondeva con un velo di segreto quello delle aziende coinvolte negli affari della Mida Consulting.

Dal fascicolo Gauguin estrasse un foglio e mi disse:

«Ecco, questo è il budget previsto per la sicurezza informatica nell'arco dei tre anni; in pratica la cifra stanziata per il vostro lavoro, non necessariamente l'importo da fatturare».

Contai gli zeri dietro a quel sette che seguiva immediatamente il simbolo dell'euro. Feci mentalmente il calcolo di quante lire venivano fuori, poi controllai nuovamente il numero di zeri, come quando in una vetrina vedi qualcosa e non riesci a capacitarti del suo prezzo. La confusione di prima sul lavoro da fare scomparve: all'improvviso sapevo quali strategie avremmo dovuto adottare per proteggere gli affari di quei clienti così generosi e soprattutto sapevo che, qualunque cosa ci avessero chiesto, per una tale somma noi l'avremmo fatta.

Ero in vetta, signor giudice. Poco più di due anni fa ero in vetta.

«Legga con calma questo accordo preliminare» mi disse Ennio Lajanca. «Ci rivediamo qui giovedì della prossima settimana, alla stessa ora, le va bene?»

«Ne parlo con il mio socio e le faccio sapere cosa abbiamo deciso.»

Figuriamoci se Mario avrebbe obiettato, figuriamoci se avrebbe detto di non prendere un lavoro così. Pensavo solo che fosse opportuno non mostrarsi troppo interessati, troppo disponibili.

Casale, Trino Vercellese, Chivasso.

La mia fuga proseguiva, praticamente senza intoppi. Mi pareva strano. Strano che nessuno prevedesse un mio passaggio da Torino, strano che nessuno controllasse alla Motorizzazione o al PRA o a qualsiasi altro archivio e scoprisse che l'unico mezzo motorizzato che mi rimaneva era la mia R45. Mi sembrava strano che nessuno cercasse me e la mia moto.

Di tanto in tanto ero costretto a fermarmi perché mi facevano male le ginocchia, le cosce, l'osso sacro. Ero anchilosato e infreddolito. Allora accostavo in qualche spiazzo buio, facevo quattro passi e poi ripartivo.

A un certo punto ho dovuto fare benzina. Ero ormai sulla strada che collega i paesi che stanno ai piedi della collina torinese, San Raffaele Cimena, Gassino, San Mauro. Una strada diritta, piena di stazioni di servizio, quasi tutte self service. Avrei potuto infilarmi in una qualsiasi, ma ogni volta rallentavo e passavo oltre: troppa luce, troppa visibilità, troppo vulnerabile il motociclista appiedato che fa rifornimento alle tre e mezza del mattino. Finalmente ne ho trovata una più sfigata delle altre, senza una luminaria da salone delle feste. Una stazione di servizio con un solo neon, per giunta ballerino, e una sola pompa attiva.

Il serbatoio delle moto è piccolo, signor giudice. Ci impieghi un attimo a fare il pieno. E proprio in quell'attimo è arrivata una macchina, un'Alfa, blu scuro.

C'erano sopra quattro uomini. Quello accanto al guidatore e uno dei due seduti dietro sono scesi e si sono piantati a fianco dell'auto, a gambe larghe, solidi e giganti, come il colosso di Rodi. Mi guardavano, mentre i miei gesti si facevano impacciati. Mentre le mie mani tremavano, strette sulla pistola della benzina. Pensavo che anche quella pistola, anche quell'erogatore, come dicono i cartellini di istruzioni sulla pompa, poteva diventare un'arma. Pensavo che potevo irrorarli di benzina e poi lanciare un cerino acceso. E poi mi dicevo che di cerini non ne avevo, che non fumo io. Ma non importava, sentivo dentro di me che avrei potuto ucciderli. Era questa la novità: io avevo ammazzato, io potevo uccidere ancora.

Basta un attimo per fare il pieno, ma quanto dura un attimo? Un attimo è un tempo smisurato se ci sono due, in abito grigio, che scrutano oltre la visiera del tuo casco per scoprire gli occhi impauriti del fuggitivo.

Con uno sbruffo, la benzina è uscita dal serbatoio, mi è finita sui pantaloni, sulle scarpe. L'attimo era terminato. Mentre riagganciavo la pistola, mi è caduto di mano il tappo del serbatoio e ha preso a rotolare verso l'auto ferma. L'ho rincorso goffamente, ciondolando in maniera ridicola la testa rinchiusa nel casco. Il tappo è andato a sbattere contro una ruota dell'Alfa blu e si è fermato. Avvicinandomi ho visto che sul cruscotto della macchina c'era una paletta di quelle che usa la polizia, o i carabinieri, o chissà chi altro ancora.

Lo sapevo, mi sono detto. Lo sapevo che mi avrebbero preso.

Non sono riuscito a dirmi altro, non ne ho avuto il tempo.

Uno dei due uomini in grigio si è chinato.

Sotto la sua giacca che si apriva, ho cercato con lo sguardo la fondina proprio nel punto dove i film ci hanno abituati a cercarla: c'era.

L'uomo si è rialzato e mi ha porto il tappo; senza sorridere.

Un attimo, signor giudice, un altro attimo interminabile ed ero via. Nello specchietto ho visto la macchina blu che si avvicinava alla pompa per fare benzina.

Chi era l'uomo rimasto dentro, sul sedile posteriore? Era un suo collega, signor giudice? Cosa ci faceva un magistrato con la scorta, nel cuore della notte, a San Mauro?

Dopo, mentre mi avvicinavo ai primi semafori della città, ho avuto paura. Ho avuto molta paura.

No, non la paura di essere preso, di essere arrestato.

Signor giudice, gliel'ho detto, in quel momento l'arresto sarebbe stato nell'ordine delle cose, sarebbe stato l'evento più ovvio.

No, ho avuto paura perché per la prima volta avevo pensato da assassino.

Con Giuliano Lajanca non era stato così. Era stata rabbia, odio, ferocia, bestialità, vendetta, ma niente di calcolato. Adesso era diverso. Adesso ero pronto ad uccidere lucidamente.

Signor giudice, sono un assassino pronto ad uccidere e non so se sia vera la sua teoria della domenica mattina, non so se voglio essere fermato proprio da lei. So solo che, malgrado tutte le informazioni che le sto dando, non mi prenderete, almeno non prima che uccida ancora.

Inviato: venerdì 7 maggio 10.00
Da: miogiudice@nirvana.it
A: angelo@nirvana.it
Oggetto: Interrogatori

Ieri ho interrogato tua madre. È la seconda volta da quando è iniziata tutta la questione. Avrei voluto farle leggere la tua ultima mail. Quelle righe, alla fine, dove dici di essere diventato un assassino, dove dici che continuerai ad uccidere.

Non ti preoccupare, non l'ho fatto. Tua madre è una brava donna; non ho voluto essere crudele con lei.

Tu un assassino! Non ci crederebbe neanche se glielo dicessi tu stesso. Non se n'è fatta una ragione. Continua a ripetere che sei sempre stato un bravo ragazzo, che non facevi mai a botte, neppure a scuola o all'oratorio. Uno psicologo direbbe che è questo il tuo problema: aggressività repressa, non incanalata in forme socialmente accettabili. Io mi lascio aperte altre strade. Ad esempio penso che tu possa mentire, che tu stia coprendo qualcuno. Arrivo persino a pensare che su quella Renault 4 bianca, tu non fossi solo, anzi, che forse non eri nemmeno tu alla guida.

Tua madre non ha saputo darmi spiegazioni. A dire il vero, di te sapeva molto poco.

«Non capisco» continuava a ripetermi, «non capisco proprio. A Milano si era fatto una posizione. Guadagnava bene. Signora, ma perché avrebbe dovuto ammazzare qualcuno?»

Mi chiama signora, mi intenerisce. Credo che prima di venire qui, a Palazzo di Giustizia, sia andata dalla pettinatrice. Per non mostrarsi in disordine. Dalla pettinatrice, non dal coiffeur. La pettinatrice che la conosce da una vita. L'avrà fatta passare prima delle altre clienti, con un gesto eloquente, come dire: cercate di capire, è una situazione particolare. E le altre clienti si saranno arrabbiate, ma solo un po'; e poi, vedendo tua madre che cercava un fazzoletto nella borsetta, con gli occhi rossi e il labbro che tremava, avranno capito davvero, o almeno avranno fatto finta.

«Mio figlio aveva dei debiti? Ma è sicura signora?»

«Sì, me lo ha scritto lui.»

«Ma perché non ha chiesto aiuto a me? Io un po' di risparmi ce li ho, glieli avrei dati volentieri.»

Non glielo avevi detto. Hai voluto fare come le nigeriane o le slave.

«Forse i suoi risparmi non sarebbero bastati. Credo che il debito sia grande, qualche miliardo, ragionando ancora in lire.»

Ha stretto con entrambe le mani il manico della borsetta di pelle e si vedeva che la voce stentava ad uscirle. Alla fine è riuscita a sussurrare:

«Un debito di gioco?».

Ho scosso il capo.

Povera donna. Spero di non doverla più chiamare, mi sembra di torturarla.

Uscendo mi ha persino chiesto:

«Ma lei che lo sente, come sta?».

«Bene» le ho risposto, «sta bene e presto tornerà, così si chiarirà tutto.»

Che tua madre non ti creda un assassino lo comprendo. Quello che mi riesce più difficile da capire è perché anche gli altri si rifiutino di vederti per quello che dici di essere.

Stella, ad esempio. Stella Biffi, la fidanzata di Giuliano Lajanca. Ho interrogato anche lei. Hai ucciso il suo ragazzo, praticamente davanti ai suoi occhi, e lei è ancora incredula. Anche lei dice che non si capacita, che per quel poco che ti ha conosciuto le sei sembrato un ragazzo dolce, timido.

«Non mi spiego come sia arrivato a odiare così tanto Giuliano.»

«È vero che al ristorante Giuliano Lajanca ha fatto battute pesanti su Luca Barberis?»

«Ma Giuliano era fatto così. La sensibilità non era una delle sue doti. Era eccessivo, quasi triviale. Ma dentro era generoso. Si era perfino offerto di aiutarlo Luca, quando è stato in difficoltà economiche.»

«Lui però sostiene che quelle difficoltà erano state causate proprio da Giuliano e da suo padre.»

«Non conoscevo esattamente il lavoro che facevano insieme, ma mi pare che Giuliano parlasse di un grosso errore commesso da Luca, un errore informatico che aveva compromesso un affare importante.»

Come vedi, della tua storia comincio a sapere qualcosa anch'io, senza importi di raccontarmi tutto.

«È stato Lajanca a presentarle Barberis?»

«Sì. Una sera avevano lavorato fino a tardi. Allora Giuliano mi ha telefonato a casa e mi ha detto di raggiungerlo in centro, che avremmo cenato fuori. Ha chiesto a Luca se voleva restare con noi e così siamo andati al ristorante insieme, alla taverna Morigi.»

«Si ricorda quando è avvenuto questo primo incontro?»

Stella ci ha pensato sopra un po'.

«Io stavo con Giuliano da un paio di mesi, dunque deve essere stato circa due anni fa.»

«Vi siete incontrati altre volte?»

«Ci sono state altre occasioni simili. Lavoro fino alle

nove e poi cena insieme. Una volta, in luglio, lo abbiamo invitato a passare qualche giorno con noi in barca a vela. Con noi e altri amici, naturalmente. Sulla barca del papà di Giuliano ci sono otto posti. Eravamo all'isola di Porquerolles. Lui è arrivato il sabato, ma la domenica ci ha salutati: pativa il mal di mare.»

«E come le sembravano i suoi rapporti con Giuliano?»

«Ottimi. Anche se sapevo che non sarebbero mai diventati due amiconi. Giuliano era sempre agitato, sempre a parlare, a ridere, a prendere in giro qualcuno. Luca invece era riservato, dolce, quasi timido. D'altra parte non c'era motivo per cui dovessero diventare veramente amici: erano due persone che lavoravano insieme. E sembrava che andassero d'accordo.»

Vedi? Dolce e timido. Le hai ucciso il fidanzato, ma ti ricorda dolce e timido. Chi sei davvero?

Inviato: sabato 8 maggio 11.18
Da: angelo@nirvana.it
A: miogiudice@nirvana.it
Oggetto: Chi sono veramente

Mi dispiace signor giudice. Mi dispiace davvero che le cose siano cambiate. Il suo tono non è più lo stesso. Non ha più voglia di conoscere, di capire. Vuole solo chiudere il caso, come si direbbe nei telefilm.

Io le avevo offerto una possibilità unica: capire come si diventa assassini. Ma lei sta buttando via tutto. Perché?

Che interesse c'è a risolvere un caso già risolto?

Non si fida di quello che io le dico. Crede che stia coprendo qualcuno e che il vero colpevole sia un altro. E tutto perché la gente dice che non riesce a vedere in me un assassino.

È proprio questo che aggiunge sale al nostro scriverci. Non è solo un movente, un'arma, un colpevole. Quello che io le offro è la scoperta di un cammino.

Vuole sapere come Giuliano Lajanca e suo padre hanno fatto di me un omicida? Vuole far sbattere in galera qualcuno o vuole fare giustizia?

Se la giustizia non interessa a lei, non interessa neppure a me. Aspetto una sua risposta, ma sono pronto a sparire, per sempre.

Inviato: sabato 8 maggio 13.50
Da: miogiudice@nirvana.it
A: angelo@nirvana.it
Oggetto: Ho sbagliato

Ho sbagliato. Mi sono lasciata trascinare dall'abitudine. Ma sapessi quanta pressione mi sento addosso. È come hai detto tu: hai fatto fuori il figlio di un pezzo grosso, di uno che vive in un mondo a parte. E adesso, tutti quelli che vivono in quel mondo hanno fatto quadrato e mi tirano, mi spingono, mi sollecitano, mi minacciano: vogliono la tua testa.

Tu credi di conoscerli. Forse, dopo aver fatto un weekend in barca con loro, credi di sapere come sono fatti. Ma non è così. Noi li vediamo per la strada, li incrociamo nei bar all'ora dell'aperitivo e pensiamo che siano come noi, ma non è vero. Hai ucciso un abitatore di un altro mondo e quelli della sua razza te la faranno pagare. Quelli della sua razza si odiano tra loro, se riescono si annientano l'un l'altro, ma non possono tollerare intrusioni dall'esterno.

È per questo che ho cercato di tagliar corto. Puzza, il loro fiato sul collo. Fino a ieri, il mio lavoro era quello di cercare una falla nel loro scudo protettivo, un punto d'attacco. Ho cercato di smascherare le loro trame, di portare alla luce la loro boria da Re Sole e di fare in modo che le sentenze ribadissero che lo Stato non sono loro.

Come sai, non ci sono riuscita. Credo anzi che tu abbia fatto meglio di me, che tu sia stato più efficace, se non altro. Ma tu hai ammazzato e il destino, il caso o forse qualche oscuro disegno ha voluto che fossi proprio io a darti la caccia, che fossi proprio io a doverti dare in pasto a loro.

Ecco perché ho affrettato il passo. Mi sono detta che prima riuscivo a togliermi dai piedi questa rogna e prima potevo tornare alle inchieste che davvero mi interessano.

Ma per fortuna, tu mi hai aiutato. Adesso so che è questa l'inchiesta che davvero mi interessa. So che quella falla nello scudo forse sei proprio tu.

Certo, non rinuncerò alle mie indagini, ma neanche alle tue informazioni.

Inviato: lunedì 10 maggio 09.12
Da: angelo@nirvana.it
A: miogiudice@nirvana.it
Oggetto: Riprendiamo il discorso

Ogni tanto mi fermo a riflettere sull'assurdità di questa nostra situazione. Lei, signor giudice, è stata costretta a scusarsi con me, con un assassino; scusarsi di non avermi creduto tale. Roba da pazzi. A questo punto sarebbe il mio turno di scusarmi, ma se continuassimo così credo che non la finiremmo più.

Quindi riprendiamo il discorso da dove l'avevamo lasciato, da quella stazione di servizio dove ho incrociato il magistrato con la scorta.

Le ho detto che in quel momento ho avuto paura, ma non le ho detto quanta. Credo che l'espressione "cagarsi addosso" fosse quanto mai appropriata. Sentivo gli intestini che si torcevano, come se una mano li avesse afferrati e strappati, o come se, di lì a poco, dalla mia pancia avesse dovuto uscire un mostriciattolo alieno. E allora ho pensato di fermarmi, di rinunciare alla fuga, di costituirmi. Mi sono sentito subito meglio, una sensazione di beatitudine ottocentesca: il piacere del castigo dopo la mostruosità del delitto.

Erano ormai le quattro ed ero a Torino. Come si fa a costituirsi? Ci si presenta in un commissariato e si dice:

«Io ho ammazzato tizio?». Ho immaginato le stanze spoglie di una caserma, con le pareti tinteggiate a smalto fino a mezza altezza; smalto grigio, difficile da sporcare, facile da pulire. Ho immaginato un piantone (si dice così?) assonnato, che forse non sarebbe sembrato sveglio neppure nei momenti migliori. Ho pensato al suo imbarazzo nel dover disturbare il superiore, proprio a quell'ora, il suo imbarazzo a stare lì con me, la sua paura, forse.

"Più tardi" mi sono detto, "in un orario da cristiani."

La città era pietrificata. Ho aperto la visiera del casco per annusare quell'aria profumata, che tra poco sarebbe diventata satura di gas di scarico. Lei, signor giudice, è mai stata a Torino? Conosce corso Casale? È un viale diritto, alberato; da una parte ha case antiche, signorili, dall'altra ha il Po. Ad un tratto, sulla mia destra, si è aperto il rettangolo stupendo di piazza Vittorio, con le sue perfette simmetrie illuminate da lampioni nuovi di gusto molto retró. Per me, piazza Vittorio vuole dire carnevale, giostre. Conosco dei nonni che, portando i nipoti al luna park in qualche giardino sperduto di periferia, dicono ancora: «Andiamo in piazza Vittorio». Perché fino a ventisette o ventotto anni fa, le giostre venivano una volta all'anno, a carnevale, e venivano in piazza Vittorio.

Ma in fondo, come le spiegavo, il centro non mi interessava tanto. Ho tirato dritto e sono arrivato fin davanti alle Molinette. Le Molinette è l'ospedale più grande di Torino, sicuramente lo conosce; sì certo, per i trapianti di fegato, ma soprattutto perché almeno una volta all'anno arrestano qualcuno dei suoi medici o dei suoi dirigenti.

Avevo deciso di farmi un giro della città, prima che mi mettessero dietro le sbarre alle Vallette a guardare lo svincolo della tangenziale e, di sguincio, un angolino di montagna. Ma non voglio farle il resoconto del mio tour: solo il minimo indispensabile perché lei capisca come sono andate le cose, prima e dopo e forse anche come andranno in futuro.

Ho raggiunto corso Unione Sovietica e ho costeggiato il muro di cinta della mia scuola, quella dove ho studiato da perito informatico. Una scuola privata, ma non di quelle per i signori; praticamente una scuola della Fiat. Ci insegnavano i preti e gli ingegneri della Fiat, quelli così incapaci che non li volevano neppure in fabbrica, che li mandavano lì, a far lezione, per toglierseli dalle scatole per qualche ora. L'Istituto Agnelli era la scuola che doveva preparare i futuri tecnici di mamma Fiat. Praticamente confinava con i cancelli di Mirafiori e il destino di quasi tutti noi era scritto: per cinque anni entrare da una porta e poi, per il resto della vita, dalla porta dopo.

Capisce signor giudice cos'era il mio mal di mare sulla barca dei Lajanca? No, non patisco il mare. Potete sbattermi su un canotto in mezzo all'oceano e io non vomito. Non so quasi nuotare, sto a malapena a galla, ma non patisco il mare. Il mio male era lo spaesamento, la spossatezza di chi lotta tutto il giorno per non sembrare un nuovo ricco, per non far vedere che ha frequentato una scuola da operai in camice bianco. Adesso lei penserà che ho ucciso per invidia, perché ero geloso della sua ricchezza di famiglia o della sua fidanzata bionda dall'accento vagamente francese. No, signor giudice. I motivi sono più banali: l'ho ucciso perché mi ha fregato, perché mi ha fatto tornare allo stesso punto del giorno in cui sono uscito da quella stupida scuola.

Mi sentivo in vetta il giorno che tornai alla Mida Consulting per firmare il contratto. Come prevedevo, Mario non aveva fatto obiezioni: tutti quegli zeri gli avevano tolto ogni dubbio. L'istitutrice tedesca con la voce da pornodiva mi aprì la porta e, come la volta precedente, mi introdusse subito nell'ufficio di Ennio Lajanca.

«C'è qualche punto che desidera chiarire?» mi chiese il vecchio dopo un breve scambio di saluti.

«Sì, una questione soltanto.»

«Mi dica.»

«Riguarda i tempi. Sul preliminare viene indicato un limite massimo di otto mesi per l'ultimazione della prima fase del lavoro; non si potrebbe pensare a un termine più lungo?»

«Credo di no. E ricordi che dopo gli otto mesi scatta anche il pagamento della prima tranche, la più cospicua.»

Io tornai alla carica:

«Vede, dopo aver definito i protocolli e il sistema delle password, occorre prevedere una fase di test di almeno...».

«Mi dispiace dottor Barberis, temo che mi abbiano informato male sulle potenzialità della vostra azienda; forse dovremo rivolgerci a qualcun altro.»

Mentre pronunciava quella minaccia, il suo volto era di nuovo quello di Michele Sindona.

Caddi nella trappola.

«No, volevo solo dire che abbiamo anche altri clienti, altri progetti...»

«Penso che sette milioni di euro possano suggerirvi di trascurare un po' i clienti minori.»

«Credo di sì» risposi.

Era riuscito a farmi vergognare, a farmi sentire come uno che non sa badare alle cose essenziali, che non sa fiutare i veri affari: e questo, per chi voleva stare nel giro, era davvero imperdonabile.

«Allora, possiamo passare alla firma?»

Avrei voluto afferrare la penna con entrambe le mani e siglare voracemente ogni foglio, ma trovai la forza di sollevare ancora una questione, anche se ormai sapevo che non avrei opposto alcuna resistenza.

«Al punto diciotto» dissi, «c'è qualcosa di inusuale per questo tipo di lavori.»

Avevo scelto con cura quella parola, "inusuale", l'avevo preparata fin da prima. Un termine sobrio e ricercato per dire che quella clausola non stava né in cielo né in terra.

Ma quando mai si era visto che noi dovessimo fornire a terzi i nostri codici sorgente. I codici erano la parte più segreta del nostro lavoro, erano il vero capitale, il tesoro nascosto. Noi davamo il prodotto finito, ma i segreti della lavorazione dovevano rimanere nostri.

Lajanca mi guardò con aria rassicurante, paterna direi, e poi prese a spiegare con calma.

«In un progetto di queste dimensioni, occorre che ci sia una sorta di garante, una terza parte che vigila sulla corretta esecuzione di quanto richiesto. Insomma, un collaudatore.»

«Ma un collaudatore non ha bisogno dei codici sorgente!»

«Mi spiace, questa è stata una specifica richiesta della società che io rappresento: prendere o lasciare.»

Gliel'ho detto signor giudice, a quel punto, la mia capacità di oppormi era praticamente nulla.

«D'accordo» farfugliai, e lui sorrise. Poi si fece più vicino, con atteggiamento complice, quasi ruffiano, direi:

«Non si deve preoccupare, dottor Barberis: la Caravaggio S.p.A., l'azienda a cui dovrà consegnare i codici per il collaudo, appartiene a mio figlio Giuliano. La sede è qui a Milano, in Foro Buonaparte».

Il viso del vecchio si era raddolcito. Era come se, al solo nominare il figlio, si fosse calato nei panni di un nonno benevolo, dispensatore di caramelle e di consolazioni.

«Mio figlio Giuliano» continuò, «ha più o meno la sua età e la sua stessa passione per l'informatica. Vedrà che lavorerete bene insieme. Lei gli fornirà i programmi di protezione, lui li verificherà e li passerà al committente.»

Ecco signor giudice, è stato in quel momento che Giuliano Lajanca è entrato nel mio lavoro e nella mia vita. È entrato nel momento in cui mi sentivo in vetta, e invece stavo già precipitando.

Le do un consiglio, signor giudice: si procuri un elenco delle società controllate oggi dalla Caravaggio S.p.A., così capirà più facilmente ciò che le dirò, così avrà la chiave di tutto.

Ma torniamo alla mia fuga, perché anche quella è una chiave.

Ho guardato per l'ultima volta l'Istituto Agnelli e il suo campo da calcio di cui conoscevo, centimetro per centimetro, la panchina; poi ho preso corso Agnelli, con Mirafiori alle spalle. Ed eccolo il mio quartiere, ecco piazza Santa Rita, con la sua chiesa che il 22 maggio diventa il centro gravitazionale di tutti i bigotti della città: tutti insieme, con una rosa in mano, a sperare in una meraviglia della santa degli impossibili. Mi sono immaginato mia madre che accendeva un lumino perché Santa Rita mi facesse uscire miracolosamente di prigione. Ho girato ancora un po' tra le vie deserte e ho guardato le casette basse, quelle superstiti. Casette minuscole, nate in tempi in cui quella era quasi campagna; tirate su, mattone dopo mattone, da gente modesta che non si sarebbe mai sognata di chiamarle ville. Ho provato a contarle e ho scommesso con me stesso che una volta tornato fuori e scontata la pena, di quelle casette non ne avrei più trovata nemmeno una: al loro posto ci sarebbero state nuove costruzioni piene di "appartamenti signorili con finiture di pregio, bilocali e trilocali con doppi servizi e box auto su richiesta".

E poi è successo davvero il miracolo.

Ho sentito sferragliare un tram, il primo del mattino. Un tram della linea 92, la linea speciale che porta alla Fiat e che è in funzione solo negli orari di inizio e fine turno. La motrice era di quelle vecchie, quasi antica. E sopra, seduti sui sedili di legno lucido, c'erano i baracchini in toni.

Chissà se esiste un corrispettivo in milanese o in napoletano per "baracchini"? Chissà come si chiama in italiano il "toni"?

I "barachin", da noi, sono gli operai che vanno in fabbrica con la loro borsa e, dentro, la pietanziera di latta, il "baracchino" appunto. E il "barachin" indossa il "toni", la tuta blu con la pettorina e le bretelle.

Capisce signor giudice? Quel mattino, alle quattro e qualcosa, mi sono ricordato che gli operai esistevano ancora, che c'erano ancora i baracchini del primo turno, con la faccia assonnata sul tram numero 92. Una volta erano un esercito, una popolazione che ogni mattina o ogni notte andava ad abitare le città nascoste del Lingotto, di Mirafiori e delle migliaia di fabbrichette, di "boite" che lavoravano a ciclo continuo. Adesso sono in via d'estinzione, nessuno ne parla più e loro smettono di esistere.

Pensi, c'è voluta quella visione perché io mi ricordassi che c'erano. Io, che ho avuto un padre baracchino, un padre che per una vita intera ha mangiato minestre e spezzatini riscaldati in quella latta col manico, sempre la stessa. Mio padre era tornitore specializzato, lavorava al tornio a revolver. Ha continuato a tornire pezzi di ferro con la precisione di un orologiaio anche quando in fabbrica sono arrivate le macchine automatiche, quelle a controllo numerico.

«Il capo officina mi tratta con i guanti» mi diceva fiero, «lui sa che le nuove macchine vanno bene per le grandi serie, ma quando c'è da fare un pezzo speciale, un pezzo che lo misuri col palmer ed è preciso al mezzo decimo di millimetro, allora sa che deve chiamare me.»

E mi divertivo, la domenica, quando suo fratello veniva a mangiare da noi prima che andassero tutti e due alla partita a vedere il Toro; mi divertivo a vedere la sua aria di superiorità verso zio Gino che invece era operaio generico alle Ferriere.

«Il mio è un lavoro di testa» lo sfotteva, «tu sei solo braccia.»

La volta che è morta mia nonna, io e mio padre andammo a prendere zio Gino all'uscita della fonderia per dargli la notizia. Aspettammo al cancello che lui finisse il turno.

Io avevo sette anni e il capannone mi sembrava una cattedrale. Ogni tanto, dai vetri traslucidi e dalle aperture sul tetto, si vedevano uscire fiammate accecanti.

«È la colata della ghisa sferoidale» mi disse mio padre, «quando esce dai forni gli sparano dentro il magnesio e lei fa il lampo, come il flash dei fotografi di una volta.»

«Da grande vorrei lavorare dove lavora zio Gino, così la vedo anch'io la luce forte.»

«Da grande andrai all'università e farai il dottore.» Era un ordine e una minaccia.

Il tram numero 92 ha aperto le porte, sono saliti altri due poveri cristi, e poi è ripartito. E io, con il ricordo di mio padre di fronte alle Ferriere, ho sentito svanire l'ottocentesca dolcezza del castigo. Mio padre mi voleva dottore, non galeotto. Se Giuliano Lajanca fosse salito almeno una volta sul tram 92, forse avrei provato più compassione, ma certamente lui quel mondo non lo aveva attraversato mai, neanche per sbaglio: avevo ucciso un essere di un altro mondo e, a quest'idea, il rimorso si scioglieva.

Ho dato gas e sono andato verso la tangenziale.

P.S. Spero che non abbia passato il week-end in casa ad attendere questa mia risposta. Non le scriverò mai di sabato e domenica, perché deve ricordarsi di riposare.

Inviato: lunedì 10 maggio 17.23
Da: miogiudice@nirvana.it
A: angelo@nirvana.it
Oggetto: Idee pericolose

E invece ho proprio passato il fine settimana in casa. Ogni mezz'ora mi collegavo ad internet per vedere se era arrivata una tua mail.

Ho temuto di aver perso definitivamente questa possibilità di capire. Sì, proprio di capire, non di acchiapparti.

Ti confesso che, malgrado i tuoi avvertimenti, ho stressato quelli della Polizia Postale perché individuassero il punto da cui invii i messaggi; eccoti la lista delle località di invio secondo quanto risulta a loro: Roccapalumba (Palermo), Ribadesella (Spagna), Dundee (Scozia), Acquaviva delle Fonti (Bari). Avevi ragione tu, tracciarti (si dice così, vero?) è impossibile. Quindi scriverti e farmi scrivere non servirà a niente se non a capire.

Il sabato è passato relativamente in fretta. Ho messo a posto un po' di carte sulla mia scrivania, sono uscita per prendere il pane, pane fresco, una volta tanto, ho lavato le tende della sala e le ho rimesse su, bagnate, perché si stendessero bene. Fare i lavori in casa mi fa bene, è un modo per sfiorare la realtà.

La domenica però è stata interminabile. Ho guardato un po' la televisione, ma poi mi sono accorta che non riuscivo a seguire e mi sono preoccupata: i programmi domenicali, con i loro giochi, le loro canzoncine, le loro telefonate in diretta, mi sembravano troppo complessi; non capivo cosa stesse succedendo, non capivo secondo quale logica ad un tratto tutti si mettessero a cantare o a ridere.

È assurdo, ma mi sei mancato.

Poi ho visto che c'era il tuo messaggio. L'ho letto di corsa e mi sono presa un po' di tempo per dirti cosa ne pensavo.

Mi sembra innanzitutto che tu sia confuso. Dici che l'invidia non c'entra niente con le ragioni per cui hai ucciso Lajanca, ma poi tiri fuori questa storia degli operai, tiri fuori che tu sei di famiglia operaia e lui invece è di un altro mondo. Se non è invidia che cos'è? Non sarà mica lotta di classe? Sai che queste idee sono andate in pensione. Le abbiamo rimpiazzate con altro e tu lo sai benissimo: ricorda il tuo loft pieno di costosi oggetti di design, i ristoranti, i vini degustati con aria da intenditore. Ecco con che cosa le abbiamo sostituite.

Per scrupolo farò controllare i tuoi possibili legami con l'ambiente dell'eversione di sinistra, ma so già il risultato che otterrò: nulla.

Ma in fondo non credo che il tuo rimorso se ne sia andato assieme a quel tram 92 sul quale la tua vittima non è mai salita. Forse in quel momento ti sei sentito solo più fregato, hai avuto l'impressione che quelli come Lajanca avessero preso per il sedere non solo te, ma tutti quelli come te, quelli che hanno lottato per non dover fare i turni in fabbrica, quelli che li guardi e pensi davvero che "tutti possono arricchire tranne i poveri". Ma questa non è lotta di classe, è solo odio.

E allora è indispensabile che tu mi dica adesso in che modo ti ha fregato.

A dire il vero, io qualche idea ce l'ho.

Non c'era bisogno del tuo invito perché io andassi a spulciare la lista delle società di Giuliano Lajanca: quell'elenco era già qui sul mio tavolo da giorni, ma è più breve di quanto tu pensi.

Lajanca figlio era azionista di maggioranza della Caravaggio S.p.A., società che ne controllava altre tre: la Greenwich S.A. con sede a Lucerna, specializzata in orologi e timer industriali, la Elettrostampa di Vimercate, che fabbrica soprattutto carte con banda magnetica, e infine la Criptosoft, che tu ben conosci.

Il tuo consiglio mi ha però indotto a verificare le date di alcuni passaggi di proprietà e ho notato una cosa interessante: Giuliano Lajanca, attraverso la Caravaggio, acquista l'intero pacchetto azionario della Criptosoft esattamente quattro mesi prima del fallimento della tua azienda. Vuoi sapere quanto l'ha pagato? Una miseria, centomila euro; secondo un mio confidente, oggi la Criptosoft vale venti volte tanto.

Credo di aver capito, ma tu dimmi come ha fatto a fregarti, dimmi perché lo hai ucciso.

Inviato: lunedì 10 maggio 23.22
Da: angelo@nirvana.it
A: miogiudice@nirvana.it
Oggetto: Perché ho ucciso – parte seconda

Ecco signor giudice, è stata un po' lunga, ma adesso siamo entrambi pronti per capire perché l'ho ucciso.

Eravamo rimasti ad aprile, l'aprile di due anni fa. Io e Mario passavamo la maggior parte del nostro tempo tra avvocati e commercialisti per studiare tutte le clausole di quel contratto faraonico e per rescindere altri contratti cercando di non pagare troppe penali. I tecnici che lavoravano alle nostre dipendenze facevano straordinari su straordinari per finire i lavori avviati. Avevamo bisogno di nuovo personale, ma sembrava che i laureati in informatica si fossero volatilizzati. Alla fine riuscimmo ad assumere altre quattro persone e partimmo tutti concentrati su quello che ormai era diventato il nostro unico progetto, partimmo a tutta forza, come un transatlantico pronto a conquistare il Nastro Azzurro.

Maggio, giugno, luglio, agosto, settembre, ottobre, novembre, dicembre. Otto mesi di lavori forzati. Niente ferie per me e Mario, niente sabati, poche domeniche. Per gli altri, ferie a rotazione, quindici giorni al massimo, le altre pagate. Bisognava fare in fretta, non solo per rispettare i termini di consegna del lavoro, ma anche per prendere i soldi: il committente ci aveva dato cinquecentomila euro di anticipo, ma la seconda tranche sarebbe arrivata a sistema finito e la nostra esposizione con le banche cresceva a vista d'occhio. La notte sgobbavo fino all'una o alle due e quando spegnevo la luce vedevo davanti agli occhi gli estratti conto sempre più in rosso; poi pensavo ai sette milioni e il respiro diventava un po' meno affannoso, fino a che prendevo sonno, se sonno si poteva chiamare.

In tutti quei mesi non ho mai scoperto chi fosse il committente. E ancora non lo so. Tutto passava attraverso i due Lajanca; attraverso il padre, per la parte economica, e attraverso il figlio, per la parte elettronica.

A dire la verità, Giuliano non capiva quasi niente di programmazione e di sicurezza informatica; il vero genio si chiamava Mirko Guidi ed era praticamente l'unico tecnico della Caravaggio. Forse è lui che dovrei odiare a morte, perché senza di lui il progetto dei Lajanca sarebbe fallito. Forse, se quella sera al ristorante avessi incontrato Mirko avrei ucciso lui, invece ho incontrato Giuliano e la lama del coltello ha luccicato in quel momento.

Guidi si era da poco laureato in ingegneria, ma dava l'impressione di aver vissuto da sempre dentro un computer. In lui ho rivisto me stesso a venticinque anni: lo stesso spirito da hacker, la stessa capacità di seguire i flussi di dati dentro e fuori le reti. E poi qualcosa di più, qualcosa che io non avevo e che mi impressionava: l'ispirazione. Premeva i tasti del computer come un bambino prodigio preme quelli di un organo o di un pianoforte; quasi ad occhi chiusi, muovendo il capo al ritmo di una musica che sentiva solo lui. Con gli altri, con il resto del mondo, parlava il meno possibile, il suo vero dialogo era con le macchine; sembrava una sorta di oracolo incaricato di tradurre agli umani i messaggi che venivano dal cuore elettronico dei computer. Credo che Mirko sia una delle poche persone che conosco in grado di localizzare l'origine di questi miei messaggi, ma gli ci vorrebbe un sacco di tempo e il tempo è poco, intendo il tempo che mi separa dal prossimo omicidio.

All'inizio avevo pensato che i rapporti con la Caravaggio S.p.A. sarebbero diventati frequenti solo nella fase finale del lavoro, cioè quando bisognava verificare la funzionalità del sistema; e invece Ennio Lajanca mi disse fin da maggio di prendere contatto con suo figlio perché la sua società doveva controllare anche lo sviluppo del progetto. Me lo disse lo stesso giorno in cui mi comunicò che il committente aveva versato l'anticipo di mezzo milione di euro e, ancora una volta, né io né Mario, trovammo la forza di replicare.

Devo confessare che lavorare con Giuliano era quasi piacevole, anche perché durante le giornate passate negli uffici della Caravaggio, a sgobbare era soprattutto Guidi. Ci divertivamo a vederlo lì, alla sua tastiera, mentre osservava le righe di programma che scorrevano sul video.

«Hai portato la roba per il tossico? È quasi in astinenza» mi diceva Giuliano appena arrivavo.

Allora io tiravo fuori dalla borsa due o tre CD pieni di dati usciti freschi freschi dai nostri computer e glieli davo in pasto.

«Prova a lanciarglieli» mi suggerì una volta.

«Cosa?»

«Sì, lanciagli i dischi. Come un frisbee.»

Mirko era seduto alla sua postazione e ci sentiva.

«Sei pronto Fido?» gli fece Giuliano.

L'altro imitò l'abbaiare impaziente di un cane in attesa del bastone da riportare. Io lanciai i due CD che avevo preparato per quel giorno e lui li afferrò con le mani vicino alla bocca. Per compiacere il padrone, aveva fatto davvero il cane, ma lo sguardo che ci lanciò nel breve istante in cui il primo disco scivolava dentro il computer era carico d'odio.

In quegli otto mesi, il tempo trascorso nella sede della Caravaggio fu per me l'unico momento di svago. Capisce ora, signor giudice, perché a Stella è parso così incredibile che io le abbia ucciso il fidanzato?

Lo spazio sulla scrivania di Giuliano era equamente suddiviso tra riviste di motociclismo e riviste di snowboard.

«Hai visto la nuova Kawasaki Ninja ZX-10R?»

«Sì, ma sai che io preferisco cose più tranquille.»

«Perché guidi come una nonna.»

«A me piace guardarmi intorno, alzare la visiera del casco e sentire gli odori, sentire addosso i cambiamenti di temperatura quando passi dal sole all'ombra. Ai duecento all'ora cosa senti?»

«Vedi la strada stretta stretta e senti l'adrenalina.»

La storia dell'adrenalina, lui la tirava fuori ogni cinque minuti, come nei film d'azione di bassa lega. Quando parlava di snowboard poi, era solo adrenalina. Adrenalina i salti, adrenalina le discese in neve fresca, adrenalina le feste con gli altri scoppiati come lui.

«In Colorado» mi raccontava, «ti prendi l'elicottero e ti fai quattro ore di discesa con la neve polverosa che si solleva e ti vola intorno quando passi con la tavola. Non come qui che sulle piste c'è il mondo intero e la neve è una merda schiacciata fatta apposta per voi con gli sci.»

A quei discorsi io non replicavo quasi mai; mi sembrava inutile. Senza contare che, ogni tanto, Mirko Guidi alzava la testa dal monitor e diceva la sua; era un surfer anche lui, anzi era il prototipo del fanatico di snowboard: pantaloni quattro taglie più grandi della propria, maglietta da poterci star dentro in due e cappellino di lana estate e inverno. Quasi una caricatura.

Eppure, al confronto del lavoro che mi aspettava nel mio ufficio, mi sembrava tutto molto bello.

Ha ragione Stella, io e Giuliano non potevamo diventare amici, ma eravamo come due compagni di scuola seduti all'ultimo banco, uniti solo dalla poca voglia di fare, almeno in quei momenti.

E poi un giorno sono arrivato e ho capito subito che qualcosa era cambiato.

A metà gennaio, gennaio dell'anno scorso intendo dire, il progetto era stato portato a termine e tutto aveva funzionato alla perfezione. Io, Mario, i tecnici, tutti ci avevamo dato l'anima e il risultato mi sembrava eccezionale: un sistema di protezione in grado di nascondere migliaia e migliaia di transazioni concatenate tra loro. Di quale tipo di transazioni si trattasse e quali concatenazioni ci fossero, né io, né gli altri l'abbiamo mai capito, ma dal punto di vista informatico avevamo creato una specie di monumento e in soli otto mesi.

Oramai aspettavamo solo l'approvazione definitiva del committente e il pagamento. Sì, il pagamento, quell'ossigeno che ci serviva per riprenderci dallo strangolamento delle banche.

Avevamo installato il sistema di protezione su uno dei server che costituivano la nuova rete italiana della finanziaria e i funzionari si erano presi quindici giorni per testarlo.

Il 24 gennaio mi recai alla Caravaggio convinto di stappare lo champagne.

La centralinista mi aprì la porta senza sorridere. Era una ragazza giovane, bella di quella bellezza che a venticinque anni è già perduta, la bellezza dell'asino la chiamano dalle mie parti. Fin dalle prime volte che l'avevo vista, avevo notato il suo modo di fare allegro, diretto, senza troppo riguardo per le differenze d'età o di ruolo; un atteggiamento perfettamente in linea col clima che regnava lì dentro. Mi dicevo che quando, tra cinque o sei anni, lei avesse smarrito quella freschezza che era l'unico suo fascino, le sarebbe rimasta la simpatia e sarebbe stato comunque parecchio. Una sera mi accadde di parlarne con Stella, Stella Biffi, e anche lei, un po' a malincuore, fu costretta ad ammettere che era simpatica. Quel giorno, invece, mi parve acida, ma mi dissi che doveva avere le sue cose. Quando una donna ci sembra inspiegabilmente dura, noi uomini la risolviamo sempre così, con facilità: avrà le sue cose! Chissà quante volte le sarà capitato, signor giudice. Quante volte le sarà capitato che qualcuno abbia interpretato in chiave mestruale qualcosa che invece le nasceva dal profondo, dall'indignazione o dalla coscienza. Chissà quante volte le avrà fatto male questa superficialità di noi uomini.

Comunque non era né il ciclo, né l'indignazione a rendere Elena così formale quel mattino, ma lo scoprii solo dopo.

Entrai nell'ufficio di Giuliano. Dalla sua scrivania erano scomparse tutte le riviste e dalla sua faccia era andata via quella maschera da ragazzino immaturo e scanzonato che aveva esibito per mesi. Accanto a lui, suo padre, austero come sempre.

Fu lui il primo a parlare:

«Dottor Barberis, lei è un suicida o un incompetente?».

«Mi scusi?»

«Intendo chiederle se lei lo ha fatto apposta di mandare a monte un lavoro di mesi, e in quel caso sarebbe un suicida; oppure se è stata una disattenzione, e allora lei è un incompetente.»

«Mi dispiace, ma non riesco a capire.»

Giuliano prese la parola:

«Nel sistema c'è un virus: lo hai messo tu?».

Il tono era inquisitorio e non aveva più nulla di quella complicità da compagni di banco che fino al giorno prima traboccava da ogni nostro discorso.

«No. Certo che no.»

«Sarà stato qualcuno dei tuoi collaboratori.»

«Ma lo abbiamo testato, funzionava tutto!»

«E allora ti faccio vedere.»

Mi portò nell'altra stanza, quella dove c'erano i computer. Guidi si alzò e ci fece spazio nella sua postazione.

«Prova a entrare nel sistema come utente registrato.»

Lo schermo era riempito da uno spazio bianco interrotto solo da due caselle con le relative etichette: "login" e "password".

Digitai il mio codice utente e la mia parola segreta. Sul monitor si aprì la pagina iniziale:

"Buon giorno, signor Luca Barberis, il sistema Pippo le dà il benvenuto".

Lo avevamo chiamato Pippo in ossequio a una vecchia abitudine degli informatici a chiamare così qualunque programma di prova; sarebbe poi toccato al committente mettere il nome definitivo, un nome che per noi rimaneva segreto.

«Funziona» dissi a Giuliano e a suo padre che stava in piedi lì vicino.

«Adesso prova a uscire e a rientrare cercando di forzare l'ingresso.»

Ordinai la disconnessione dal sistema e poi cercai nuovamente di connettermi utilizzando dati falsi sia per il nome utente che per la password.

"Accesso negato. Login o password errati."

«È a posto, no?»

«Riprova.»

Reintrodussi gli stessi dati.

"Accesso negato. Login o password errati."

«Di nuovo» mi intimò il vecchio.

"Accesso negato. Login o password errati."

«Questo era il terzo tentativo fallito. Adesso, in base a quanto ci era stato richiesto, il sistema attenderà venti secondi e poi renderà impossibile ogni ulteriore accesso da questo terminale per dodici ore.»

Appena finii la frase, lo schermo divenne completamente blu e al centro comparve una scritta bianca:

"L'utente non è in possesso dei requisiti d'accesso. Accertare la correttezza di login e password e riprovare tra non meno di dodici ore".

Ancora una volta mi voltai verso quelli che stavano diventando i miei aguzzini e chiesi:

«E dunque? Cosa c'è che non va?».

Giuliano sorrise cattivo e mi fece un cenno col mento.

Guardai di nuovo il monitor. Era diventato una girandola di colori che ruotava impazzita disegnando forme astratte.

Passarono alcuni secondi, poi il vortice psichedelico rallentò fino a bloccarsi. I colori sbiadirono e, gradualmente, lo schermo tornò bianco; in alto c'erano le due caselle: "login" e "password".

Senza attendere l'invito o l'ordine, mi buttai sulla tastiera e inserii nuovamente dei dati casuali.

"login": scarabeo.

"password": W32jh12!k.

Il mio respiro si era fatto affannoso, la bocca asciutta, amara.

Diedi "Invio" e, veloce come il segnale dentro i circuiti, pensai che non doveva, non poteva assolutamente apparire quella pagina. E invece, naturalmente, veloce come il mio pensiero, quella pagina apparve.

"Buon giorno, signor Luca Barberis, il sistema Pippo le dà il benvenuto."

«Ha capito cosa succede?» fece Ennio Lajanca.

«Si direbbe che, in presenza di un tentativo di ingresso abusivo, il sistema, invece di disconnettersi, consenta l'accesso di chiunque all'area dell'ultimo utente che è entrato in modo regolare.»

«Bene, vedo che non è del tutto incompetente. E come spiega tutto questo?»

«Potrebbe essere che nel computer locale vengano memorizzati da qualche parte i dati di accesso e che poi questi dati vengano riutilizzati automaticamente dal sistema proprio quando invece dovrebbe interrompere ogni comunicazione.»

«Certo, è quello che abbiamo pensato anche noi» precisò Giuliano. «Il problema è capire come avviene.»

«Non è un grosso problema» ripresi sollevato, «è un errore di programmazione, di quelli che già al secondo anno di università non dovresti più fare. Vorrà dire che dovrò licenziare qualcuno e rimetterci mano io. All'inizio della prossima settimana sarà tutto pronto.»

«Non è un errore di programmazione.»

A parlare era stato Mirko Guidi. Fino ad allora era stato in disparte, al fondo della stanza, col culo appoggiato al tavolo delle stampanti e le braccia conserte.

«Sai bene che non può essere un semplice errore di programmazione, altrimenti ce ne saremmo accorti prima. Anche ammesso che voi siate deficienti, noi non lo siamo: abbiamo provato e riprovato. Funzionava tutto.»

In un altro momento avrei preso quel ragazzino borioso e lo avrei rivoltato, gli avrei detto di andare a prenderselo in quel posto, che io avevo assemblato il mio primo computer quando lui era ancora all'asilo. Invece, inebetito com'ero, non potei fare altro che chiedergli:

«Se non è un errore che cos'è?».

«E me lo domandi? È un virus. Un virus ad innesco ritardato. Guarda la data che compare sul video.»

Osservai la data nell'angolo in basso a destra: il 15 settembre.

Giuliano intervenne.

«Abbiamo portato avanti la data del sistema proprio per vedere se c'erano nascoste delle bombe informatiche a scoppio ritardato. Capisci? Tutto era stato predisposto perché il virus entrasse in azione nel pieno dell'attività finanziaria del committente.»

«Immagina, dottor Barberis, cosa sarebbe successo se un utente qualsiasi avesse potuto penetrare nell'area riservata di un investitore?»

«Certo, avrebbe potuto agire al posto suo in maniera fraudolenta.»

«Questo è solo un aspetto del problema. Lei pensi al danno in termini di immagine e di credibilità per il nostro cliente. La base del lavoro di una finanziaria è innanzi tutto la fiducia, se questo rapporto di fiducia viene in qualche modo incrinato, tutto crolla. Esattamente come nel suo lavoro.»

Si fece sotto anche Guidi.

«Come avete fatto a non pensare di far avanzare la data? È una prassi talmente comune!»

«È prassi comune per la ricerca dei virus, non per il test di sistemi che hai creato interamente in casa e che sai che non possono essere stati contaminati dall'esterno. A meno che...»

Lo guardai dritto negli occhi. Il ragazzino bastardo sorrideva. Ripresi:

«A meno che a piazzare il virus nel programma non sia stato qualcuno che disponeva dei codici sorgente, qualcuno di esterno alla mia azienda».

Il ragazzino bastardo continuò a sorridere, quasi a ridere. Con lo stesso ghigno di Giuliano la sera che l'ho ucciso. Sì, forse quella sera, al ristorante, dietro la faccia di Giuliano Lajanca ho rivisto anche quella di Mirko Guidi, forse, quando ho reinnestato la prima per spaccargli la testa con il paraurti, ho voluto ammazzarli tutti e due.

Mi alzai di scatto.

«Adesso torno in ufficio da me, prendo una copia del sistema non contaminata da quello lì e vedrete che mi dovrete chiedere scusa.»

Afferrai bruscamente il cappotto che Elena mi porgeva e me ne andai senza salutare nessuno.

Corsi fino alla stazione della metro di Cadorna, e mi precipitai giù dalle scale. Non riuscivo proprio a usare l'auto a Milano e tra autobus e tram mi sembrava ci fosse una gara a chi andava più piano; per fortuna c'era la metro, la metro e i piedi. E Milano era immersa nel solito caos. Avrei voluto avere un machete per farmi largo tra la gente, tra gli impiegatucci con la ventiquattrore, tra sciure con le borse delle boutique, tra gli studenti che giravano per la città senza sapere che cazzo fare.

Pregustavo il trionfo, ma ero ancora pieno di rabbia. E la rabbia ti fa odiare tutti. Odiavo tutti quelli che erano saliti con me e prima di me sul vagone stracarico e surriscaldato. Odiavo il bambino zingaro che si ostinava a straziare la sua fisarmonica cercando di tirarne fuori qualcosa di simile a *Rosamunda* per poi romperci i santissimi con il suo bicchiere della Coca-Cola con cui raccogliere l'elemosina: gliel'avrei spaccata in testa quella fisarmonica.

E poi, arrivato a San Babila, avrei strappato via la gente dalla scala mobile; li avrei tirati giù a uno a uno, facendoli rotolare sui gradini, quegli idioti che ingombravano inutilmente lo spazio e il tempo.

È così la rabbia.

Uscii dalla metro e ripresi a correre, all'altezza di via Donizetti mi fermai un istante in un bar, per riprendere fiato.

«Un caffè. In fretta per cortesia.»

La cassiera mi chiese se per caso non avevo spiccioli. Non ne avevo, per dio.

«Aspetti che chiedo se qualcuno ha da cambiare. Scusate, c'è qualcuno che ha da cambiare cinquanta euro? Nessuno. Gino, per cortesia, vai dal tabaccaio e chiedi se ti cambia...»

Santo cielo, signor giudice, voleva farmi morire quella lì.

Al diavolo. Fuori. E fu tutta una volata fino in via Archimede.

Il mio ufficio, la mia poltrona, il cappotto gettato sullo schienale, il computer acceso.

Portai avanti la data.

12 marzo. Tutto regolare.

23 maggio. Tutto regolare.

14 luglio. Presa della Bastiglia. Tutto regolare.

15 settembre. Tutto regolare.

Avevo ragione io. Volevano fregarmi, ma avevo ragione io: il programma originale era perfetto, altro che virus!

11 ottobre. Tutto regolare.

2 novembre.

Merda.

Eccola la girandola di colori. Ecco l'allucinazione psichedelica.

Un virus mutante, uno di quelli che raccolgono informazioni dal computer che li ospita e si innescano in momenti che sono diversi da elaboratore a elaboratore.

Il virus era anche nel programma originale e quindi non poteva averlo messo Guidi.

Capisce signor giudice?

Non starò a spiegarle tutte le precauzioni che prendevo, ma posso garantirle che sul mio computer non è mai stato inserito niente che provenisse dalla Caravaggio S.p.A. Quel computer era il massimo in termini di sicurezza. Non era connesso in rete, non aveva il lettore di dischetti e neppure quello di CD-ROM, soltanto un masterizzatore al quale avevo tagliato alcuni cavetti perché potesse scrivere e non leggere i dischi. Per scambiare dati non potevi usare altro che le memorie flash. Non so se lei le conosce le memorie flash, oggi vanno molto di moda. Sono dei microscopici circuiti che attraverso uno spinotto si connettono con l'elaboratore e possono memorizzare fino a un miliardo di byte, più o meno come dire un miliardo di caratteri, o se preferisce, tremila romanzi di lunghezza media. Pensi che questi circuiti sono così piccoli da poter stare in una penna. La mia memoria flash è racchiusa nell'orologio che porto al polso e che non tolgo mai, per nessun motivo. Quel microchip era la sola cosa che potesse inserire dati all'interno di quella macchina, perché avevo predisposto un software in grado di riconoscere quell'unità di memoria e di rifiutare l'accesso di tutte le altre.

Il sistema di protezione che avevamo fatto crescere per otto mesi era passato solo di lì. Le varie parti erano state assemblate sul mio computer e prima di entrarci erano state studiate da me e solo da me. Non era possibile che mi fosse sfuggito quel virus; se qualcuno dei miei collaboratori lo avesse inserito in una delle sue routine lo avrei senz'altro individuato prima che venisse in contatto con il resto dei dati.

Perché non lo avevo visto? Era un virus invisibile?

Erano le sette e mezza di sera quando incominciai la revisione. Non avevo chiamato Mario, perché volevo cavarmela da solo. Alle due di notte mi alzai un attimo dalla scrivania. Avevo esaminato migliaia di righe di programma in linguaggio macchina e non avevo trovato nulla.

Andai in bagno, mi sciacquai la faccia, poi mi affacciai alla finestra. Fuori, il freddo condensava l'umidità in una specie di neve gelata. Passò una macchina, poi ci fu silenzio per un bel po'.

Tornai al computer e continuai il lavoro. La mente reggeva, stimolata dalla tensione e dalla rabbia; il corpo reggeva e fingeva di non aver bisogno di cibo e di acqua, ma gli occhi mi facevano dannare. Avevo l'impressione che gli occhiali mi si sporcassero un attimo dopo averli puliti, ma la nebbia non era sulle lenti, era nascosta dietro le palpebre e ogni volta che strizzavo gli occhi, la vista mi si velava.

Le quattro.

I miei occhi erano ormai una fornace. Cercai nel cassetto il collirio, ma naturalmente il flaconcino era vuoto, abbandonato lì dalla primavera precedente, dall'ultima botta di allergia.

Le cinque e mezza: esplosi in una serie di bestemmie e di parolacce che non saprei replicare.

Era lì il bastardo, annidato in una sottoroutine che serviva per la disconnessione del sistema dopo un certo periodo di inutilizzo. Eccola la causa di tutti i miei mali. Come avevo potuto non accorgermi prima di quel virus?

Ripulii il programma. Ormai mi ero tranquillizzato e pensavo alle spiegazioni da dare ai Lajanca perché non mandassero a monte tutto. Mi dissi che era anche nel loro interesse e che forse sarebbero passati sopra a quello che avevo detto a Guidi.

Persino gli occhi avevano ripreso a funzionare bene e così proseguii nell'analisi del sistema, più per scrupolo che altro.

Alle otto crollai. Posai la testa sul tavolo e mi misi a piangere. Sì signor giudice, mi misi a piangere. Quando ho rovinato la mia vita uccidendo Giuliano Lajanca non ho pianto, ma quel mattino, con la luce grigia che filtrava dalle finestre, piansi: avevo trovato altri cinque insediamenti del virus e ancora l'esame non era finito. Ma soprattutto mi ero accorto che il virus andava a sistemarsi da solo anche nelle parti già ripulite del programma: tu lo cancellavi da un posto e lui andava a ficcarsi in un altro. Controllai la memoria flash racchiusa nel mio orologio: si era infilato anche lì. Non c'era niente da fare: il lavoro era fottuto, bisognava ricominciare da capo, o quasi.

Alle dieci telefonai a Giuliano Lajanca e gli raccontai le cose come stavano.

Mi lasciò parlare per un buon quarto d'ora, poi, quando gli ebbi confessato che ci volevano altri otto mesi, disse una frase, una sola:

«Sei finito Luca, sei finito».

Il suo tono, da quel momento in poi, non è più cambiato: lo scherno, il disprezzo, la consapevolezza feroce di essere riuscito a ferire.

In fondo, anche lui avrebbe dovuto sentirsi nei guai, anche lui era responsabile di fronte al committente; e invece, in quel mezzo sorriso che gli indovinavi sulla bocca anche al telefono c'era un senso di vittoria e di beffa. Ma cosa aveva vinto lui? Che vantaggi traeva da tutto questo?

Lo avrei scoperto più tardi; in quel momento avevo solo una certezza: a inserire il virus nel programma era stato lui, o meglio, era stato Mirko Guidi in nome e per conto di Giuliano Lajanca.

Nei giorni che seguirono svolsi delle indagini all'interno

della mia azienda, ma non approdai a nulla e mi convinsi che il problema non era nato lì, non poteva nascere lì.

Signor giudice, ancora oggi io non so come quel virus abbia contagiato il sistema, ma la mia certezza di allora rimane immutata. Lo so che non è scientifico, ma se avesse sentito anche lei il suono di quella frase capirebbe.

«Sei finito Luca, sei finito.»

Aveva ragione.

E io, quella sera, nel ristorante lungo il Naviglio, a vederlo parlare e ridere al cellulare avevo l'impressione che mi ripetesse quella frase:

«Sei finito Luca, sei finito, sei finito, sei finito...».

Ecco perché l'ho ucciso. Ecco perché ucciderò di nuovo.

Quando la sua testa si è fracassata, tra il muro e il mio paraurti, quando i fari della R4 hanno illuminato quella maschera di sangue, mi sono detto che adesso era finita davvero. Ma tutto stava per cominciare ancora una volta.

Signor giudice, mi perdoni se non vado avanti, mi perdoni se non le dico cosa c'entrano in tutto questo le società controllate dalla Caravaggio S.p.A. e perché mai le date di acquisizione sono così importanti, ma adesso non ce la faccio più. Potrei chiudere qui e riprendere domani, ma preferisco spedirle ora questo messaggio, perché non so quando avrò ancora la forza per rimettermi a pensare alla fine di tutto quello che avevo creato.

Adesso staccherò il filo del telefono della mia stanza d'albergo, infilerò nella presa il cavo del mio portatile e farò viaggiare fino a lei questa lettera. Poi spegnerò la luce e proverò a non pensare a dove sono, a questo alberghetto, al niente che ho di fronte. Mi concentrerò sul prossimo omicidio e forse dormirò: oramai ci siamo quasi.

Buona notte signor giudice.

Inviato: venerdì 14 maggio 11.32
Da: miogiudice@nirvana.it
A: angelo@nirvana.it
Oggetto: Non sei un assassino

Ti prego, smettila di scrivere che ucciderai di nuovo. Tu non sei un assassino. Non pensare che potrai ammazzare una seconda volta, altrimenti te ne convincerai.

Credo che sia arrivato il momento di dirmi dove sei, il momento di fare ciò che pensavi quella notte a Torino. È ora che tu ti costituisca, Luca.

Anche se non mi hai dato conferma dei miei dubbi, io ora so che sei stato raggirato, umiliato. Il pubblico ministero non infierirà, la corte sarà clemente, un avvocato anche solo passabile ti tirerà fuori dai guai. Finirai in carcere, certo, ma avrai una condanna mite, come si dice.

Questi non sono discorsi che dovrei fare io, ma sono certa che questo nostro carteggio rimarrà segreto. E allora, segretamente, posso dirti che quando mi immaginavo giudice, mi vedevo lì, in tribunale a incastrare gente come i Lajanca. Ho passato il concorso il 17 febbraio 1992, il giorno in cui è iniziata Mani Pulite. Non credo che quel giorno abbia avuto per me una grande importanza, ma l'ho interpretato come un segno.

Mio padre non era un operaio, non era un "baracchino"; era un geometra, anche un po' fascista a dire il vero.

Nessuna coscienza di classe, ma per avere senso di giustizia, la coscienza di classe non serve.

Nel primo messaggio che mi hai inviato, mi scrivevi: "Per me è importante spiegare, e poi capire ed essere capito". Adesso posso dirti che ti capisco, ma per comprenderti fino in fondo ho dovuto indagare, e colmare quei vuoti che il tuo racconto lasciava.

E così, dopo la tua lettera dell'altro giorno, ho confabulato un po' con un maresciallo della Guardia di Finanza e abbiamo deciso di prenderci da soli le informazioni che tu non ci davi.

Lui è andato in una società di consulenza simile a quella di Ennio Lajanca e ha detto di essere un imprenditore tessile intenzionato ad avviare la vendita in internet dei propri prodotti. Immagina la scena:

«Sa com'è, noi produciamo tessuti d'arredamento di qualità superiore, non la robetta che si vende qui nei negozi. È roba che esportiamo negli Stati Uniti, in Giappone, negli Emirati Arabi. Solo che gli intermediari ti mangiano vivo e così mi sono detto: visto che c'è questa diavoleria dell'internet, usiamola».

Tu non lo conosci, ma è un vero attore, dovresti vederlo! Ha due lauree, una in Economia e l'altra in Matematica, ma con quella faccia tonda da contadino della bassa, la parte dell'ingenuone arricchito gli viene benissimo. Deve aver continuato con qualcosa del genere:

«Solo che mi hanno detto che ci vuole una cosa di protezione, se no ti arrivano i pirati informatici e ti fanno dei casini che non finiscono più. E allora mi hanno consigliato di rivolgermi a voi che fate, come si dice, il business planning, per combinare tutta la faccenda e trovare un'azienda specializzata per le protezioni».

Da quanto mi ha riferito, l'altro gliel'ha fatta un po' lunga sulla necessità di formulare un piano strategico complessivo, che tenesse conto delle variabili del mercato, che il problema della protezione era solo uno degli aspetti delicati e che qui e che là e bla e bla e bla... Ma alla fine si è pronunciato:

«Forse troverà qualcuno che le prepara il sistema di protezione per una cifra inferiore, ma se vuole servirsi della società leader del mercato, la scelta è una sola: la Criptosoft».

Il maresciallo ha buttato lì:

«E invece la Titano Informatica, l'azienda del dottor Barberis? Me ne hanno parlato bene...».

L'altro lo ha interrotto:

«Non so chi possa averle parlato bene di Luca Barberis e della sua azienda, comunque la Criptosoft non ha niente a che vedere con Barberis. Se si informa meglio scoprirà che Barberis è stato un bluff: per un paio d'anni lo hanno creduto un guru della sicurezza informatica, ma al primo progetto impegnativo è crollato».

«Davvero?»

«Certo, chieda a chiunque si occupi di queste cose: Luca Barberis, lo dico senza mezzi termini, si è sputtanato da più di un anno. E poi, lei non li legge i giornali? Barberis è scappato all'estero dopo aver ucciso uno qui a Milano.»

La scenetta dello scemo del villaggio in cerca di protezione informatica è stata ripetuta davanti ad altri due consulenti ed ha funzionato ancora: anche nell'era del digitale, l'ingenuità del tenente Colombo batte la scienza di Sherlock Holmes. Comunque, in tutti e tre i casi, la risposta è stata identica:

«Luca Barberis si è sputtanato».

Ora posso completare il tuo racconto.

Il mercato della sicurezza informatica diventa molto ampio, molto appetibile. Ma, malgrado il suo espandersi, c'è poco posto per i nuovi venuti: è un lavoro che si basa totalmente sulla fiducia e i clienti preferiscono rivolgersi a chi è già conosciuto.

I Lajanca, padre e figlio, intuiscono le potenzialità di

questo business e decidono di entrarci, ma a modo loro, in modo cioè da investire poco e ricavare il massimo.

Prendono accordi per rilevare la Criptosoft che ormai, proprio per via della tua concorrenza, naviga in cattive acque. Nel frattempo, a te offrono un contratto favoloso che ti costringe a chiudere con la maggior parte dei tuoi clienti e a concentrarti solo su quel lavoro commissionato da una misteriosa società finanziaria.

Ma quel contratto contiene una clausola che per loro è come un cavallo di Troia. La verifica del sistema attraverso la Caravaggio S.p.A. permette a Giuliano Lajanca di mettere un virus nel tuo programma e di sputtanare te e la tua azienda, cioè, di farti fallire.

Il loro piano è inattaccabile da ogni lato. Non appena il virus informatico è entrato in azione, Ennio Lajanca, sfruttando la sua ampia rete di conoscenze nel mondo degli affari, mette in guardia tutti dall'affidare incarichi a te. D'altro canto, tu non puoi neanche raccontare in giro che il programma è stato contaminato dall'esterno: tu, il guru della sicurezza, che lasci contagiare un tuo programma!

A quel punto, loro ufficializzano l'acquisto della Criptosoft e, proprio mentre tu ti avvii al fallimento, i Lajanca possono cominciare a raccogliere i clienti che tu hai perso: ecco perché la Criptosoft vale oggi venti volte il prezzo al quale è stata pagata.

Adesso capisci come mai, quando ero all'università, immaginavo di inchiodare in tribunale i tipi come Lajanca? Capisci perché ti devi costituire?

Ti aspetto.

Inviato: venerdì 14 maggio 21.07
Da: angelo@nirvana.it
A: miogiudice@nirvana.it
Oggetto: Colpito e affondato

Mi aspetta? Aspetta proprio me, signor giudice?

Mi ha scritto "ti aspetto" come se ad attendermi, invece della galera, ci fosse una casa e una donna.

Sì, certo, lei è una donna, signor giudice, ma io intendevo la cosa diversamente.

La tentazione è forte. È come quella sera a Torino. Fermarmi, levarmi dalla testa questa maledetta idea di uccidere di nuovo, di completare il lavoro. Fermarmi e farmi accogliere da lei.

Lei cosa farà, signor giudice, quando tutto sarà finito? Mi verrà a trovare in carcere? Mi porterà dei libri? Parleremo di buone letture, di politica e di giustizia? Diventeremo amici?

I compagni di cella la vedranno andar via, dopo il colloquio, e mi chiederanno:

«È la tua ragazza?».

«No, è il giudice che mi ha fatto sbattere dentro.»

Ma poi c'è la tentazione opposta, quella di finire il lavoro. È come un tarlo, e ha iniziato a scavare la notte stessa dell'omicidio, quella tra il 22 e il 23 aprile, durante la mia fuga. Mi sono detto: "Tutto qui?".

No, non era tutto lì. La morte di Giuliano riportava alcune cose al loro posto, ma al mosaico mancavano ancora due o tre tessere, a partire da quella che riguarda il modo in cui quel virus è entrato nel mio computer e nella mia vita. Dovevo scoprirlo quel modo.

Scoprire e uccidere, scoprire e uccidere, scoprire e uccidere.

Era questo il ritornello che mi girava per la testa, mentre lasciavo Torino e la mia moto cominciava a faticare sulle salite.

Qualche giorno fa ho parlato della valle di Susa, ma non prenda per oro colato tutto quello che dico, non è detto che sia passato di lì, dal Monginevro o dal Moncenisio. Pensi un po' quanti valichi di frontiera ci sono, quanti passaggi per arrivare in Francia senza essere troppo notati. C'è Olivetta San Michele, con una stradina che pare una mulattiera, ma che per la moto è l'ideale; da Torino è un po' distante, ma si può fare. Poi, che portano a Briga, ci sono delle mulattiere vere e proprie: avessi avuto la mia F650 GS le avrei prese in considerazione. E il colle di Tenda. E la Lombarda. E il colle della Maddalena. Il colle dell'Agnello. Certo, sono passi piuttosto alti, c'era il rischio che fossero chiusi, ma con una moto si va quasi ovunque.

Dunque, signor giudice, poiché vorrei che passasse ancora del tempo prima che lei mi porti le arance in galera, non sarò più preciso. D'altro canto non è importante. È più importante che continui a parlarle di quel ritornello che mi accompagnava lungo la strada, mentre attraversavo i paesi spopolati dalla bassa stagione.

Non posso dire che fosse una splendida mattina, non lo sarebbe stata comunque; però l'aria era abbastanza calda, e il sole appena un po' velato da vapori leggeri, come se si fosse nascosto dietro un foglio di carta traslucida. Tutto intorno c'era ancora neve, ma neve di primavera, quella che verso mezzogiorno comincia a solcarsi di ruscelli improvvisati e a macchiarsi di chiazze d'erba sempre più ampie. Non so per lei, signor giudice, ma per me non c'è cosa più dolcemente malinconica di quell'affiorare dell'erba gialla sulle piste da sci. Sì, è vero, ci sono le spiagge di settembre, col cielo basso e il mare grosso, ci sono le foglie che cadono, ma per me, la vera immagine della stagione che finisce e del tempo che passa sono le stazioni sciistiche a primavera, con gli scheletri immobili delle seggiovie e i negozi bui dietro le vetrine che ancora espongono i cartelli dei saldi.

Erano davvero così i villaggi che mi lasciavo alle spalle uno dopo l'altro. Il rumore della moto tagliava con discrezione il silenzio e, se per caso incrociavo qualcuno, avevo l'impressione che stesse vivendo una vita sospesa in attesa di nuove orde barbariche armate di sci e di feroce voglia di divertirsi.

Sarebbe stato un paesaggio d'una tristezza infinitamente tenera se solo quel ritornello non m'avesse martellato in testa: scoprire chi e come aveva messo quel virus nel mio computer, scoprire e poi ammazzare.

Forse è tutto qui il senso di questo mio scriverle: scoprire l'arma con cui Giuliano Lajanca ha ucciso me prima che io uccidessi lui. Scopriamolo insieme, signor giudice, poi sia quello che deve essere e se lei riuscirà a fermarmi prima del nuovo omicidio, buon per lei.

E adesso le dirò dove sono.

Sono in un albergo. Il nome ce lo metta lei: Hotel des Voyageurs, Hotel de la Paix, Hotel du Commerce, Hotel de la Poste. Sicuramente non Holiday Inn, non Mercure, non Intercontinental, ma neppure Formule 1 o qualcun altro dei motel a basso costo delle periferie francesi. Un nome vecchiotto, come i mobili di questa stanza al quarto piano: un pagliericcio imbottito, da una piazza e mezza, un armadio con un'anta a specchio e l'altra che sta su per grazia di dio, e un comodino, con dentro il segno tondo lasciato negli anni dall'orinale. No, adesso il vaso da notte non c'è più. In un angolo, dietro un tramezzo di legno, hanno ricavato un bagno, con la tazza, la doccia e il linoleum per terra. Il lavabo l'hanno lasciato in camera: lavabo, riquadro di piastrelle bianche alla parete e bastone porta asciugamani. Sull'altro comodino, d'una plastica che imita malamente il rovere, c'è appoggiato il telefono, quello dal quale stacco il cavo per connettere in rete il computer.

La finestra si affaccia su una via così stretta che non ci passano neanche le macchine. Di fronte abita un vecchio, solo. A volte i nostri sguardi si incrociano mentre guardiamo fuori alla ricerca di una novità che ci faccia passare il tempo. Non so perché, ma ho l'impressione che sia un giudice in pensione; o quantomeno ha l'aspetto che io immagino essere quello di un vecchio giudice in pensione: barba a punta, capelli grigi un po' lunghi e occhiali tondi. Un'immagine da libro illustrato d'altri tempi. Chissà quanti assassini ha mandato alla ghigliottina.

E chissà cosa direbbe il signor Armand, l'albergatore, se sapesse che sono un assassino. Sarebbe una grossa delusione; credo che mi abbia preso in simpatia fin dalla prima sera.

«Avete una stanza singola?» gli ho chiesto cercando di cancellare l'accento italiano dal mio francese.

«Per quante notti?»

«Almeno una settimana, forse di più, ma glielo potrò confermare solo nei prossimi giorni.»

«È qui per lavoro?»

«Sì.»

«Rappresentante?»

«No, devo fare delle ricerche al catasto. Lavoro per un notaio di Bellinzona, in Svizzera. Una questione di eredità.»

«Ah, davvero? Pensavo che i notai fossero più ricchi, specialmente quelli svizzeri. Credevo che ai loro dipendenti pagassero almeno un hotel a tre stelle.»

«È proprio perché sono ricchi che cercano di spendere il meno possibile. E poi, qui da voi si sta bene; il vostro albergo me l'ha consigliato un amico che ci è già stato.»

«Su questo non si sbaglia! E immagino che il suo amico le avrà parlato anche della nostra cucina: spero che almeno la cena vorrà prenderla qui da noi.»

«Certo, sarà un piacere.»

«Ecco la chiave, signor?»

Ho buttato lì il primo nome ticinese che mi è venuto in mente e ho sperato che negli alberghi francesi fosse ancora in voga la simpatica usanza di non chiedere i documenti agli ospiti.

«Le serve la carta d'identità?»

«No, non occorre. Vuole andare a prendere i suoi bagagli?»

«Li ho lasciati alla stazione, ci andrò domani.»

«Allora il pagamento è anticipato» ha dichiarato, perdendo un po' del suo fare amichevole.

«Naturale, pago le prime sette notti.»

«Mi faccia fare il calcolo... sono duecentoquarantacinque euro.»

Ho tirato fuori dalla tasca cinque biglietti da cinquanta e li ho distesi sul bancone del bar; il suo sorriso è tornato.

In realtà avevo lasciato la moto e le borse in un'autorimessa in periferia, pagando anche lì, anticipatamente, per due mesi; poi avevo cominciato a vagare finché non avevo individuato il quartiere che faceva al caso mio. Era nella parte vecchia della città; vecchia, non antica. Case dall'intonaco scrostato, strade minuscole e contorte come budelli, odori di cucina, di immondizia, di marcio. Ma più delle case guardavo i negozi, le vetrine spoglie, senza fronzoli, le insegne dipinte sui muri o su fogli di latta verniciata, con le scritte sbiadite dal tempo o mangiate dalla ruggine: BOUCHERIE, QUINCAILLERIE, MERCERIE & BONNETTERIE, VINS À EMPORTER, COMPTOIRS COMMERCIAUX DE LA BEVERA, BOULANGERIE, CAFÉ RESTAURANT DES AMIS, ÉPICE-

RIE. Niente Benetton, niente McDonald's, niente locali alla moda, boutique eleganti, verdurieri specializzati in primizie, niente "non solo...", niente parrucchieri dai nomi improbabili.

Non avrei sopportato un altro di quei posti dove ci sono più banche che panetterie. Non so se ci ha fatto caso, io, dopo che le banche mi hanno mangiato di traverso, lo noto sempre: ma quante banche ci sono? Quanti sportelli sono disseminati lungo le strade delle nostre città? Ogni volta che tornavo a casa dai miei, mi accorgevo che un negozio era scomparso per lasciar posto ad una nuova filiale di qualche istituto di credito. La macelleria? Banca Sella. L'elettrauto? Banco Desio. La drogheria della signora Erminia? Cassa di Risparmio di Cuneo. E poi Banca Intesa, Unicredit, San Paolo, Banca d'Alba... Da casa nostra, senza percorrere più di un chilometro, potevi comprare azioni in sette o otto banche differenti, ma se ti serviva un litro di latte dovevi prendere l'auto e andare fino al centro commerciale.

Mi serviva un quartiere così, un quartiere di nuovi immigrati e di gente che non avrà mai i soldi per andare un po' più in là. Un quartiere di varia umanità, dove nascondermi rimanendo ben visibile, sotto gli occhi di tutti.

Senza contare che l'albergo dove sto è a sole tre fermate di metro dall'ufficio dell'unico che forse mi può aiutare, l'unico oltre a lei, signor giudice. Per questo sono venuto in questa città. È stata come una folgorazione. Ero lì, sulla mia moto, avevo appena superato la frontiera, quando nella mia mente si è formata l'immagine di un ragazzo dai capelli rossi davanti a un monitor, con lo sguardo fisso, ispirato, e le mani che corrono sulla tastiera con movimenti impercettibili: l'alter ego di Mirko Guidi, il lato buono della Forza, o almeno così ho creduto. In un attimo ho deciso che era qui che mi sarei rifugiato e che lo avrei contattato: se c'era qualcuno che poteva scoprire l'origine del virus che mi ha rovinato, questo qualcuno era lui.

Il ragazzo dai capelli rossi, io l'ho conosciuto durante un workshop. Era la presentazione di un nuovo sistema di protezione di una software house americana e la filiale europea aveva chiamato a raccolta i migliori esperti del settore: giornalisti, docenti, ma, in sostanza, ex hacker. Avevano lanciato una sfida: ventimila dollari in contanti a chi riusciva per primo a violare il sistema, tempo limite tre ore. La sicurezza informatica è sempre questione di tempo, non esistono dispositivi invulnerabili, si tratta solo di rendere il più lungo possibile il momento dell'attacco in modo che ci si possa accorgere di quanto sta avvenendo. Tre ore di tempo limite; al ragazzo dai capelli rossi bastarono trenta minuti. Gli americani si incazzarono parecchio, le banconote del premio quasi gliele sbatterono in faccia, senza neanche chiedergli chi fosse; poi raccolsero i loro striscioni, le loro bandierine e i loro computer e se ne andarono. La gente si allontanò rapidamente dallo stand, mentre il ragazzo dai capelli rossi rimaneva lì, come inebetito. Forte del mio tesserino "Professional" bene in vista sul risvolto della giacca, lo avvicinai e gli offrii da bere; pensavo che un contatto come quello sarebbe stato prezioso per la mia azienda. Cominciammo a mandarci di tanto in tanto delle e-mail e a parlare di una possibile sede francese della Titano Informatica; poi è successo quello che è successo...

La prima cosa che ho fatto dopo aver preso possesso della mia stanza è stata proprio uscire e andare a verificare che la società dove lavorava il ragazzo dai capelli rossi fosse ancora all'indirizzo che io ricordavo.

Per le strade c'era un po' di vento, tiepido, forte quel tanto che bastava per far volare le cartacce gettate nei canali di scolo accanto ai marciapiedi, ma, tutto sommato, piacevole e profumato. E, malgrado il vento, c'era quella tranquillità silenziosa dell'ora in cui si chiudono le ultime saracinesche dei negozi. Ho aperto la cartina che avevo comprato nel pomeriggio e mi sono messo in cammino lungo le viuzze del quartiere fino ad incrociare il grande boulevard alberato che portava fuori, verso la zona degli affari. Guardando in su, attraverso le poche finestre illuminate, si vedevano stanze dai soffitti altissimi e pareti coperte di librerie e mobili antichi. In meno di mezz'ora sono arrivato a destinazione. Misurata in metri, la distanza non era molta, ma calcolata in euro al metro quadro era abissale: gli edifici ottocenteschi allineati lungo il viale esibivano portoni di legno lucido, fiancheggiati da file di targhe d'ottone splendente. Su una di quelle targhe ho trovato il nome della società e mi sono fermato in contemplazione. Ad un tratto, sull'uscio si è affacciata una donnina di mezza età:

«Cerca qualcuno?».

«No, grazie. Volevo solo verificare che l'ufficio dove ho appuntamento domani fosse proprio qui; sa, la società ha due sedi e...»

«E l'ha trovato?» ha insistito la portinaia.

«Credo di sì, ma approfitto della sua gentilezza per chiederle un'informazione.»

«Mi dica.»

«Saprebbe dirmi se in quell'ufficio lavora un ragazzo sui ventisette anni, capelli rossi, occhiali...»

«Il signor Patrick. Il cognome non lo conosco, ma da come lo descrive può essere solo il signor Patrick.»

«Sì, è lui. Allora questa è la sede giusta. Grazie di tutto. Credo che ci rivedremo domani.»

«Guardi che domani è sabato: è sicuro che il suo appuntamento sia proprio per domani?»

«Ha ragione, è meglio che verifichi sull'agenda.»

La donnina è rientrata, pronta a un nuovo agguato. Io sono tornato sui miei passi.

Imboccando una strada a qualche decina di metri dal mio hotel ho avuto conferma di un sospetto che mi aveva sfiorato fin dall'inizio: sugli angoli, a due a due, conversando, stavano delle signore alle quali l'età avrebbe consigliato un abbigliamento meno succinto e un trucco meno pesante. Quella era la via delle puttane vecchie, le puttane dai fianchi grossi, dai seni flaccidi e dal fare materno. Dunque avevo scelto bene il mio rifugio. Le zone delle prostitute giovani sono pericolose: scontri tra protettori, risse, retate della polizia; ma dove ci sono le vecchie battone tutto è tranquillo. Le passeggiatrici dalla cinquantina in su sono un'istituzione, un monumento; non interessano più a nessuno se non ai clienti affezionati: non hanno più il magnaccia, a meno che nel frattempo non lo abbiano sposato, e la polizia evita di disturbare il loro lavoro e quello di tutto il circondario.

Sono entrato nel bar che fa da hall e da reception al mio albergo. Il televisore era sintonizzato su un canale che trasmetteva una partita di calcio. Ho riconosciuto le maglie dell'Olympique Marsiglia, ma l'altra squadra non so quale fosse. Seduti ai tavoli o appoggiati al banco, i clienti, non più di una decina, guardavano il match senza infervorarsi troppo, senza tifare per gli uni o per gli altri, ma commentando ad alta voce le azioni di questo o quel giocatore.

Il signor Armand ha lasciato il bancone ed è venuto verso di me che intanto mi ero seduto vicino alla vetrina.

«Mi dispiace, ma a quest'ora la cucina è chiusa.»

«Non importa» gli ho risposto. «Posso avere un panino?»

«Le va bene del brie?»

«Benissimo.»

«Ci vuole sopra anche un po' di tapenade?»

«Cos'è?»

«Un trito di olive nere e capperi sott'olio.»

«Vada per la tapenade.»

«E da bere?»

«Una bock. Demi.»

Mi ha portato la mia mezza bionda alla spina, poi è tornato al banco a prepararmi il panino.

L'OM in quel momento ha segnato un goal e nel locale è

risuonato un urlo, ma contenuto, più d'ammirazione che di gioia.

Finalmente è arrivata anche la baguette con il formaggio e la tapenade. L'albergatore me l'ha posata sul tavolo, poi si è seduto accanto a me e ha indicato una foto incorniciata e appesa sul muro di fronte.

«Lo vede quell'uomo?»

L'immagine, in bianco e nero, ritraeva il volto sudato di un cantante sulla scena. La bocca era aperta e i lineamenti erano piegati in una smorfia dolorosa: come se cantare gli fosse costato uno sforzo incredibile, o come se nella voce avesse messo tutta l'energia di cui era capace.

«Quell'uomo» ha continuato, «mi ha salvato la vita.»

Ho guardato le altre foto che praticamente tappezzavano la parete. Sebbene ripreso in teatri differenti, il soggetto era sempre lo stesso e persino il suo abito sembrava non cambiare mai: nero o grigio scuro, giacca a tre bottoni, tutti allacciati, cravatta nera, sottile, sopra una camicia bianca col collo leggermente aperto; un'aria da primi anni Sessanta.

Quei tratti da eterno ragazzo, quei capelli corti e neri, pettinati con la riga, quegli occhi di chi sogna cose tristi, quella faccia insomma, apparteneva ai miei ricordi, ma non sapevo collocarla con esattezza.

«Ecco, lassù, nella foto grande, ci siamo io e lui, qui, nel bar: è quella sera che mi ha salvato la vita.»

Io ho annuito. Non osavo chiedergli chi fosse quell'uomo che aveva posato accanto a lui, accanto a un Armand più giovane di una quarantina d'anni, che sorride inebetito mentre si asciuga le mani in uno strofinaccio che tiene infilato nella cinta.

Per fortuna, da un tavolo hanno chiesto quattro calvados e lui ha dovuto alzarsi.

«Di quella storia gliene parlo un'altra volta, con calma» mi ha detto allontanandosi.

Ho finito il sandwich, ho bevuto la birra e sono salito

nella mia stanza lanciando appena un cenno di saluto al signor Armand, indaffarato tra bottiglie, tazzine e bicchieri.

Arrivato in stanza, ho fatto per chiudere gli scuri ed è stato lì che, per la prima volta, ho incrociato lo sguardo del vecchio giudice. Mi ha scrutato, con un interesse che direi professionale, ma naturalmente è solo la mia fantasia che lavora, aiutata dal senso di colpa.

E così, con gli occhi di un giudice nei miei, si è chiusa la mia prima giornata da assassino. Dopo quaranta ore senza dormire, dopo centinaia di chilometri con la mia moto, dopo un morto sulla coscienza, ho spento la luce e ho atteso gli incubi.

Non sono ancora pronto per farmi prendere, ma se lei mi aiuta a scoprire il pezzo di verità che mi manca, forse io l'aiuterò a trovarmi, anche se non so se prima o dopo il mio nuovo omicidio.

A presto signor giudice.

P.S. Dimenticavo: colpito e affondato. Voglio dire che con la sua ipotesi ha colpito nel segno. Ennio e Giuliano Lajanca mi hanno distrutto per fare in modo che, comprando la Criptosoft per un pezzo di pane, diventassero in breve i leader nel mercato della sicurezza informatica. Ho il sospetto che il committente non sia mai esistito.

Inviato: mercoledì 19 maggio 08.15
Da: miogiudice@nirvana.it
A: angelo@nirvana.it
Oggetto: Una bella responsabilità

Come vedi, sono stata ai patti: non ho lavorato nel week-end e ho aspettato fino ad oggi per scriverti.

Bugia. Sabato e domenica ho lavorato, ma poco. Diciamo che, più che altro, ho riletto un paio di volte la tua mail di venerdì. Me la sono stampata e l'ho portata con me al lago. Ho un amico che ha una casetta a Montisola, sul lago d'Iseo. Ogni tanto ci andiamo, per distenderci. Ci mettiamo in giardino, seduti sulle sdraio; lui legge i suoi saggi storici, io, i miei romanzi polizieschi.

Questo fine settimana lui era alle prese con un interessantissimo trattato sul commercio del fustagno nel Cinquecento; io ho divorato *Rosaura alle dieci* di Marco Denevi.

«Di cosa parla?» mi ha chiesto.

«È la storia di un povero cristo che confessa un delitto che non ha commesso.»

«Ci risiamo...»

Lui, Enrico, dice che la mia passione per i gialli è una deformazione professionale, un modo per non staccare con il lavoro. Non so mai cosa rispondergli e allora, questa volta, gli ho replicato facendo mia la battuta del nostro Presidente del Consiglio:

«Sai, noi magistrati siamo "antropologicamente differenti"».

Ne abbiamo riso. Amaramente. L'autoironia è un buon salvagente in questi anni tristi e a queste tristi latitudini.

Ti confesso che mi hai fatto venire voglia di passeggiare per le strade del quartiere dove stai ora, quelle strade senza banche. Con quello che è successo ultimamente, ne abbiamo tutti le scatole piene di istituti di credito, finanziarie, azioni, bond...

Per fortuna, c'è la casa della nonna di Enrico, lì, sul lago, nel borgo vecchio dove abita ancora qualche pescatore. Anche qui le strade sono così strette che le macchine non ci passano. Anzi, sull'isola di auto non ce ne sono proprio, solo motorini e qualche Ape.

Una volta, io e Enrico abbiamo trascorso a Montisola quasi dieci giorni, in pieno inverno. Dieci giorni d'una nebbia da vedere a malapena l'acqua del lago che sciabordava nella darsena. Credo che sia stata una delle vacanze più belle della mia vita. E pensare che a Milano non riesco a dormire a casa di Enrico per più di due notti di fila; né lui riesce a stare da me.

«Ho quarantasette anni» mi dice, «un figlio grande, una ex moglie con la quale vado alla Scala una volta al mese, un appartamento che, col tempo, è diventato come quelle scarpe che, a forza di portarle, ti fasciano perfettamente il piede. La mia vita ha ormai l'inerzia di un pachiderma lanciato in corsa: non puoi farle mutare traiettoria all'improvviso, devi darle il tempo di capire che qualcosa è cambiato.»

Sono sei anni che quel pachiderma corre; sei anni che gli corro a fianco senza invadere la sua traccia e senza che lui invada la mia. A questo punto, l'inerzia del pachiderma mi appartiene.

Ma passiamo alle cose che ci riguardano più da vicino.

Certo che mi carichi di una bella responsabilità chiedendomi di aiutarti a scoprire l'ultima parte di verità. Ma come? Io assumo la direzione di un'indagine che sembra già risolta, con tanto di vittima e colpevole e tu mi getti in un caso che ha un'altra vittima, un altro colpevole, un altro movente e un'altra arma del delitto.

Sto scherzando. E poi, il movente ce l'ho già. La vittima sei tu. Per capire bene come funziona l'arma del delitto, il virus informatico, dovrò farmi aiutare da qualcuno e per quanto riguarda il colpevole, ho già un sospettato, che però non vuole confessare.

Sì, ho interrogato Mirko Guidi. Con me c'era uno della Polizia Postale, esperto di crimini informatici, nel caso che Guidi si fosse messo a tirar fuori roba di bit e di programmi. E invece non ha aperto bocca, o quasi.

«Signor Guidi, ci parli della sua collaborazione con Giuliano Lajanca e con Luca Barberis.»

«Non è stata una vera collaborazione. Lajanca era il mio principale e Barberis un fornitore o un collaboratore esterno; insomma, uno di un'altra ditta. Lui mi dava il programma da verificare e io verificavo.»

«Che tipo di programma?»

«Un sistema di protezione dell'accesso a un'area di transazioni finanziarie.»

«E dalle sue verifiche cosa è risultato?»

«Che Barberis era un incompetente.»

Lo ha detto con un sorriso, giocherellando con i fili che pendevano da uno strappo dei suoi jeans.

«Si spieghi meglio» lo ha incalzato quello della Polizia Postale.

«Il programma era pieno di virus.»

«Che tipo di virus?»

«Di tutti i tipi, compresi i più banali. Abbiamo trovato persino una vecchissima versione di Pong, quello che fa comparire sul monitor una pallina che rimbalza sui bordi, un virus degli anni Ottanta. Per non parlare di quello che fa cadere le lettere a una a una.»

«Ma se erano così conosciuti, perché non li avete rimossi?»

«Il rischio non erano i virus. Il rischio era la facilità con cui quelli della Titano Informatica lasciavano contaminare le loro macchine e quindi i loro programmi.»

«Avete conservato una copia del sistema elaborato da Barberis?»

«Naturalmente no. Tutto è stato distrutto dopo che il committente ha deciso di cambiare fornitore.»

«Questa decisione è stata presa a lavoro ultimato?»

«Neanche per sogno. Ci siamo accorti fin dall'inizio dei problemi che c'erano e abbiamo avvertito il committente.»

«Chi era il committente?»

«Io non l'ho mai saputo.»

Il suo modo di fare mi innervosiva. Spavalderia, strafottenza, sguardo di sfida. Tutte cose che odio. E lui sembrava che lo avvertisse e che lo facesse apposta. Se è così è un genio, perché mi ha fatto arrabbiare al punto da non capire più se davvero le sue risposte mi suonavano false o se oramai avevo nei suoi confronti una posizione preconcetta. Ho dovuto chiudere l'interrogatorio.

«Un'ultima domanda: lei lavora ancora per la Caravaggio S.p.A.?»

«Credo che lei lo sappia meglio di me: da otto mesi sono direttore della progettazione alla Criptosoft.»

Era vero. Lo sapevo, così come lo sai tu.

Adesso è venuto il tempo del dubbio: a chi credere? Quella dell'interrogatorio non è una scienza esatta, è questione di intuizione e di fiducia, anzi, di fede. A un certo punto abbracci una verità. Io ho deciso di abbracciare la tua, di credere che il tuo programma non era popolato da virus banali dovuti alla vostra incompetenza, ma che il virus, quell'unico virus distruttivo, l'ha immesso Mirko

Guidi, per rovinarti. E lo dimostrerò, così ti uscirà dalla testa quel ritornello: scoprire e uccidere, scoprire e uccidere.

D'altro canto, dare fiducia a te è praticamente inevitabile. Non posso pensare che un tecnico incompetente sia in grado di mettere in scacco tutti gli informatici che da due settimane cercano di trovare il punto da dove invii i tuoi messaggi: pensa, la tua ultima mail risultava spedita da Milano, da un internet point vicino a Lambrate.

Con Guidi ricominceremo tra qualche giorno.

Inviato: mercoledì 19 maggio 23.57
Da: angelo@nirvana.it
A: miogiudice@nirvana.it
Oggetto: Ecco il virus

Sono contento che anche a lei Mirko Guidi sia parso detestabile. Io ormai non mi limito a detestarlo, io lo odio. Specie dopo quello che ho scoperto oggi.

Sì, signor giudice, oggi ho fatto una scoperta, perché anch'io porto avanti la mia indagine.

Ma forse è meglio che proceda con ordine.

Sabato 24 aprile mi sono svegliato al filtrare della prima luce attraverso gli scuri. Avevo il fiato grosso e la bocca asciutta, e in testa mi girava uno dei tanti incubi della notte. Ho guardato l'ora, erano le sette e venti. Mi sono chiesto se fosse il caso di andare a cercare Patrick in ufficio. Meglio di no. Trovarlo di sabato sarebbe stato un terno al lotto e ultimamente con la fortuna non mi girava molto bene. E poi, non credo che avrei sopportato un altro interrogatorio della concierge. Ho richiuso gli occhi ed è iniziato un dormiveglia agitato. Ero in moto e sentivo dentro tutte le vibrazioni, tutte le asperità della strada; quando il sobbalzo era particolarmente forte, avevo come un sussulto e, per un attimo, mi svegliavo. Poi ricominciava. La moto, la macchina, la prima che si innesta e il corpo di Giuliano, tra il paraurti e il muro. Poi ancora moto, montagne, neve che si scioglie, le strade di Torino. E nuovi salti, risvegli improvvisi e ricadute in un sonno che sonno non era.

Sono sceso che erano le dieci. Al bar c'era una donna sui sessanta, ma ben portati, e ho capito subito che era la moglie del signor Armand.

«Lei deve essere il giovanotto svizzero che è arrivato ieri.»

«Sì, sono proprio io» ho risposto cercando di abbozzare una smorfia che assomigliasse a un sorriso.

«Cosa prende?»

«Café au lait.»

«Si sieda pure, glielo porto subito. Tanto oggi immagino che non lavori.»

Il marito le aveva riferito proprio tutto.

«No, oggi riposo. Così prendo confidenza con la città: credo che dovrò girare da un archivio all'altro.»

Mi sono sistemato allo stesso tavolino della sera prima. Dopo un attimo è arrivata la tazza fumante. La signora ha preso dal tavolo accanto un cestino nel quale riposava un solitario croissant risparmiato dalla voracità di qualcuno che, poco prima, aveva riempito tutta la zona di briciole appiccicose.

Finita la colazione, sono uscito e ho cominciato a vagare per le strade. A vagare davvero, non come la sera precedente, che avevo camminato con una meta. Assaporavo il senso di protezione della città, l'essere anonimo tra altri anonimi. Sentivo che non mi avreste mai preso.

Ho guardato ancora i negozi, l'acqua che colava nelle canaline dei marciapiedi, i bar con le tendine a metà vetrina e il banco di zinco: mi sentivo come in un film con Jean Gabin, un film di Maigret.

A forza di girare, sono sbucato in una piazza rettangolare, coperta quasi interamente da una tettoia di ferro verniciata di verde, con qualche decorazione liberty vicino ai pali di sostegno. Sotto, il mercato brulicava di donne islamiche e di vecchi algerini che rimestavano nelle cassette alla ricerca di un cespo d'insalata meno avvizzito degli altri o di qualche frutto non troppo ammaccato. In un angolo della piazza c'era un'edicola che esponeva giornali in arabo.

Già, i giornali. Ho chiesto all'edicolante, ma al suo cenno negativo, mi sono convinto che dovevo andare fino alla stazione e così ho fatto. In un chiosco nell'atrio ho comprato il "Corriere", poi sono andato a leggerlo su una panchina del terzo binario.

"La polizia sulle tracce dell'assassino del Naviglio Grande." Era questo il titolo che apriva la cronaca di Milano. Nel pezzo si parlava ancora del delitto, della mancanza di un movente e si faceva più volte il mio nome. Eppure, leggendolo mi sembrava che la cosa non mi riguardasse, che fosse un fatto come un altro: ci vuole tempo per abituarsi all'idea di essere finiti sul giornale. Terminato l'articolo ho sfogliato le altre pagine, spizzicando qua e là pezzi di frasi e mezzi titoli: il tempo che avrebbe fatto, le interminabili lamentele per l'euro, le polemiche sul capo del governo che, anche quest'anno, sembrava voler disertare le celebrazioni del 25 aprile. Già, il 25 aprile. Mi sarebbe piaciuto andare a qualche commemorazione, di quelle in tono minore, mescolarmi a qualche sparuto gruppo di partigiani canuti, assistere alla deposizione di una corona di fiori e poi cantare *Bella ciao* con loro, prima che, di 25 aprile in 25 aprile, di partigiani non ne rimanesse più nessuno.

Che idee strane. Forse era già la nostalgia dell'Italia.

L'altoparlante ha annunciato l'arrivo di un treno locale e, dopo pochi minuti, le porte delle carrozze ferme davanti a me si sono aperte e hanno rovesciato sul marciapiede decine di ragazze e ragazzi giunti in città per lo shopping del sabato. L'ultima a scendere dal treno è stata una finta bionda sui venticinque anni, forse trenta. Vistosa, trucco pesante, minigonna e stivali sopra il ginocchio. I suoi tacchi hanno risuonato sulla banchina che ormai era tornata deserta e io l'ho seguita con lo sguardo fino a quando si è infilata nel sottopassaggio. Malgrado tutto quell'eccesso di esibizione, mi ha eccitato.

Ho pensato al tempo che era passato dall'ultima volta che avevo fatto l'amore e di lì il pensiero è corso fino all'ultima volta che una donna mi aveva amato o, quanto meno, aveva provato a farlo. Due anni. Sono trascorsi più di due anni dall'ultima volta che ho pensato di poter agganciare la mia vita a quella di qualcun altro. L'illusione è durata qualche mese, poi, con la mia azienda, se n'è andata anche lei. E poi, in fondo, meglio così; era una storia balorda, l'ennesima. Mai che io riesca ad arrivare per primo, c'è sempre un ménage à trois, sempre un rivale da sconfiggere, sempre un fidanzato, un marito, un amante di più lunga data.

Al diavolo anche la puttanona con gli stivali e la minigonna.

Mi sono alzato e ho ripreso a vagare. Fino a sera. E il giorno dopo lo stesso.

Il lunedì, alle nove meno un quarto, ero già sotto l'ufficio di Patrick, ma ho preferito aspettare prima di entrare a cercarlo. Lì di fronte c'era un bar con i tavolini all'aperto. Mi sono seduto e ho ordinato un caffè. Lo sguardo fisso sull'ingresso del palazzo, in attesa del momento in cui avrei visto la sua zazzera rossa. Sono passati cinque minuti. Il caffè è arrivato, tazza grande, lui no. Ho appoggiato la zolletta sulla superficie del liquido scuro, l'ho guardata impregnarsi e poi sgretolarsi. Ho preso un secondo zuccherino e poi un terzo e ho fatto la stessa cosa, con la stessa lentezza, con la speranza di vederlo comparire. Ho sorbito la mia tazza grande, senza distogliere gli occhi dal portone aperto e dalla portinaia che spazzava il marciapiede. Alle nove e venti non ho più resistito. Sono entrato nell'edificio e ho fatto per salire la scala di pietra.

«Monsieur» mi ha richiamato la portiera, «c'è l'ascensore.»

«Grazie, non l'avevo visto.»

Credo che, più che risparmiarmi la fatica, volesse impedirmi di insudiciare quei gradini che sapevano di appena lavato.

L'ascensore era tutto un risplendere di legno lucido e ottone. Ho premuto il pulsante del terzo piano e mi sono seduto sul panchetto ribaltabile.

Appena superata la soglia dell'ufficio, mi è venuto un groppo in gola: sembrava la replica della nostra sede di via Archimede.

La ragazza all'ingresso mi ha accolto con un sorriso così lungamente studiato in anni di cortesia a pagamento da sembrare autentico.

«Sto cercando il signor Patrick.»

Il cognome l'ho omesso volutamente, per far intendere che eravamo amici, perché non mi liquidasse con un "È in riunione".

«Vedo subito se c'è.»

Ha composto il numero di un interno e ha sussurrato qualcosa di incomprensibile, poi, posata la cornetta, ha ripreso il sorriso e mi ha detto:

«Mi dispiace, è in ferie per due settimane. Vuole lasciargli un messaggio?».

«No, grazie. Tornerò.»

Due settimane! Capisce, signor giudice, come mi sentivo. Io che avevo sperato di risolvere tutto e subito! Quel ritornello, scoprire e uccidere, mi avrebbe tormentato per altri quindici giorni, almeno.

Meno male che oggi ho scoperto qualcosa: ancora un po' e non mi resterà che uccidere, poi avrò finito.

Dopo un primo momento di confusione, mi sono detto: "Ma sì, due settimane in più o in meno, oramai non cambia molto". E ho ripreso a fare il turista, o meglio, lo sfaccendato, il vagabondo.

Una passeggiata lungo il fiume, una sosta al caffè, qualche ora in biblioteca a leggere con calma, giorno dopo giorno, sempre lo stesso libro: *Il conte di Montecristo*. Così faccio contento mio nonno, che in vita sua aveva letto solo Dumas e che non aveva mai imparato a scrivere; mio nonno, che poco prima di morire mi aveva regalato i tre libri che da sempre avevo visto sulla credenza della sua cucina: *I tre moschettieri*, *Il conte di Montecristo* e *La regina Margot*.

E poi il giornale del mattino, tutte le mattine, "Repubblica" e "Le Monde"; poi, col passare dei giorni, solo "Le Monde". È da "Repubblica" che ho saputo che lei era diventata il pubblico ministero del mio caso, il mio giudice.

Il mio giudice.

C'è qualcosa di tremendo e di dolcissimo in questa espressione. "Giudice" suona così duro, così definitivo, così condannatorio. Mi ricorda il vecchio giudice che sta di fronte al mio albergo. Ma poi c'è quel "mio", che crea intimità, che mi lega a lei.

E così le scrivo. Per essere meno solo, e soprattutto per fare chiarezza, ma questo gliel'ho già detto.

Verso le sei, torno in albergo e recito la mia parte con il signor Armand e con sua moglie.

«Buona sera. Come vanno le ricerche negli archivi?»

«Sono lunghe» ripeto invariabilmente, «ho l'impressione che non ne uscirò più.»

«Beati quelli che ereditano, allora.»

«Eh sì, beccano proprio una bella fortuna.»

Di solito, se il bar non è affollato, scambio quattro chiacchiere con loro. Poi salgo in camera, faccio una doccia e mi metto alla finestra in attesa che venga l'ora di cena. È soprattutto in quei momenti che incrocio lo sguardo del vecchio giudice. Sembra che mi aspetti.

Da prima ho trovato la cosa simpatica: due persone sole che si tengono compagnia senza parlarsi, senza conoscersi, semplicemente verificando la reciproca presenza. Un vecchio e un giovane, un giudice e un assassino. Edificante fiaba metropolitana. Poi però, a mano a mano che il tempo è passato, ho visto in quegli occhi uno sguardo sempre più indagatore. Sotto le sue sopracciglia nere e cespugliose ha cominciato a nascere qualcosa di cattivo. O così a me è parso.

A proposito della cucina, l'albergatore non ha mentito, si mangia proprio bene. Certo, tutta roba un po' grassa, boudin, cotechino, stufato, ma innaffiata con un Côtes-du-Rhône che ti riconcilia anche col sanguinaccio.

Dopo cena, guardo la tele nel bar. Le trasmissioni sono le stesse della tv italiana: persone chiuse in un appartamento o abbandonate su un'isola deserta o buttate lì, in un villaggio turistico, a vedere chi per primo tradirà il fidanzato o la fidanzata, con telecamere guardone che riprendono tutto. Ma per fortuna, ogni tanto mandano qualche vecchio film. Ho visto per quattro ore *Manon des sources*, di Pagnol, e alla fine ho pianto. E poi due film di Jacques Tati e uno con Fernandel, quello dove lui trova un tesoro immenso, diventa generoso con i suoi compaesani e quelli iniziano a odiarlo, fino a quando scopre che quei soldi sono falsi.

Se vede che comincio ad annoiarmi, il signor Armand viene a sedersi vicino a me, mi offre un calvados e cominciamo a chiacchierare. L'altra sera mi ha finalmente spiegato la storia della sua foto con il cantante, quello che, a suo dire, gli ha salvato la vita.

«Lo vede quell'uomo?» ha ripreso sullo stesso tono della prima volta, «quell'uomo mi ha salvato la vita.»

Si è arrestato un secondo e mi ha chiesto con sospetto:

«Lei sa chi è quell'uomo, vero?».

In quel momento, i miei neuroni hanno effettuato la connessione che attendevo da giorni:

«Jacques Brel».

«Ah, meno male. I giovani di oggi non lo conoscono più, ma lui è stato il più grande, uno che sul palco dava tutto. Avrebbe dovuto vederlo com'era conciato quando è venuto a mangiare qui, dopo il concerto: spettinato, la camicia macchiata di sudore, quasi quasi barcollava tanto era stanco, ma sempre un signore, uno che se c'era da dare una mano non si tirava indietro. È stato quella sera che mi ha salvato la vita, la sera della foto.»

Jacques Brel, *Ne me quitte pas*, *La chanson des vieux amants*; ecco tutto quello che sapevo.

È rimasto lì, zitto, in attesa che io lo invitassi ad andare avanti.

«Come ha fatto a salvarle la vita?»

«Con una canzone, e come se no?»

«Una canzone le ha salvato la vita?»

«Sì, una canzone tutta per me, cantata apposta per me. E allora ho capito e la mia vita è cambiata.»

Ha visto che ero perplesso e ha raccontato la storia dall'inizio.

«Era il periodo che bevevo. Bevevo più io di tutti i clienti del mio bar messi insieme. Cominciavo al mattino: un cognac o un'acquavite prima di tirare su la saracinesca. Poi continuavo per tutta la mattina; un goccio, solo un goccino, ma in continuazione. A pranzo c'era il pastis, tre, quattro pastis, uno dietro l'altro, per far compagnia ai clienti, sempre più pastis e sempre meno acqua. Alla sera mi trascinavo, appoggiandomi al bancone e ai tavoli, puzzando d'alcool come un clochard della stazione. E tutto per colpa di Madeleine. Quando mi ha lasciato avevo ventiquattro anni, dopo sei mesi che se n'era andata, ne dimostravo quaranta. Siamo stati sposati un anno, un anno giusto. Se n'è andata proprio il giorno dell'anniversario, con un rappresentate di Rennes, uno che vendeva tinture per capelli.»

Chissà quante volte le aveva già dette quelle cose. Chissà quanti erano già stati lì, a quel tavolo, ad ascoltarlo pazienti. Eppure, dava l'impressione di avere ancora una gran voglia di affidare al primo sconosciuto tutta la vicenda delle sue corna.

«Diceva che io non la curavo abbastanza, che pensavo solo a questo maledetto caffè. Si immagini un po' lei cosa potevo fare. Il caffè lo aveva aperto mio padre, nel '27. Poi lui è morto nel Vercors coi partigiani, e mia madre si è spaccata le reni dietro questo bancone. Cosa voleva quella lì? Che mandassi a puttane il lavoro di mio padre e di mia madre? Certo che mi occupavo del bar; del bar, dell'albergo e del ristorante. Invece lei si occupava dei clienti. Ma io chiudevo un occhio. Credeva che non lo sapessi, ma io lo sapevo che lei se ne era fatti almeno due. Però io stavo zitto. Mi dicevo: Armand, lo sai che in fondo ti ama, lo sai che non sono queste le cose importanti. Poi un giorno è arrivato quel damerino di Rennes e lei, dall'oggi al domani, se n'è andata. La troia. E io ho iniziato a bere... A proposito...»

Ha indicato il bicchierino vuoto davanti a me:

«Ne vuole un altro?».

«No, grazie, basta liquori.»

«Una birra?»

Il cognac di prima mi aveva messo sete, ho annuito sorridendo.

«Una bock?» ha fatto lui.

«Preferirei una scura, una Pelfort.»

Si è alzato e un attimo dopo è tornato con due bicchieri colmi di pastosa doppio malto.

«Dov'ero rimasto?»

«A quando ha iniziato a bere.»

«Giusto. Madeleine mi ha mollato nell'ottobre del '63. A dicembre ero già uno straccio. Quando nel '64 Brel è venuto qua, penso che non mi restasse più molto da vivere, almeno facendo la vita che facevo. E invece è arrivato lui. In novembre, proprio dopo quel famoso concerto all'Olympia a Parigi. La sera che lui ha fatto il suo concerto qui da noi, io ho chiuso il bar fin dal mattino e ho detto alla cuoca di preparare una cena per dieci persone, una cena da non dimenticare. Ho pulito il locale, ho sistemato tutto, poi alle sei sono andato dal barbiere. Per uscire ho messo il vestito di quando mi ero sposato. Pensi che sono arrivato a teatro un'ora prima che iniziasse a cantare.»

Come ogni miracolato, Armand teneva scolpito nella memoria ogni dettaglio del giorno fatidico.

Ha bevuto un sorso, poi ha ripreso.

«Non mi sarei perso quel concerto per niente al mondo. Io avevo tutti i suoi dischi, ma dal vivo non lo avevo mai visto. È stato grande. Da far venire i brividi. Non erano solo canzoni, erano pugni nello stomaco, erano scosse elettriche, erano vino e carezze... io non le so dire queste cose, ma era così.»

Ancora un sorso.

«Alla fine del concerto ero d'accordo con un mio amico che lavorava nel teatro. Gli avevo promesso una cassa di Borgogna se mi avesse lasciato entrare nei camerini, ma poi gliene ho date due perché le cose sono andate in una maniera incredibile. Sono entrato nel corridoio dei camerini e Jacques era lì, in piedi, che fumava appoggiato al muro sudato come un pugile alla decima ripresa. Allora ho preso il coraggio a quattro mani e gli ho detto: signor Brel, io non dimenticherò mai questo momento, ma se lei vuole farsi una mangiata che non dimenticherà in tutta la sua vita venga nel mio ristorante. Lui si è voltato verso la porta del camerino e ha guardato i musicisti che avevano sentito quello che io avevo detto. Poi mi ha fatto un cenno, come dire "va bene", e mi ha chiesto l'indirizzo. Gli ho lasciato un biglietto da visita e sono corso al ristorante. Dopo mezz'ora erano tutti qui che mangiavano. Non volevo crederci.»

«E la canzone che le ha salvato la vita?»

«Arrivati al dolce, lui mi ha chiesto qual era la canzone che mi era piaciuta di più. Gli ho risposto: *Madeleine*. E lui mi ha chiesto perché. E così gli ho raccontato della mia Madeleine, di mia moglie, dei clienti che si faceva, del rappresentante di tinture per capelli e gli ho detto che avrei preferito che mi fosse successo come nella canzone, che lui aspetta sempre Madeleine, ma lei non arriva mai. Magari non fosse mai arrivata, gli ho detto, adesso non sarei qui, rovinato, sempre pieno d'alcool. E lì mi sono venute le lacrime agli occhi. Allora lui si è alzato, ha chiesto la chitarra a un musicista e ha intonato *Jef*, l'ha intonata solo per me. La conosce vero?»

Ho mentito facendo cenno di sì col capo.

«Era scritta apposta per me, per Armand. Ero io Jef.»

E ha iniziato a canticchiare.

«*No Jef t'es pas tout seul, mais arrête de pleurer... parce que une fausse blonde... parce que une trois quart putain... T'a claqué dans les mains... Allez, viens Jef viens viens...*»

Era quasi intonato.

«*Arrête de répéter que t'es bon à te foutre à l'eau... No Jef t'es pas tout seul.*»

Era quello il miracolo, una canzone tagliata come un abito di sartoria, come un cappello fatto su misura per le sue corna.

«Capisce? Mia moglie, la prima voglio dire, era proprio una falsa bionda e sul fatto che fosse anche per tre quarti puttana non ci piove. E quante volte avevo detto che volevo buttarmi nel fiume! Mi sa che prima o poi, dopo una bottiglia di qualche brandy da quattro soldi mi sarei tuffato da un ponte. Ma vedere lì, Jacques Brel che mi canta la mia canzone, che mi racconta la mia storia e che mi dice, dài, vieni, tirati su, be', che lei ci creda o no, io il giorno dopo ho cambiato vita. E come vede, adesso sono ancora qui, ho trovato una brava moglie, ho una figlia che lavora a Parigi e ho ancora il mio bar e il mio hotel, quello che mi hanno lasciato i miei genitori.»

Peccato che Brel sia morto, altrimenti potrei provare anch'io a farmi salvare la vita. Mi canta la canzone giusta e io metto la testa a posto, smetto di pensare che dovrei ancora uccidere, mi costituisco, la conosco di persona, signor giudice, e chissà, magari tra dodici o tredici anni mi sposo con la sua migliore amica che nel frattempo sarà stata lasciata dal marito.

E ancora una volta ho divagato. La storia del signor Armand e di Brel mi ha fatto dimenticare la mia inchiesta, o chissà, forse la vera scoperta è proprio il miracolo del '64.

Il lunedì 10 maggio ho ripetuto gli stessi gesti di due settimane prima: arrivo in anticipo, caffè, ascensore, segretaria sorridente. Buon giorno, attenda un attimo, vedo se c'è, prego si accomodi, seconda porta a sinistra.

La seconda porta a sinistra si apriva su un vasto ufficio, con mobili e parquet che avevano la stessa età dell'edificio e profumavano di cera e di eleganza. Il ragazzo dai capelli rossi aveva fatto carriera!

«Toi?» ha esclamato vedendomi comparire.

Non ho capito se la sua fosse semplice sorpresa oppure se fosse l'imbarazzo e la paura di trovarsi di fronte a un assassino. Aveva letto i giornali italiani? Aveva visto il mio nome affiancato alla parola "omicida?"

In ogni caso non mi ha chiesto nulla, se non le solite cose che si chiedono a un vecchio conoscente.

Siamo arrivati subito al dunque.

Mi sono slacciato l'orologio dal polso e gliel'ho messo sulla scrivania:

«In questa memoria flash c'è un virus, un trojan horse che rende vulnerabili i sistemi di protezione dell'accesso. O, quantomeno, rende vulnerabile il mio: dopo tre tentativi accedi comunque. Vorrei che tu mi dicessi quello che puoi su questo virus: chi l'ha fatto, che diffusione ha avuto, quando è entrato nel mio computer...».

«Tu non ti occupi più di queste cose?»

«Non molto. E poi, questa è una brutta bestia. Ho provato a capirci qualcosa, ma non ci sono riuscito e allora ho pensato che forse tu...»

«E sei in Francia solo per questo?»

«Per questa e per altre ragioni» ho glissato.

Patrick ha fatto per connettere lo spinotto del mio orologio alla porta USB del suo computer, ma io l'ho fermato:

«L'unica cosa che so è che è un virus estremamente contagioso, in un attimo infetta parti del sistema operativo che neanche pensavi esistessero».

«Allora devi lasciarmi la memoria: vado a esaminarla in un posto sicuro, dove il virus non può andare molto lontano.»

«Sempre hacker?»

«Mai stato hacker» ha sorriso. «Ci vediamo giovedì, lasciami un numero di telefono: se ho qualcosa prima ti chiamo.»

Gli ho lasciato il bigliettino del mio albergo e gli ho scritto il numero della camera.

«E come fai senza orologio?»

«Me ne comprerò un altro» gli ho risposto. A dire il vero però, mi costava separarmi da quell'aggeggio che mi accompagnava da tre anni e che, sotto forma di zero e di uno, conteneva registrata una parte importante della mia vita.

Sono uscito e ho ricominciato l'ennesima giornata di vagabondaggio. In biblioteca mi aspettava Edmond Dantès. Quando l'altoparlante ha annunciato che la sala lettura stava per chiudere, io ero ancora in mezzo agli intrighi della Parigi ottocentesca e ci sarei rimasto tutta la giornata successiva: se mio nonno fosse stato ancora vivo mi sarebbe piaciuto chiedergli come li immaginava lui quei posti, lui che in tutta la sua vita si era spinto al massimo in Liguria, in viaggio di nozze.

Il mercoledì, verso le tre del pomeriggio, Morrel e Valentine hanno dato l'addio al Conte all'insegna del saggio motto "aspettare e sperare", e io ho chiuso il libro e l'ho riconsegnato alla solita bibliotecaria, quella carina, che nei giorni precedenti mi teneva sempre pronta la mia copia e mi guardava come un vecchio amico.

«E adesso? È la volta del *Tulipano nero*?»

«No. Potrebbe essere la volta dei *Misteri di Parigi*, ma forse potrei anche smettere di leggere.»

Mi ha guardato delusa e io avrei voluto spiegarle una parte della storia; avrei voluto dirle che stavo aspettando un'informazione e che quando quella fosse arrivata non avrei potuto fare altro che uccidere. Ma sono certo che l'avrebbe presa come una battuta, come un tentativo maldestro di imitare James Bond. E allora ho preso coraggio, ho posato la mia mano sulla sua e, quasi in un sussurro, le ho fatto:

«Non si preoccupi, ci vediamo tra qualche giorno».

Mi è parsa sollevata. Forse ci teneva davvero a me. Chissà cosa sarebbe stato della mia vita se avessi trovato più spesso la forza di sfiorare una mano, di accarezzare dei capelli, di dire "ti amo".

Uscito dalla biblioteca, c'era un cielo velato e una luce di quelle che non capisci se è pomeriggio, sera o mattina. Ho guardato l'ora, ma al posto del mio inseparabile Kraun c'era un cerchietto di pelle bianca sul braccio. L'indomani avrei avuto la risposta.

E invece, tornando in albergo, la moglie del signor Armand mi ha consegnato un foglietto di block notes a quadretti sul quale, con scrittura diligente, aveva riportato un messaggio: "Domani niente appuntamento con signor Patrick, tutto rimandato a mercoledì della prossima settimana, al mattino".

E così, signor giudice, arriviamo a questa mattina. Le risparmierò il tedio dei miei giorni, dei miei riti, del mio spiare dietro la tenda prima di affacciarmi alla finestra per evitare lo sguardo inquisitore del vecchio giudice della casa di fronte.

Andiamo subito alla piccola scoperta di oggi.

«È un virus che non ho mai visto» mi ha comunicato Patrick.

«Dunque, la diffusione è nulla.»
«Direi che ha colpito solo te. Ho verificato in rete, ho mandato dei post nei newsgroup, nessuno ha mai incontrato qualcosa con queste caratteristiche.»
«Allora, più che un virus è un baco nel programma.»
«No. Primo perché, proprio come i virus, si muove e contagia. Secondo perché è un file indipendente e lascia una traccia nell'indice del file system, una traccia che ti dice quando è entrato per la prima volta nella tua memoria di massa.»
«Vuoi dire una data?»
«Sì, ma naturalmente non è così semplice da scoprire.»
«E quale sarebbe questa data?»
«Il 13 dicembre di due anni fa. Ti dice qualcosa?»
Ci ho pensato un attimo, poi ho risposto:
«Assolutamente no».
«Peccato, perché è tutto quel che sappiamo su questo virus. Sappiamo cioè che si è annidato nel tuo orologio quel giorno, anzi, quella notte, all'una e trentasette. E, naturalmente, sappiamo il nome del file, ma quello già lo conoscevi.»
«Niente sulla provenienza?»
«No. E quindi non so dirti se sia stata la memoria flash dell'orologio ad infettarsi per prima, oppure se tu l'abbia passato all'orologio dal tuo computer o da un altro.»
«Se fosse stato su un altro computer, a quest'ora si sarebbe già propagato in altre direzioni, vista la facilità con cui si muove.»
«E allora è stato un sabotaggio.»
Anche lui è arrivato alla medesima conclusione.
Il 13 dicembre di due anni fa.
Eccola la mia grande scoperta.
Quasi nulla, ma, se non altro, la certezza che quel virus è stato confezionato apposta per me; in pratica, un dito puntato contro Mirko Guidi.
Non so, signor giudice, se questo minimo elemento le

potrà essere utile nel suo prossimo interrogatorio con quel farabutto, ma sarebbe interessante sapere se nei suoi computer è rimasta una traccia qualsiasi di un file chiamato vrx400.exe.

Il gioco passa ancora una volta a lei, signor giudice.

Inviato: sabato 22 maggio 08.23
Da: angelo@nirvana.it
A: miogiudice@nirvana.it
Oggetto: senza risposta?

Mi dispiace non poter mantenere la mia promessa di non disturbarla durante il week-end, ma non ho ricevuto una sua risposta alla mia mail precedente e il suo silenzio mi pesa, non sa quanto. È incredibile come per un uomo alla deriva sia importante anche la voce trascritta del giudice che lo farà condannare.

Perché non mi ha risposto? Ho detto qualcosa di sbagliato? Ho fatto qualcosa che non andava?

Ieri ho creduto di capire le ragioni del suo silenzio, poi mi sono detto: "No, ti sbagli", ma adesso non sono più così sicuro di sbagliarmi: la fine potrebbe essere davvero vicina.

È stato ieri mattina, verso le otto. Mi ero appena alzato. Ho aperto gli scuri e mi sono affacciato alla finestra per vedere che tempo faceva. Il vecchio della casa di fronte era già là, anche lui con la finestra aperta. Si sporgeva e indicava qualcosa stendendo il braccio nella mia direzione. Accanto a lui c'era un uomo, ma non riuscivo a vederlo bene, come se si tenesse nascosto; riflesso nel vetro vedevo solo un abito scuro e una camicia bianca, ma i lineamenti del volto si perdevano nelle ondulazioni del vetro.

In pochi istanti l'ansia mi ha paralizzato. Proprio come sta facendo ora. L'ansia è come una marea che cresce e ti affoga. La senti arrivare, ma non puoi fare niente. I tuoi polmoni non si saziano mai abbastanza d'aria; gliene butti dentro ansimando come un mantice e loro te ne chiedono ancora, come se quella che gli hai mandato non fosse arrivata fino al fondo, come cercare di gonfiare un pallone bucato. E poi la testa. Inizi a ragionare a due velocità. Il tuo Io razionale guarda l'altro, quello ansioso, con commiserazione, gli dice che nelle sue paure non c'è niente di vero; ma il tuo Io razionale sa che, alla fine, sarà l'altro a vincere.

Avrei dovuto sdraiarmi, lasciarmi crollare sul letto, fare lunghi respiri profondi, ma non ci sono riuscito, non ce l'ho fatta a staccare gli occhi dalla casa davanti e dal vicolo. Mi sono appoggiato al muro, al riparo della tenda, e ho continuato a guardare.

Non so quanti minuti siano passati. Tre, cinque al massimo. Poi il viottolo si è riempito di gendarmi o di poliziotti, non so. Si sono divisi in due squadre. Una ha puntato verso la casa a fianco dell'albergo, l'altra è entrata direttamente nel bar del signor Armand. Ho sentito i passi pesanti su per le scale di legno, le voci dure e secche che gridavano ordini.

La porta della stanza accanto alla mia si è aperta.

«Non c'è niente da vedere!» ha urlato uno dei gendarmi.

Si è sentito il botto della porta che si richiudeva.

Ero pietrificato. Il mio Io razionale aveva perso la battaglia ed era esausto, l'altro, gongolante, sprofondava nell'angoscia. Il vecchio giudice mi aveva scoperto, aveva capito che il mio era uno sguardo da assassino. Grazie alle sue conoscenze, si era procurato una mia foto segnaletica, una foto che lei, signor giudice, avrà certamente diffuso in tutta Europa prendendola da qualche tessera scovata a casa mia. Nei giorni passati mi aveva studiato con attenzione per essere certo che fossi proprio io, poi, quando aveva deciso che i suoi occhi indagatori gli dicevano la verità era passato all'azione. Via ai gendarmi, via ai poliziotti. E adesso erano lì, fuori dalla mia porta: impossibile fuggire, nessun modo di resistere.

I passi dei gendarmi si sono trasferiti al piano di sopra, ma io non ci sono cascato, non ho aperto per vedere cosa stesse succedendo, non mi sono gettato nelle loro braccia: che venissero a prendermi, se mi volevano. Mi è tornato alla mente un vecchio film con Alain Delon. Lui era un pregiudicato tornato sulla retta via, ma tormentato da un imbecille di poliziotto che gli rende la vita impossibile. Alla fine lui ammazza il poliziotto e viene condannato a morte. Quando vengono per portarlo alla ghigliottina, i secondini si tolgono le scarpe e si appostano fuori dalla sua cella in silenzio, per coglierlo nel sonno. Pare che quello dei secondini scalzi fosse un rito tutto francese.

I gendarmi invece avevano tenuto gli anfibi, ma io sapevo che erano lì per me.

Ad un tratto ho sentito rumore di vetri in frantumi, di porte abbattute e infine urla, di donna e di gendarmi.

Ancora gente di corsa lungo le scale, ma questa volta in discesa. Le porte delle camere si sono aperte tutte, tutte tranne la mia. Voci di clienti che chiedevano, che rispondevano, che facevano congetture. Voci spaventate, scandalizzate, divertite e, sopra a tutte, quella del signor Armand a tranquillizzare, a dire che non era successo niente, che nessuno si preoccupasse.

Sono tornato alla finestra. Il vicolo era di nuovo pieno di gente in divisa. Gli unici in borghese erano un uomo con le manette ai polsi e la camicia lacerata e una donna che camminava appoggiata alla spalla di una poliziotta.

Il mio respiro è diventato più regolare, ma il mio stato è rimasto disastroso. Sul mio corpo c'era un odore acre di sudore cattivo, il sudore dello spavento.

Mi sono lavato e sono sceso, quando ormai l'agitazione era scomparsa anche dalle scale e dai pianerottoli.

In basso ho trovato il signor Armand che, con uno straccio umido, toglieva le impronte degli anfibi dal pavimento del bar.

«Sono senza misura, senza misura...» ripeteva tra sé scuotendo il capo.

Quando ha avvertito la mia presenza, si è girato.

«Guardi un po' che disastro. Sono degli esagerati. Sembrava di essere ad Algeri ai tempi della guerra.»

«Cosa è successo?»

«Ma niente, niente. È che devono fare le azioni in grande stile, loro!»

«Ho visto che portavano via un uomo.»

«Sì, quello dell'ultimo piano della casa a fianco. Il ciabattino di rue de l'Eglise. Hanno fatto bene, santo dio. Quello picchiava la moglie una sera sì e l'altra pure. Ma, santo dio, si possono fare le cose anche con un po' più di discrezione. Bastava che intervenissero prima, invece aspettano sempre che le cose precipitino.»

«Ah sì? È successo qualcosa di grave?»

«Mi hanno detto che qualcuno dalla casa di fronte ha visto dalla finestra il ciabattino che stava prendendo a cinghiate quella povera donna e che poi ha cercato di strangolarla. Allora hanno chiamato la polizia e c'è stato tutto quel finimondo.»

Ho immaginato che a chiamare fosse stato il vecchio, ma non ho voluto chiedere conferme: mi è sembrato che in tutta quella storia ci fosse qualcosa di strano, di eccessivo, qualcosa che poteva nascondere una trappola. È un pensiero che non mi sono ancora tolto dalla testa.

Poi l'albergatore mi ha guardato e credo che mi abbia trovato d'un pallore mortale, perché si è sentito in dovere di confortarmi.

«Lei è troppo sensibile, si impressiona per nulla. Venga, le offro un Armagnac, così si tira su.»

Dall'ultimo ripiano dello scaffale a specchio dietro il banco, ha preso una bottiglia vagamente ovale, di vetro ondulato. Ho seguito con gli occhi il suo gesto e lo sguardo mi è caduto su una foto che non avevo mai notato prima: Armand bambino, ma inequivocabilmente Armand, accanto a una donna massiccia, inequivocabilmente madre, davanti al banco e allo scaffale; quello stesso banco e quello stesso scaffale, con le stesse bottiglie disposte nel medesimo ordine. L'immutabilità delle cose, la sicurezza, la felicità.

Ho riguardato le altre foto sul muro, quelle del miracolo. La felicità vacilla, ma l'angelo custode la sorregge.

Sono uscito e, al primo negozio di dischi, ho comprato tre raccolte di Jacques Brel, doppio CD ciascuna.

Immagino, signor giudice, che lei si chiederà come faccio con i soldi. Be', la spiegazione è semplice. Anche se non sono riuscito a capirci molto del virus creato da Guidi, sono pur sempre un ex hacker. Dunque i soldi li prelevo col bancomat da un conto all'estero e quel conto si rimpolpa ogni tanto con le spontanee donazioni di alcuni utenti di siti porno. Mentre loro sono connessi a qualche pagina pornografica gratuita, io identifico il loro IP, che praticamente è il codice di ciascun computer che si collega a internet. Scelgo solo gli IP fissi, quelli delle macchine connesse stabilmente a qualche rete aziendale o universitaria, così si può risalire più facilmente a chi le usa. Poi invio un bollettino di pagamento on-line attraverso il quale versare i loro soldini sul mio conto per un abbonamento mai sottoscritto a qualche www.superpornotettonhardcore ecc. La cifra reclamata è modesta e la richiesta non viene ripetuta. Quasi tutti pagano senza battere ciglio. Il segreto sta nel non insistere e nel non strafare. Per questo non ho potuto impiegare questo sistema per saldare i miei debiti: con le grosse cifre ti scoprono subito. E poi, allora non ero ancora passato dall'altra parte. Adesso sì.

Avec la mer du Nord pour dernier terrain vague… et de vagues de dunes pour arrêter les vagues… Avec le vent de l'est écoutez-le tenir… Le plat pays qui est le mien…

Ho trascritto le parole che sono appena venute fuori dal CD che sta girando nel mio computer. È da ieri che mi sto cullando con le canzoni di Brel e comincio a credere al miracolo del signor Armand. L'ansia torna, a tratti, soprattutto quando penso che lei non mi ha risposto. Ma poi è la malinconia a prendere il sopravvento; quella malinconia languida, che ti toglie ogni forza, anche quella di avere paura.

Les vieux ne rêvent plus, leurs livres s'ensomeillent, leurs pianos sont fermés... Le petit chat est mort, le muscat du dimanche ne les fait plus chanter...

Mi sento anch'io come i vecchi.

Du lit à la fenêtre, puis du lit au fauteuil et puis du lit au lit.

In questa stanza, anch'io mi muovo dal letto alla finestra, dal letto alla poltrona, che in verità è solo una sedia, e alla fine dal letto al letto. E poi, forse, non mi muoverò più.

Inviato: lunedì 24 maggio 13.11
Da: miogiudice@nirvana.it
A: angelo@nirvana.it
Oggetto:

Sei un assassino. Sei soltanto un assassino. Non hai vergogna, non hai pudore. O forse sei solo un pazzo. Sì, sei un pazzo; ne hai tutte le caratteristiche. Uccidi, sfidi gli investigatori, ti prendi gioco di loro. A quale filmaccio di serie B ti stai ispirando?

Stai portando a termine la tua vendetta. L'avevi promesso e l'hai fatto. E io, stupida, a dirti che non eri un assassino, a credere ad ogni tua parola. Tu mi hai detto che potevi mascherare la provenienza dei tuoi messaggi e io ci sono cascata. Mi hai fatto mandare una o due mail da qualche tuo amico sparso per il mondo, così, quando mi hai inviato quelle che arrivavano da Milano, io ho pensato che tu fossi altrove, in Francia, in un qualche Hotel des Voyageurs, du Commerce, de la Paix o di quello che si vuole.

Ti ho creduto quando mi raccontavi balle e non ti ho creduto quando dicevi che avresti ucciso ancora.

E invece Mirko Guidi adesso è all'obitorio. Lo hai ammazzato, come avevi promesso.

E poi hai il coraggio di scrivere che sei lì, nella tua stanza d'albergo, a morire di malinconia ascoltando Jacques Brel.

Ti prenderò, Luca Barberis. Lo so che sei qui vicino, che probabilmente non ti sei mai mosso da Milano. Ti farò pagare la morte di Lajanca, la morte di Guidi, ti farò pagare tutta l'inutile comprensione che ho avuto nei tuoi confronti, tutte le confidenze e tutta la fiducia che mi hai estorto. Il tribunale prenderà in considerazione ogni aggravante. Da questo momento in poi, devi sentirti finito.

Inviato: martedì 25 maggio 18.32
Da: angelo@nirvana.it
A: miogiudice@nirvana.it
Oggetto: Non sono stato io

No, signor giudice. Quando dicevo che avrei ucciso ancora, non pensavo a Mirko Guidi, ma adesso sarebbe troppo complicato da spiegare e non credo che lei avrebbe voglia di capirmi.

Dunque le dirò solo che non l'ho ucciso io Guidi. Ho un alibi per quella notte: ero qui, in albergo; ho parlato fino a tardi con il signor Armand. Potrei darvi l'indirizzo dell'hotel e scappare via; voi interroghereste l'albergatore e verifichereste il mio alibi. Ma io resto comunque un assassino e mettervi sulle mie tracce significa sempre la galera: non sarà la mia innocenza nel delitto Guidi a rendermi meno colpevole nell'omicidio Lajanca. No, signor giudice, non sono ancora pronto per marcire in prigione senza sapere la verità, tutta la verità, nient'altro che la verità, come dite voi.

L'unica possibilità che mi resta è quella di investigare. Investigare; quello che avrebbe dovuto fare lei se non avesse deciso che sono io il maniaco omicida, se fosse riuscita a capire senza prendere scorciatoie.

Partiamo dalla sera del delitto. Sì, lo so che lei non mi ha detto che Guidi è stato ammazzato di sera, o meglio, di notte: lei non mi ha detto niente, ma è stato facile procurarsi tutte le informazioni necessarie.

Come prima cosa, ho frugato tra gli archivi dei giornali in rete, perché ormai sono settimane che non compro più i quotidiani italiani e che non cerco notizie dall'Italia.

Il corpo di Mirko Guidi è stato visto il venerdì mattina da un pendolare salito a Magenta sul treno interregionale numero 2003. Venerdì 21 maggio: stazione Centrale ore 7.41. Arrivato all'altezza del cimitero di Greco il treno deve aver rallentato. Lo so, perché ho percorso mille volte quel tratto e quasi sempre lì i treni locali procedono a passo d'uomo per lasciare spazio agli eurostar in ritardo. Dunque, il treno rallenta e il pendolare guarda giù. Con gli occhi ancora semichiusi scruta la piccola baraccopoli incastrata tra il muro del cimitero e la massicciata ferroviaria.

Lei, signor giudice, la conosceva quella favela in miniatura a un paio di chilometri in linea d'aria dal centro pulsante di Milano? Sapeva di quel villaggio di disperati in mezzo a un deserto di piccole fabbriche, di magazzini e di orti abusivi? Forse no, perché si vede solo dal treno. Ha mai notato come le periferie rivolgano alla ferrovia la loro faccia peggiore?

L'uomo assonnato guarda i tetti di lamiera e di plastica ondulata, le pareti fatte di assi rubate ai cantieri, di bancali, di cartelloni pubblicitari e di vecchi tabelloni di latta con le foto dei gelati che ancora spuntano in mezzo alla ruggine: Cornetto, Coppa del Nonno, Coppa Marmolada. Guarda le reti da letto legate insieme che recintano ognuno di quei quartierini, come fossero steccati di villette a schiera. E i cumuli di stracci, i bidoni per l'acqua, i carrelli del supermercato, l'immondizia accatastata, le borse di plastica annodate, piene di chissà cosa. Il treno avanza piano. Il suo finestrino è quasi all'altezza del punto dove il muro del cimitero finisce, quando scorge a terra il corpo di un uomo. Un barbone che dorme a pancia in giù, pensa subito. Ma poi, guardando la faccia, che è rivolta verso la ferrovia, gli sembra di vedere che gli occhi sono aperti, e gli sembra anche che sulla maglietta blu ci sia una grossa macchia che potrebbe essere di sangue. Gli sembra soltanto, non ne è sicuro. Abbassa il finestrino e prova a sporgersi, ma ormai è lontano. Potrebbe tirare il freno d'emergenza, ma preferisce non rischiare una multa per il falso allarme, tanto tra cinque minuti il treno sarà in stazione. Arrivato in Centrale, l'uomo ha un attimo di esitazione: carabinieri o polizia? Mi faranno delle domande? Arriverò tardi in fabbrica? E se dormisse soltanto? Meglio lasciare che ci pensi qualcun altro. Imbocca la scala per scendere nell'atrio, ma ogni gradino è un ripensamento; si sente un verme, un incivile, un egoista. Magari quello sta male. Magari si può ancora salvarlo. Giunto alla biglietteria, gira su se stesso e prende la scala mobile per risalire ai binari. Adesso è deciso. Punta dritto verso il gabbiotto della polizia e spiega quello che ha visto. L'agente di servizio prende nota, poi gli chiede le generalità e lo ringrazia. Il pendolare se ne va, un po' sollevato, un po' preoccupato. Ma sì, in fondo ho fatto il mio dovere, cosa può succedermi? Pensa al cartellino da timbrare. Al diavolo anche il capo-officina.

E così, la polizia trova il cadavere. Arrivano le volanti, circondano la zona. Il nastro rosso e bianco da cantiere a delimitare la scena del delitto, come in America, ma senza il lusso della banda gialla con scritto "crime zone". Degli abitanti della baraccopoli non c'è traccia; molto prima delle sirene hanno sentito gli spari e sono scappati nella notte.

Ma quella notte io non ero là. Nel bar di Armand gli ultimi clienti se n'erano andati alle dieci; io, ormai come uno di casa, ho acceso il televisore. Su France 2 davano un film imbecille dei primi anni Ottanta; si intitolava *Les Babas cool*, come dire "I figli dei fiori". La storia di un impiegato parigino che si ritrova per caso in una comune in Provenza: natura, poesia, libero amore, tette e culi a profusione. L'impiegato torna a casa giusto il tempo di lasciare la moglie, poi di nuovo nella comune. Ancora tette, culi, ma anche risse, ripicche, vendette assortite. La comune si sfascia e l'impiegato, manco a dirlo, torna a Parigi, la moglie lo accoglie a braccia aperte e, come dicono i francesi, *patati et patata*.

Lo so benissimo che i programmi dell'altra sera su France 2 avrei potuto leggerli su qualsiasi rivista o su qualsiasi sito e lo stesso vale per la trama del film. Ma la verità è che giovedì io ero là, con Armand, a commentare le stupidaggini di quella commedia da quattro soldi e a constatare che vent'anni fa le donne esibivano un pube molto più peloso di oggi.

E adesso veniamo all'autopsia. Il referto dice: "I due proiettili, sparati alle spalle della vittima, hanno raggiunto e lacerato il miocardio", o qualcosa del genere.

Il referto è contenuto nel file aut_Guidi.doc che, a sua volta, sta nella cartella "autopsie" del computer del professor Luciano Gaudenzi, medico legale incaricato dal tribunale. Se vuole le dico anche l'identificativo di rete di quel computer, ma non ce n'è bisogno: se so certe cose è perché sono penetrato nel suo disco fisso.

I colpi, dicono i rapporti, sono stati sparati da una distanza superiore ai dieci metri. Eppure hanno centrato il bersaglio nel punto giusto, nel punto più mortale. Questo significa che l'assassino è un buon tiratore, uno di quelli che si allena, uno che va al poligono o che spara per mestiere. Vuole sapere com'è la mia mira, signor giudice? Le dirò solo che un anno e mezzo fa, o giù di lì, sono andato al luna park con una ragazza; al baraccone del tiro a segno le ho detto di mettersi vicino a me che avrei fatto centro e ci saremmo fatti la foto: ho pagato un capitale di colpi a vuoto, dopodiché ho passato il fucile alla ragazza e a lei è bastato tirare il grilletto una volta sola per farci una bella polaroid. La giostraia, per compassione, mi ha pure regalato un coniglio di peluche. È così, signor giudice, non so sparare, non ho mai visto da vicino un'arma vera, non ho mai toccato una cartuccia, sono uno di quei finocchi che invece di fare il servizio militare ha fatto l'obiettore. Non sono stato io a ficcargli quei due colpi nella schiena. Però, anche qui, la sola cosa che c'è è la mia parola.

Il mio vantaggio è che io posso ancora chiedermi: chi ha ucciso Mirko Guidi? perché? Lei invece ha rinunciato a farlo, lei ha già trovato una risposta e questo le impedisce di porsi altre domande, le impedisce di arrivare alla verità.

Ma immaginiamo per un attimo che l'assassino sia di nuovo io. Io che nel frattempo mi sono procurato una pistola, io che ho imparato ad usarla. Immaginiamo.

Come faccio a portare Guidi in quel posto isolato? Lo abbordo al bar, gli offro un aperitivo e gli dico vieni con me dietro al cimitero di Greco?

Signor giudice, la mia faccia è stata su tutti i giornali. Se davvero fossi a Milano, come lei crede, non potrei mettere il naso fuori di casa. Se Mirko mi avesse visto, anche da lontano, come prima cosa avrebbe chiamato la polizia: sono io che ho ucciso il suo complice, non lo dimentichi, signor giudice.

Certo, avrei potuto seguirlo, pedinarlo per giorni, fino a che lui stesso non si fosse cacciato in un punto propizio perché io potessi farlo fuori. Ma perché mai Guidi avrebbe dovuto andare proprio là, al cimitero, da solo, di notte?

Ricostruiamo la scena del delitto.

Mirko Guidi carica una prostituta su qualche viale. Contratta la prestazione e poi parte. Io, con un'auto trovata chissà come, continuo a seguirlo. Vedo che si immette in strade via via sempre più deserte e penso che finalmente è arrivato il momento giusto. Lui si ferma nel piccolo parcheggio del cimitero, quello sul lato di via De

Marchi. Spegne il motore. La prostituta tira su la minigonna, lui fa per slacciarsi i calzoni, ma in quell'istante arrivo io. Col calcio della pistola spacco il finestrino e gli punto l'arma. Lo costringo ad uscire. Mi implora. Mi dice che è stato Giuliano Lajanca ad obbligarlo a mettere quel virus nel mio computer; così, per rovinarmi, per prendersi i miei clienti, il mio mercato. Gli chiedo come è riuscito ad attaccare il mio elaboratore, lui non risponde. Gli dico di allontanarsi, di sparire, di non farsi mai più vedere da me. Lui corre verso la zona più buia, verso la bidonville: nel momento in cui sta per uscire dall'esile cono di luce dell'unico lampione, io gli sparo. Due colpi, dritti al cuore. Cade in avanti, faccia a terra, e muore.

Io scappo nella notte e a voi restano due misteri: dove sono finiti i bossoli dei proiettili che ho sparato? E dov'è l'auto di Guidi?

La convince, signor giudice, la mia ricostruzione?

Io alla questione dei bossoli non ci avrei neanche pensato, ma i vostri rapporti, quelli che ho intercettato, parlano chiaro: i colpi sono stati esplosi da una pistola calibro 9, pare una Glock 19, ma non si è trovata traccia dei bossoli. Cosa ne ho fatto? Li ho raccolti nel buio? Con calma, esplorando il terreno con una torcia?

Il problema dell'auto invece non ve lo siete posti, perché siete stati convinti fin dall'inizio che Guidi là ce lo avessi portato io.

No, signor giudice, non sto dicendo che lei è stupida e che non ha pensato a quanto ho detto prima. È solo che mi metto nei suoi panni: se lei ha già un colpevole, perché deve fare lo sforzo di cercarne un altro?

La prostituta, spaventata, fugge con la macchina e la abbandona chissà dove.

È possibile.

Io porto via la mia auto, poi torno a piedi e faccio sparire la sua.

È possibile.

Ma è la ricostruzione che non regge. È troppo complicata. E, soprattutto, io quella notte non ero lì.

A proposito dei bossoli, non so cosa pensare, ma sono certo che l'automobile è un punto chiave. E so bene quel che dico.

Inviato: mercoledì 26 maggio 12.14
Da: miogiudice@nirvana.it
A: angelo@nirvana.it
Oggetto:

Tu sei malato. Ciò non significa che ti daranno la seminfermità mentale, ma io credo che tu sia pazzo. Cominci ad avere dei deliri di onnipotenza. Hai preso gusto a giocare con la vita della gente; hai ammazzato una volta, poi una seconda e, in più, ti diverti a sfidarci, a cercare di seminare lo scompiglio. Credi davvero che basti insinuare qualche dubbio per mettere in crisi le nostre indagini? Credi di poterci tenere in pugno?

"Sono certo che l'automobile è un punto chiave. E so bene quel che dico."

Ma chi ti credi di essere?

La macchina di Mirko Guidi l'abbiamo cercata subito. E l'abbiamo trovata. Era nel suo box, in perfetto ordine, pulita come l'auto degli sposi il giorno delle nozze.

Come vedi, il tuo tentativo di creare confusione è piuttosto ingenuo. Costituisciti, metti fine al tuo delirio: è l'unica cosa che posso dirti ed è l'unico motivo per cui mantengo i contatti con te. Costituisciti.

Inviato: domenica 30 maggio 22.36
Da: angelo@nirvana.it
A: miogiudice@nirvana.it
Oggetto: Perché non mi crede?

Ha ragione, signor giudice. Ha ragione quando dice che sono pazzo. Se fossi sano di mente sarei già scomparso. Avrei svuotato telematicamente i conti di due o tre cretini e sarei andato da qualche parte in Sudamerica, o in Africa; a fare il nababbo con quattro soldi. E invece sono ossessionato, ossessionato da questa idea di trovare la verità, di dimostrare le vere colpe. E credo di poterlo fare, o, quantomeno, credo di poter dire che vi state sbagliando. Lo dico malgrado quello che lei mi ha scritto, malgrado il fatto che lei non mi crede più.

Il punto centrale è ancora l'auto di Guidi. Lo stato in cui l'avete trovata. L'immagine che risultava dalla sua mail non riusciva a sovrapporsi a quella che era impressa nella mia memoria, come quando parli con qualcuno di un vecchio compagno di scuola e dopo un po' cominciano a emergere particolari discordanti: il colore dei capelli, quella voce nasale che non ricordavi, e alla fine scopri che stavate parlando di due persone diverse.

Allora, come prima cosa, mi sono infilato nel sistema della motorizzazione e ho verificato: Mirko Guidi aveva ancora la sua vecchia Golf, quella che avevo visto io, quella targata Novara. Dunque, se stavamo parlando della stessa automobile, qual era il particolare discordante?

Dovrei dirglielo subito, ma lei non capirebbe come quest'idea ha preso forma nella mia mente e forse non riuscirebbe a darle il giusto peso. Meglio dunque che le racconti tutto per filo e per segno: abuserò della sua pazienza, ma vedrà che ne varrà la pena.

Venerdì, dopo più di due settimane, sono tornato in biblioteca intenzionato a leggere Sue, ma mentre attraversavo la sala lettura, sono rimasto affascinato da un grosso volume abbandonato su di un tavolo accanto a un paio di occhiali da presbite. Sul cartone telato della rilegatura spiccava, in oro, il titolo: *La saga di Gösta Berling*, di Selma Lagerlöf. L'ho aperto a caso e, non so perché, ma la prima frase che ho letto mi ha fatto nascere un'indicibile voglia di continuare. Me la sono annotata: – *Quella che giace sulla neve, – egli disse, – è la mia sposa. Alcune ore fa ella mi ha dato il suo bacio nuziale, e suo padre mi ha promesso la sua benedizione. Ella è qui in attesa che io venga a dividere il suo bianco letto.*

Mentre il mio sguardo, quasi indipendentemente dalla mia volontà, era lì che seguiva le righe ripartendo dalla prima pagina, ho sentito una mano che bussava alla mia spalla. Il proprietario degli occhiali doveva essere tornato. Mi sono voltato cercando di abbozzare un sorriso di scuse, ma la mia faccia si è bloccata a metà di quell'operazione e tutto ciò che ha mostrato è stata una smorfia da ebete: l'uomo che reclamava il suo romanzo era il vecchio giudice.

Ho borbottato qualcosa di simile a un "pardon" e mi sono avviato verso il catalogo. Alla voce "Lagerlöf, Selma" erano presenti cinque schede, tre si riferivano a varie edizioni della *Saga*. Ho compilato il modulo di richiesta e dopo cinque minuti ero anch'io in sala di lettura, pronto a perdermi tra quelle pagine fitte e a controllare, con la coda dell'occhio, le mosse del vecchio giudice.

Per sei ore, la mia mente ha inseguito Gösta Berling e

la sua banda di monaci ubriaconi, ha combattuto col freddo e coi lupi, poi, esausta, ha ceduto ai segnali che venivano dallo stomaco.

Ho riconsegnato il libro, sperando di vedere la bibliotecaria carina, ma la sua collega mi ha detto che quel giorno non era di turno e che, per parlarle, avrei dovuto aspettare fino a lunedì. Prima di uscire ho gettato un'occhiata alla sala di lettura, il vecchio era ancora lì.

Fuori la temperatura era praticamente estiva e, a stare fermi, il sole delle quattro bruciava già la pelle. Ho puntato verso un venditore di kebab che avevo visto più volte passando e poi, addentando il mio rotolo di pane e carne arrostita, mi sono seduto su una panca all'ombra in un piccolo giardino triangolare ricavato, non si sa come, all'incrocio tra due vie.

Mentre mangiavo, ho sentito un rumore di lattine e di vetri, come se qualcuno avesse gettato qualcosa nel grosso cestino dei rifiuti al mio fianco. Mi sono voltato di scatto, ma non ho visto nessuno. Ho dato un nuovo morso al panino e il rumore si è ripetuto accompagnato da un verso che non saprei definire. Ho atteso ancora un attimo, in silenzio, gli occhi fissi sul cestino.

Ancora il rumore e ancora il verso, affievolito, quasi muto.

Mi sono avvicinato al cestino e ho guardato dentro. Il sacco verde di plastica era vuoto per due terzi e dentro mi è parso di veder muovere qualcosa.

Usando il sacchettino del kebab come guanto, ho spostato le cartacce e le bottiglie vuote; sul fondo, mi è apparso il pelo bianco di un gattino. Ho sprofondato anche l'altro braccio nel cestino e l'ho tirato fuori: non aveva neanche la forza di graffiarmi.

Com'era finito là dentro? Si era arrampicato in cerca di cibo ed era precipitato senza riuscire più a venir fuori? Oppure qualche delinquente lo aveva preso e aveva deciso di farlo morire così? Bastardi!

Ha ragione signor giudice. Io che ho fracassato la testa di un uomo schiacciandogliela con il paraurti contro un muro non ho nessun diritto di accusare gli altri. Ma uccidere Giuliano Lajanca aveva un senso, non una giustificazione, ma un senso; uccidere un gattino no. Io mi sento diverso da chi fa una cosa del genere, mi sento migliore; malgrado tutto.

Mi sono seduto sulla panca e ho appoggiato il micino sulle ginocchia. Non stava ancora dritto sulle zampe, ma sembrava respirare meglio. Ha preso a guardarsi intorno e gli occhi mi sono parsi vispi. Al fondo del mio panino rimaneva ancora un po' di carne, gliel'ho data e lui l'ha divorata. È fuori pericolo, ho pensato. Solo allora ho cominciato ad accarezzarlo. Lungo la schiena, dalle orecchie fino alla punta della coda. Sotto il muso, solleticandolo fino a fargli distendere il collo. Sul pelo morbido della pancia. E mentre lo accarezzavo sentivo le lacrime che mi salivano agli occhi. Lo avevo salvato. Io, un assassino. Lo avevo salvato e mi sembrava di volergli bene, di avergli voluto bene prima ancora di incontrarlo. Era il mio gattino.

Le avrà sentite anche lei, signor giudice, storie di criminali incalliti che in carcere si prendono cura con amore di un canarino, di un topo, perfino di uno scarafaggio. Cosa scatta nella mente di noi assassini?

Mi sono alzato e mi sono diretto verso l'albergo. Il gatto lo tenevo in braccio, con le zampine appoggiate alla mia spalla e il muso che guardava oltre la schiena; e intanto pensavo a quello che avrei detto al signor Armand per chiedergli di lasciarmelo tenere almeno una notte, una notte sola e poi l'avrei portato da qualche parte.

Quando ho aperto la porta del bar, la moglie di Armand, che stava lavando dei bicchieri al bancone, ha alzato gli occhi e ha subito gridato:

«Armand, Elodie, venite a vedere!».

Poi, girando intorno al banco, si è avvicinata e ha preso ad accarezzare la testa del micino.

«Ma com'è bello; dove l'ha trovato?»
«Nei giardini che ci sono in fondo a rue Voltaire: qualcuno lo ha buttato dentro un cestino della spazzatura e lui era lì che non riusciva neanche più a miagolare.»
«Bastardi» ha detto il signor Armand, «se li avessi qua li appenderei per le palle.»
«Me lo lasci tenere?»
«Ecco» e gliel'ho passato.
La ragazza ha preso il gatto sorreggendolo con un braccio solo e mi ha porto l'altra mano, la destra:
«Ciao, io sono Elodie, la figlia di questi due. Sono arrivata oggi».
«Io sono Luca.»
«Lo so, mi hanno già parlato di te: il ragazzo di studio di un notaio di Bellinzona, vero?»
«Esatto.»
«Cosa vuol farne del gatto?» mi ha chiesto Armand.
«Conosce qualche associazione che si prende cura degli animali abbandonati?»
È intervenuta Elodie:
«E se lo adottassimo?».
Mi si è aperto il cuore. Non avevo confessato neppure a me stesso che l'idea di separarmi da quell'esserino peloso mi faceva male. Certo, nel giro di qualche giorno avrei dovuto farlo comunque, ma poterlo accarezzare ancora un po' mi riempiva di tenerezza.
Armand e sua moglie si sono guardati, poi lui ha detto:
«Significa che noi lo nutriamo, lo curiamo, gli puliamo la sabbietta e tu te lo coccoli le rare volte che torni da Parigi».
Ma lo ha detto sorridendo, il che significava "sì".
«Ehi, Candide, lo vuoi un po' di latte?» ha chiesto al gatto.
Lo aveva già battezzato. Avrei dovuto farlo io, in fondo era il "mio" gattino, ma ho pensato che non avrei potuto trovare un nome più calzante per un gatto bianco raccolto in rue Voltaire.

Elodie e Candide sono spariti in cucina. Armand mi ha guardato, sempre sorridente:

«Questa sera è venerdì e quindi il bar e il ristorante restano chiusi, ma mi farebbe piacere se lei si fermasse a cena con noi».

«Fa molto piacere anche a me.»

«Allora alle otto.»

«Alle otto.»

Sono salito in camera e mi sono cambiato. Poi sono uscito di nuovo e alle otto in punto mi sono presentato in sala da pranzo con il mio bel pacchetto di paste incartato nella carta rosa e legato col cordino blu. Non posso neppure concepire l'idea di presentarmi a una cena senza le paste o una bottiglia o un mazzo di fiori. Cosa ci vuol fare, signor giudice: sono le abitudini della classe media. Non le ho perse neppure quando ho cercato di mescolarmi alla razza padrona. Quando Giuliano Lajanca mi ha invitato sulla sua barca, io sono arrivato al porto con una valigia, due bottiglie di Barolo del '74 e un mazzo di fiori per Stella. Non ho potuto farne a meno, anche se sono sicuro che tutti gli altri hanno pensato con un velo di disprezzo: classe media. Sì, signor giudice, classe media, destinata a scomparire.

A dire il vero, l'altra sera mi sentivo un po' imbarazzato a portare dei dolci ai padroni di un ristorante. Pensavo che sarebbero stati più indicati i fiori per Elodie, ma poi mi è venuta in mente un'altra canzone di Brel: *Les bonbons*.

Je vous ai apporté des bonbons
Parce que les fleurs c'est périssable
Puis les bonbons c'est tellement bon
Bien que les fleurs soient plus présentables
Surtout quand elles sont en boutons
Mais je vous ai apporté des bonbons

Ancora storie di amori infelici, di uomini gabbati dalle donne e dal destino. Ormai Brel sta diventando un chiodo fisso; anch'io comincio a credere che abbia scritto delle canzoni apposta per me.

Lì, in piedi sulla porta della sala da pranzo, col pacchetto di paste sospeso al suo cordino blu, ho guardato l'unica tavola apparecchiata e mi è parsa un concentrato di vita in famiglia: la tovaglia a quadri, i bicchieri "duralex" di vetro grosso e un po' opaco, il vino nella caraffa e l'odore della zuppa di cipolle.

«Dài, siediti!» mi ha detto Elodie.

Mi ha preso il pacchetto dalla mano, l'ha posato su un tavolo e lo ha aperto.

«Mmm! Le religeuse, gli éclair! Dio che bontà!»

Je vous ai apporté des bonbons...

«Allora, il lavoro?» ha chiesto Armand alla figlia, poi, rivolgendosi a me: «Sa, Elodie è architetto e lavora nel più importante studio di architettura di Parigi».

«Ma guarda quanto esagerato orgoglio paterno!» ha scherzato lei. «Non è il più importante, però facciamo cose interessanti. Adesso, per esempio, stiamo progettando una stazione ferroviaria.»

«Una stazione?» ho ripetuto con autentica ammirazione.

«Sì, per una cittadina nel sud del Belgio. La prima stazione in Europa ad essere realizzata con materiali completamente ecocompatibili.»

«Ad esempio?»

«Prendi le coibentazioni. Nella maggior parte dei casi vengono ottenute con prodotti poliuretanici, che significa inquinamento alla produzione e contaminazioni non ancora accertate sul luogo di posa. Noi invece usiamo sughero riciclato.»

«Cosa fate? Sbriciolate i tappi del vino e li incollate?» ha fatto il padre.

«Noi no, ma le aziende dalle quali compriamo il sughero fanno esattamente questo, solo che non lo incollano, lo comprimono.»

«E poi?» ho incalzato.

«E poi, ecocompatibile significa anche pensare all'ecologia della mente, pensare agli utilizzatori come persone. Le sale d'attesa come luoghi d'incontro, gli uffici come posti da vivere...»

Non credevo che avrei potuto portare avanti per mezz'ora una conversazione sui principi costruttivi di una stazione. E invece ero davvero rapito dall'entusiasmo con cui Elodie descriveva le pensiline, i corridoi, le scale mobili; dalla passione che la animava. Parlava, disegnando nell'aria con la mano che reggeva la forchetta, e le pensiline, i corridoi, le scale mobili prendevano forma come scie di metallo lucente nel riflesso della lampada che pendeva dal soffitto. Io replicavo, chiedevo, davo il mio parere, mentre Armand e sua moglie assistevano muti e soddisfatti; non so perché, ma mi sembrava di essere a cena a casa di suoceri benevoli e rassicuranti.

Candide passava da uno all'altro a elemosinare un po' di cibo, più per abitudine, credo, che per reale appetito, perché ero certo che nelle ore precedenti tutti avessero fatto a gara per rimpinzarlo.

Alla fine della cena abbiamo tolto definitivamente le paste dalla loro carta rosa e Armand ha stappato una bottiglia di champagne. Nell'alzare il bicchiere per il brindisi, Elodie mi ha guardato da sotto la sua frangia nera e mi è sembrato che il suo sguardo sottolineasse una complicità vecchia di secoli.

Inghiottito l'ultimo bignè con la panna, ci siamo alzati tutti e io ho cominciato a sparecchiare la tavola, ma i due genitori hanno spedito via me e la figlia: via, di là, a guardare la tele; a riordinare ci pensiamo noi.

Elodie si è sintonizzata su Arte, proprio mentre scorrevano gli ultimi titoli di testa di un film con Fernandel, tanto per cambiare: ma quanti film ha fatto Fernandel? In quello, lui recita la parte di un commesso viaggiatore che aiuta una ragazza madre incontrata sulla corriera spacciandosi per il marito. Una storia che, se non sbaglio, hanno poi ripreso altri; mi sembra di ricordare una vicenda simile ambientata da qualche parte in Sudamerica.

Mentre le immagini scorrevano sullo schermo, io guardavo di nascosto Elodie e mi pareva che potesse bastare un niente per trasformare anche noi, due estranei, in marito e moglie. Con lei seduta vicino e nessun altro intorno, il bar del signor Armand, illuminato solo dalla luce azzurrognola del televisore, stava diventando un salotto; il salotto di una casa normale, confortevolmente banale.

Ah, Fernandel! Mi è di nuovo tornato alla mente *Lo straniero* di Camus. La sera del funerale di sua madre, lui va al cinema a vedere un film con Fernandel e per questo il pubblico ministero lo dipinge come una persona insensibile, fredda, come un assassino spietato.

Anche lei, signor giudice, è pronta a descrivermi così: il mostro senza cuore che poco dopo aver sparato nella schiena a Mirko Guidi, guarda beato un film con Fernandel?

Alla fine del primo tempo, Elodie si è alzata e mi ha messo in braccio Candide che intanto si era addormentato.

«Ti va bene un bicchierino di porto?» mi ha chiesto.

«Va bene quello che prendi tu.»

«Non ti annoi a stare qui? Papà mi ha detto che sei il cliente più stabile che abbiamo mai avuto: più di un mese!»

«Ci sono abituato; mi capita spesso di stare fuori casa per molto tempo: sono specializzato in questi lavori di ricerca sulle eredità e di solito sono lavori lunghi.»

Non ho potuto fare diversamente, eppure mi è dispiaciuto mentirle. Credo che se vivessi con Elodie non riuscirei a dirle neanche una bugia: ha una faccia che sembra importi la sincerità, ma con dolcezza. A dire il vero, non ho mai mentito a nessuna delle ragazze con cui sono stato, neanche all'ultima, che poi era soprattutto la ragazza di un altro.

«Ma cosa fai la sera?»

«Passeggio lungo il fiume, faccio quattro chiacchiere con tuo padre e poi guardo questi vecchi film.»

«Vedo che abbiamo qualcosa in comune. Pensa che io, a Parigi, ho persino l'abbonamento a Cinéclassic, il canale satellitare.»

«Dove abiti a Parigi?»

«Rue Jean Bart, nel sesto, vicino al Jardin du Luxembourg.»

«Sola?»

Quella domanda mi è proprio scappata. Appena pronunciata avrei voluto scomparire.

Lei ha accostato la sua sedia alla mia, per poter continuare ad accarezzare Candide che se ne stava sdraiato sulle mie ginocchia come un cencio steso. Poi ha sorriso:

«Sì, sola. In un bilocale microscopico».

In quel momento il film è ricominciato e io sono riuscito a nascondere l'imbarazzo.

Candide ha dormito per tutta la durata del secondo tempo, ma appena è arrivata la pubblicità si è svegliato, senza però cercare di scendere. Ho subito capito che c'era qualcosa che non andava, perché ha allungato il collo e ha posato la testa sulle zampine anteriori, con lo sguardo fisso. Nel respirare emetteva una specie di rantolo e, di tanto in tanto, veniva scosso da un fremito.

«Sta male, molto male» ha concluso Elodie.

«Cosa facciamo?»

«Papà, la clinica veterinaria vicino alla tangenziale, quella dove portavamo Barouf, c'è ancora?»

«Sì. È sempre lì» ha risposto il signor Armand.

«È aperta anche di notte?»

«Credo di sì.»

«Allora dammi le chiavi della macchina, per favore.»

Senza che mi dicesse niente, ho preso in braccio Candide e sono andato alla porta.

Armand si è avvicinato porgendo le chiavi e ha accarezzato il gattino.

Elodie guidava veloce, le strade erano praticamente vuote. Candide non si muoveva. Io, di tanto in tanto, appoggiavo piano la mano sul suo corpicino, per sentire se almeno respirava e mi convincevo di aver avvertito un piccolo spostamento del suo pelo bianco; così, per illudermi, per non perdere la speranza.

«È vivo?» mi chiedeva Elodie ogni due minuti.

«Sì» rispondevo. E mi dicevo che non doveva morire, che era il mio gattino e io lo avevo salvato. Non doveva morire.

Un quarto d'ora dopo, appoggiavo Candide sulle mani di una veterinaria, mentre Elodie le spiegava i sintomi.

Ci siamo seduti su una panca in metallo con un sedile di fòrmica che imitava malamente il legno. Dopo qualche istante mi sono girato verso di lei: piangeva, in silenzio.

Dalle stanze di degenza, arrivava, attutito, il latrare di un cane ammalato, mentre, nei momenti di silenzio, la sala d'aspetto si riempiva degli scatti ritmati dell'orologio elettrico appeso alla parete.

Le undici e cinquantotto.

Il latrare è cessato.

Mezzanotte e dieci.

Si è udito il guaire di qualche volpino isterico o di qualche stupido barboncino.

«Tu hai mai avuto animali?»

«Dei gatti. Uno, dieci, per un certo periodo fino a dodici. Ma non erano proprio miei, erano i gatti che giravano per il cortile dell'albergo e per i tetti lì attorno. Mio padre e mia madre gli hanno sempre dato da mangiare e io li accarezzavo e giocavo con quelli più socievoli. Quando sono qui, lo faccio ancora, ma adesso la colonia felina è quasi scomparsa. Dicono che ci sia una donna, dall'altra parte dell'isolato, che li avvelena. C'è della gente schifosa al mondo!»

«Ma quel Barouf che portavate qui alla clinica veterinaria?»

«Era anche lui un gatto della banda del cortile. Sarà stato dodici o tredici anni fa, in inverno: una sera ce lo siamo visti apparire nel bar. La sala era piena di gente, ma lui, come se niente fosse, è passato in mezzo ai tavolini ed è andato a sdraiarsi sul televisore. Si vede che non ne poteva più di stare fuori al freddo e così si è fatto coraggio. Da allora lo abbiamo adottato. È morto nel 2002, io ero già a Parigi.»

Mezzanotte e venticinque.

Siamo rimasti nuovamente in silenzio, ma non il silenzio imbarazzato di chi non ha niente da dirsi; piuttosto quel silenzio denso, di chi non ha bisogno di parlare. C'era di nuovo un'intimità strana, inspiegabile.

«Non voglio che muoia» ho detto a un certo punto.

Lei mi ha preso la mano.

All'una la veterinaria è uscita con una scatola bianca in mano. Dentro c'era un panno ripiegato e sopra un mucchietto di pelo bianco, con la coda e il muso neri.

Ho sentito lo stomaco che mi si stringeva. Elodie stava per scoppiare in singhiozzi.

La dottoressa ci ha guardato e si è subito affrettata a spiegare:

«Dorme. Gli ho fatto un antibiotico e un tranquillante. Ha la polmonite, è per quello che respira male, ma in più si agita e questo peggiora le cose».

«Si salva?» le ha chiesto Elodie.

«Certo. Altrimenti non ve lo darei da portare a casa.»

I nostri corpi si sono sciolti, si sono lasciati andare, come se fossimo stati per ore sotto la minaccia di una pistola e all'improvviso potessimo rilassarci.

«Avete una gabbietta?»

«Veramente no. Non abbiamo fatto in tempo...»

«Allora lo lasciamo nella scatola, tanto non si sveglierà per almeno tre ore.»

Ha appoggiato Candide e la sua casetta di cartone su un tavolo e ha scritto una ricetta.

«Qualcuno di voi è in grado di fargli delle iniezioni?»

Ho annuito.

«Allora gliene fate due al giorno per tre giorni; dovrebbe essere sufficiente.»

«Quanto le dobbiamo?» ha chiesto Elodie?

«Sono novanta euro.»

Elodie ha cercato il portafoglio nella borsetta, ma io sono stato più rapido. Poi ho preso Candide e siamo risaliti in macchina. Eravamo felici e se non fosse stato per il gatto da portare a casa, credo che avremmo fatto il giro della città di locale in locale.

È stato in quel momento, a qualche centinaio di metri dalla clinica veterinaria, che ho capito quale fosse il particolare discordante nella macchina del Guidi.

Accanto al cavalcavia della tangenziale c'era un grosso incrocio. Il semaforo era rosso, ci siamo fermati. Alla mia destra, il buio dei capannoni di periferia era interrotto dai lampioni che illuminavano il piazzale di un autolavaggio self-service, uno di quelli dove la gente mette la monetina nel marchingegno e poi può divertirsi ad armeggiare con idrospazzole e getti d'acqua. E lì, all'una di notte passata, c'era un uomo sulla cinquantina che lavava la sua Peugeot 307.

Perché una persona normale si mette a lavare l'automobile in piena notte? Devi essere un fanatico. Un fissato della carrozzeria splendente. Un maniaco del tappetino immacolato. Uno che non può sopportare l'idea della polvere sulla lamiera.

Così mi è tornata alla mente la Golf di Mirko Guidi. L'auto più sporca che io abbia mai visto. Uno sporco tenace, uno strato di terra, fango e smog indurito sopra la vernice fino a nasconderne il colore. Un'auto dove il tergicristallo e il tergilunotto disegnavano dei semicerchi evidentissimi e sulla quale i ragazzini scrivevano "lavami" con il dito. In tutto il tempo che ho avuto a che fare con lui, non ho mai sentito che l'avesse lavata, o che avesse raccolto le cartacce e le schifezze varie dai tappetini o dai sedili.

E allora, perché voi avete ritrovato la sua macchina in garage e perfettamente pulita dentro e fuori?

Certo. Per una volta nella vita l'aveva portata all'autolavaggio e poi l'aveva chiusa in garage per conservarne a lungo la brillantezza.

No, signor giudice, questo non è possibile; il perché glielo spiegherò tra un attimo.

Ricostruiamo di nuovo la scena del delitto; io però non mi ci metto più in mezzo, perché io quella sera non c'ero.

Ammettiamo che Guidi abbia lavato la macchina. Non lo ha mai fatto prima, ma ammettiamo che questa volta l'abbia fatto, immaginiamo che l'abbia portata dal meccanico per una riparazione e che questo gliel'abbia pulita. Lui lascia la macchina a casa. Qualcuno gli suona il campanello. Lui scende e insieme se ne vanno in centro. Sono in quattro, quattro imbecilli fatti con lo stampino: pantaloni larghissimi, maglietta fino alle ginocchia e cappellino di lana in testa, malgrado il caldo. Vanno in discoteca, bevono, sudano. Quando escono, rintronati, sono rimasti in due; gli altri due, i più svegli, hanno beccato due ragazzotte e se le stanno scopando da qualche parte. Guidi e l'altro amico sfigato vanno a puttane, così, per consolarsi.

Perché dipingo Guidi come un puttaniere? Perché lo era. Perché era uno di quelli che vanno con gli amici lungo i viali a guardare le prostitute, a prenderle in giro. Perché, pur essendo uno squattrinato, era ossessionato dai soldi e da quello che con i soldi si può fare: credo che la parte che più gli piaceva del sesso fosse il fatto di poterselo comprare, di poterselo permettere.

Dunque, caricano due prostitute, poi si appartano vicino al cimitero. L'amico che ha la macchina riafferma il suo principio di proprietà e manda fuori Mirko e la tipa. Non per riservatezza, ma perché sull'auto è già complicato in coppia, figuriamoci fare un poker. E Guidi accetta il ripiego: una sveltina contro il muro di cinta del cimitero; sempre meglio di niente. Ma poi forse pensa che può compensare la scomodità con qualche prestazione speciale, con qualcosa di violento o chissà... In ogni caso, la ragazza non ci sta, vuole andare via, scappa. Lui la insegue, magari le urla "brutta puttana", la minaccia, forse la picchia. E a quel punto salta fuori il protettore e lo fredda, gli infila due colpi nella schiena. Un protettore che fa il suo mestiere, che tiene d'occhio il suo capitale perché non subisca danni. I rilievi della Scientifica (vuole che le dica in quale computer li ho trovati? Meglio di no) mettono in luce tracce di fondotinta sulla mano destra della vittima: uno schiaffo alla prostituta? una carezza a una ragazza in discoteca?

Rimane la questione dei bossoli, visto che a sparare non è stata una pistola a tamburo.

Ma il problema più grande non sono i bossoli. Quello che distrugge interamente questa ricostruzione del delitto è la maniacalità di Guidi. Se non l'ha già fatto, chieda a chiunque e chiunque glielo confermerà: Mirko Guidi non andava in macchina con nessuno, mai. Era una specie di fobia: o guidava lui o niente. Aveva una paura folle di farsi trasportare. Pensi che non prendeva neppure i taxi.

Per questo motivo, la Golf targata Novara, chiusa nel garage e perfettamente pulita dentro e fuori, quella Golf che a lei, signor giudice, è parsa del tutto normale, quell'auto è la dimostrazione che i fatti sono andati diversamente.

L'altra sera, mentre il semaforo diventava verde ed Elodie accelerava per ripartire, ho riguardato l'uomo che lavava la sua Peugeot 307 in piena notte e mi sono chiesto di nuovo: perché qualcuno si mette ad armeggiare con getti d'acqua e aspiratori all'una di notte? E questa volta mi sono risposto: per cancellare delle tracce.

Io non so se sia vero tutto quello che ci fanno vedere alla televisione. Non so se davvero riusciate a scoprire che tipo di terra è rimasta nel battistrada delle gomme, se davvero riusciate a rilevare impronte digitali sulla plastica rugosa del cruscotto. Io non so se la Scientifica reale sia davvero efficiente come quella dei telefilm, ma se fosse addirittura più efficiente di così? Se io fossi un assassino che non vuole farsi scoprire, me lo chiederei. Avrei paura che riescano a rilevare impronte sui sedili di tessuto, che dalla macchia di grasso lasciata dai miei capelli sul vetro del finestrino si possa risalire al mio DNA o a qualche altra marca di identità. Insomma, signor giudice, se io fossi un assassino (e lo sono, ma un assassino d'un altro stampo) e fossi stato sull'auto della vittima, la ripulirei da cima a fondo e poi, per dissuadere la polizia dall'idea di un esame troppo accurato, farei sembrare quell'auto completamente estranea alla scena del delitto, la metterei nel posto più logico e ordinario: in garage.

Guidi parcheggia nella strada deserta accanto al cimitero. Accanto a lui c'è qualcuno. No, adesso non è più una questione di sesso a pagamento; vicino ha qualcuno che conosce, ma non una fidanzata. Lui vive da solo e se volesse scopare con una ragazza che non sia una prostituta potrebbe semplicemente portarsela a casa, a meno che non sia la moglie del suo vicino. Qualcuno è salito sulla sua Golf, così, in amicizia, poi, all'improvviso, gli ha puntato la pistola e lo ha costretto a guidare fino a lì. Chi è questo qualcuno? Uno spacciatore? Non credo che Mirko fosse un tossico, e poi lo scoprireste facilmente. Uno a cui doveva dei soldi? Più probabile. Uno a cui aveva fatto uno sgarbo? Possibile anche quello.

Arrivati al cimitero, l'uomo che impugna la pistola obbliga Guidi a scendere: sa già esattamente quello che vuole fare, o meglio, quello che non vuole fare. Non vuole sporcare la macchina di sangue. Guidi corre via, cerca di nascondersi nell'oscurità, di rifugiarsi tra le capanne dei barboni. La portiera del guidatore è rimasta aperta, l'assassino sta fermo al proprio posto sul sedile anteriore, prende la mira e spara. Due volte, in una successione rapidissima. I proiettili raggiungono il cuore di Guidi, i bossoli cadono sui tappetini. Lui gira la chiavetta, innesta la prima e parte: direzione autolavaggio.

Perché non dare fuoco all'auto? Perché pulirla e portarla al suo posto?

Non lo chieda a me, signor giudice.

L'assassino lava la macchina, passa le gomme con l'idropulitrice, aspira la terra dai tappetini, pulisce il cruscotto e i vetri inserendo, una dopo l'altra, le monete nella macchinetta automatica che distribuisce guanti in lattice, strofinacci e detergenti. Ormai è ossessionato; mette persino l'arbre magique per cancellare il suo odore. Poi, senza togliersi i guanti, preleva le chiavi del box dallo scomparto portaoggetti (lei, signor giudice, non le mette lì?) e va a parcheggiare la Golf nel garage del suo legittimo proprietario: perché l'assassino conosce bene la sua vittima. La chiave di avviamento rimane nel quadro, quella del box chiude la porta basculante e poi scompare, tanto, in casa ce n'è una copia. L'uomo della pistola lo sa, perché lui conosce bene la sua vittima.

Inviato: giovedì 3 giugno 17.46
Da: miogiudice@nirvana.it
A: angelo@nirvana.it
Oggetto: Perché non tu?

Bravo! Hai descritto con precisione la scena del delitto. Come se tu fossi stato lì.

L'uomo con la pistola potresti benissimo essere tu. E non ci sarebbe bisogno di inventarsi moventi strani, droga, debiti, donne. Il tuo odio è più che sufficiente per sterminare tutti quelli che hanno decretato il tuo fallimento. Senti la mia ricostruzione dei fatti.

Dopo giorni che controlli a distanza le sue e-mail, scopri che Mirko Guidi ha fissato un appuntamento con qualcuno per giovedì 20 maggio a tarda ora. Immagini che andrà a casa e che poi uscirà di nuovo. Approfitti del cancello automatico che resta aperto per qualche secondo dopo il passaggio di un'auto e ti apposti nel corridoio accanto al box di Mirko Guidi, nel buio. Alle undici di sera, Guidi arriva. Il garage è deserto. Lui esce dall'ascensore e tu lo segui con gli occhi. Apre la porta basculante, scavalca le cianfrusaglie che gli assediano l'auto da ogni lato e tira fuori la Golf. A quel punto lascia le chiavi nel quadro e scende per richiudere il box. È lì che tu sbuchi dal tuo nascondiglio e gli punti la pistola alla testa. Spararagli sul posto sarebbe la soluzione più semplice, ma i colpi si potrebbero sentire, qualcuno potrebbe affacciarsi ai balconi: meglio di no, meglio un luogo più appartato. Continui a minacciarlo. Lo fai salire in macchina e ti siedi accanto a lui, poi lo costringi a guidare fino al cimitero: cosa c'è di meglio del cimitero per un omicidio? La zona tu la conosci, sai che è tranquilla.

La tua è un'esecuzione.

Durante il tragitto celebri il tuo delirante processo, poi, nell'ultimo tratto di strada, gli leggi la sentenza e quando l'auto si ferma la esegui.

Ti prendi l'ultimo, sadico piacere di farlo sperare in una via di fuga. Fingi di distrarti un attimo, lui apre la portiera e scappa. Ma è spaventato, confuso, e invece di togliersi dalla tua traiettoria di tiro, corre in linea retta, proprio di fronte alla portiera rimasta aperta. Tu non devi neppure scendere: prendi la mira e spari.

La Scientifica ha rilevato tracce di polvere da sparo nella Golf.

Sentenza eseguita.

Ucciso anche l'altro. Chi ucciderai ancora?

Fermati Luca!

Se ti resta ancora un po' di controllo su te stesso, fermati, consegnati alla polizia. Oramai la tua mente è dissociata. Sto cominciando a pensare che tu non mi racconti balle, che tu creda realmente di essere in Francia. O forse sei veramente in Francia, non troppo lontano dal confine: hai preso un treno, sei arrivato a Milano, hai ucciso Guidi, sei ripartito e dopo hai rimosso tutto.

Fermati Luca! Salva il salvabile!

Se davvero esistono, Elodie e Candide sono in pericolo anche loro. È in pericolo Armand, sua moglie, è in pericolo la bibliotecaria carina.

Qualcosa, nel tuo cervello, ha preso una strada sbagliata. La volta scorsa ti ho scritto di non sperare nell'infermità mentale, ma adesso ti dico: consegnati e verrai curato.

Quando hai iniziato questa corrispondenza, mi hai chiesto di capirti. Credo di essere riuscita a comprendere almeno una parte di te. Quella che salva i gattini, o che almeno sogna di farlo. La parte che si diverte con Fernandel.

Il film che mi hai raccontato, l'ho visto anch'io, qualche anno fa, al cineforum del Centre Culturel Français di Milano. Si intitola *Sous le ciel de Provence* ed è diretto da Mario Soldati, pensa un po'... Ed è vero che la trama è stata ripresa da altri, ma credo che su quel tipo di vicenda ci abbiano messo le mani in tanti: la storia della ragazza incinta che recluta un falso marito era già stata usata da Blasetti, poi è arrivato Soldati e, otto o nove anni fa, c'è stato *Il profumo del mosto selvatico* di Alfonso Arau.

Non credo che tu sia un mostro senza cuore, anche se guardi un film con Fernandel dopo aver ucciso un uomo. Credo che tu sia malato e che tu abbia bisogno di cure.

Prima o poi ti prenderemo, ma per chi ti sta vicino potrebbe essere troppo tardi. Costituisciti, ti prego.

Inviato: giovedì 3 giugno 23.59
Da: angelo@nirvana.it
A: miogiudice@nirvana.it
Oggetto: un patto.

Grazie, signor giudice. Apprezzo il suo interessamento per quanti mi sono cari, ma le assicuro che le sue preoccupazioni sono fuori luogo.

Candide sta benissimo. Gli antibiotici hanno funzionato ed ora è fuori pericolo. È bello vederlo correre e giocare con qualsiasi cosa gli capiti a tiro. La sua passione sono i laccetti di filo di ferro plastificato che servono per chiudere i sacchetti. Più sono piegati e ritorti, più, al tocco delle sue zampine, prendono vita e si agitano come topolini in miniatura buoni solo per essere cacciati da lui. Ieri mattina, io ed Elodie siamo stati a guardarlo per mezz'ora, nel bar ancora deserto, mentre Armand passava avanti e indietro indaffarato:

«Bambini, ecco cosa siete, due bambini che si incantano davanti ai giochi di un gatto».

Ha ragione il signor Armand, almeno riguardo a sua figlia. Quando ride per qualche prodezza di Candide, sembra proprio una bambina. E anche quando sorride per qualcosa che dico io, qualcosa che lei trova molto buffo, non so se per via del mio accento o perché le sono simpatico. È minuta e ha i capelli neri, corti, con una frangia che le sta un po' di sbieco; mi ricorda Jeanne Moreau in *Jules e Jim*, anche se non è che le somigli veramente, è più una questione di espressione, di freschezza.

Oggi, mentre facevo colazione, Elodie mi si è avvicinata da dietro e mi ha posato le mani sulle spalle:

«Devi andare al catasto?» mi ha chiesto piegandosi un po' in avanti.

«No, ci sono stato ieri verso mezzogiorno, ma l'impiegato mi ha detto che i documenti che cerco non sarebbero stati pronti prima di un paio di giorni.»

«Significa che non hai impegni?»

«Ne ho, ma posso spostarli.»

Era una menzogna così palese che non mi sembrava neanche di mentire: e lei ha sorriso.

«Allora, visto che i tuoi impegni possono aspettare, ti porto a vedere la mia tesi di laurea.»

«La tua tesi?»

«Sì, intendo dire il quartiere sul quale ho lavorato per la tesi.»

«Dammi qualche minuto e sono pronto.»

«Va bene. Mettiti un paio di scarpe comode, perché c'è da camminare parecchio.»

Un quarto d'ora dopo ci siamo avviati verso la periferia.

«Facciamo il lungofiume» ha suggerito, «così stiamo all'ombra.»

«Certo, prima però devo passare alla banca che c'è in piazza, vicino al teatro, per ritirare un po' di soldi al bancomat.»

«Non ti preoccupare, lungo il percorso di banche ce ne sono quante ne vuoi.»

«Sì, ma quella della piazza del teatro è una banca svizzera, la stessa sulla quale ho il conto a Bellinzona, così posso anche controllare il saldo.»

Non si affanni, signor giudice, non si affanni a cercare un mio conto corrente a Bellinzona: non posso dire sempre la verità, neanche a Elodie, e poi la Confederazione Elvetica continua ad essere molto discreta in materia di risparmi.

Però era vero che quella era la mia banca e che dovevo controllare quanti soldi mi restavano.

Ho inserito la tessera, ho digitato il codice e ho atteso che sul terminale comparisse il verdetto.

Anche questa volta è stata lunga. Credo che quello sia il bancomat più lento del mondo, ma oramai, dopo tanti prelevamenti, ho imparato ad essere paziente con lui.

Aspettando, ho guardato Elodie che si era allontanata a curiosare nelle vetrine lì attorno. Indossava una gonna di tela blu, che le arrivava un po' sopra il ginocchio e sopra aveva una maglietta color crema, aderente quel tanto che bastava per dare rilievo anche ai suoi seni piccoli.

Poi, finalmente, sul monitor è comparso il saldo. Una cifra cospicua.

Ho prelevato tutto ciò che potevo e ho raggiunto Elodie che stava leggendo con attenzione la lista delle consumazioni affissa fuori da un bar.

«Stai studiando le strategie della concorrenza?» le ho chiesto scherzando.

«In un certo senso. Sto cercando di capire perché tutti aumentano i prezzi e mio padre no.»

«Forse perché è onesto?»

«O forse perché preferisce servire birra a quattro ubriaconi che guardano la partita alla tele, piuttosto che vendere vini dagli improbabili retrogusti di mandorla, di fieno e di frutti rossi a ragazzotti che ostentano arie da intenditori per impressionare le fidanzate a colpi di dieci euro al bicchiere.»

«È per questo che mi è simpatico tuo padre.»

«Anche a me.»

Abbiamo ripreso il cammino. L'acqua del fiume portava con sé una parvenza d'aria fresca, una specie di ricordo dei ghiacciai da cui era partita qualche giorno prima.

«Torni spesso a trovare i tuoi?»
«Non quanto loro vorrebbero; diciamo un cinque sei volte l'anno.»
Abbiamo continuato ancora un po' a parlare, così, di cose senza importanza, solo per consolidare la nostra complicità. Poi, siamo stati per un lungo tratto in silenzio, senza smettere di godere del fatto di essere lì, insieme.
Ad un certo punto, senza un apparente motivo, la mia mente è tornata a lei, signor giudice, a quello che mi ha scritto nel suo ultimo messaggio: "Dopo giorni che controlli a distanza le sue e-mail, scopri che Mirko Guidi ha fissato un appuntamento con qualcuno per giovedì 20 maggio a tarda ora".
Controllare le mail di Guidi. Non ci avevo mai pensato e non l'ho mai fatto, ma la sua ipotesi mi ha dato un'idea; gliene parlo più avanti.
Abbandonato il lungofiume, abbiamo imboccato un viale ampio, anonimo. Poi un altro, ancora più anonimo. Strade da piccola borghesia, da appartamenti di due stanze e cucina presi con pochi risparmi e tanto mutuo, appartamenti che dopo trent'anni saranno finalmente di chi li ha comprati.
«Questo quartiere» mi ha spiegato Elodie, «è nato alla fine degli anni Sessanta. All'epoca c'era una fascia di campi suburbani che lo divideva dagli HLM, adesso che le costruzioni si sono moltiplicate è rimasta solo una frontiera psicologica.»
Gli HLM, le case popolari. Ogni nazione ha le sue sigle e i suoi nomi in codice per designare gli agglomerati di cemento che vorremmo dimenticare ai confini delle nostre città: INA Casa, Case del Piano Fanfani, HLM, modi diversi per dire la stessa cosa.
«La frontiera esiste ancora» ha ripreso lei, «ma i valori sono ribaltati.»
L'ho guardata senza capire.
«Cinque anni fa, il sogno di quelli che abitavano di là,

negli HLM, era di passare da questa parte. Adesso non più. Adesso, chi vive là è fiero del proprio quartiere, perché vede che le televisioni vanno a riprendere le loro case non per spiare la miseria, come facevano prima, ma perché sono belle, sono vive.»

«Cos'è successo in questi cinque anni?»

«È successo che i progetti che io proponevo nella mia tesi, assieme a quelli di tanti altri che la pensavano come me, sono stati finanziati.»

Abbiamo camminato ancora un po' e poi abbiamo attraversato il confine invisibile che passa lungo l'asse di una via a scorrimento veloce: da una parte la compostezza di una casa dai balconi piccoli e tutti uguali, senza panni stesi, come da regolamento condominiale, con le tende da sole blu, come da regolamento condominiale; dall'altra, un trionfo di giallo e di arancione, di verde e di rosso, di finestre fiorite anche d'inverno, di bambini affacciati anche di notte, di cani ben educati e di mongolfiere al decollo.

«È il trompe-l'œil più grande del mondo. Questo muro una volta era grigio, tutto grigio nelle varie tonalità dello smog. Oggi rappresenta la vita delle città come potrebbe essere. E il bello è che la gente che vive qui, ha preso ad imitarla questa vita. Così, il muro dipinto non è più il ritratto di una metropoli ideale, ma la copia di ciò che accade nel quartiere.»

Ci siamo addentrati nell'intrigo delle vie e delle case moltiplicate dal gioco delle prospettive dipinte sulle facciate. Finte finestre e finestre vere, in alternanza; bambini veri e bambini fasulli.

«Non ti sembra un po' Eurodisney?»

«Sì, solo che qui non si paga il biglietto.»

Mi ha condotto fino a un piazzale chiuso alle auto e occupato per metà da una sorta di anfiteatro. Ovunque murales sullo sport, sulla musica e sulla danza e neanche un graffito, neanche una scritta con lo spray ad interrompere quell'allegra disarmonia di colori.

«Questa è la parte che ho progettato io.»

«Bellissima!» ho risposto immediatamente. Anche se non ero sicuro che mi piacesse sul serio. Quello che però mi piaceva veramente era l'entusiasmo di Elodie, la sua passione, il suo credere che in quelle pareti dipinte stesse il segreto della felicità urbana. Io, purtroppo, mi accorgo di non aver più posto per fedi di questo tipo, di non aver più posto per nessuna fede.

Oltre all'anfiteatro c'era una brasserie con i tavolini all'aperto.

«Ti va di mangiare qualcosa?»

Ho risposto di sì.

Ci siamo seduti ad un tavolo tondo, riparato da un ombrellone con la scritta Orangina in arancione su sfondo azzurro.

Quando il cameriere ci ha scorto, si è avvicinato immediatamente e ha salutato Elodie:

«Oh, che piacere rivedere la signorina architetto, come stai?».

Prima che lei potesse rispondere ha ripreso.

«Lasciati abbracciare.»

E l'ha baciata su entrambe le guance, due volte per guancia.

«Luca, ti presento Gilbert, il padrone del locale.»

«Piacere.»

Qualche convenevole, qualche considerazione sugli affari, che sembravano andare bene, e infine le ordinazioni: due insalate nizzarde e due birre bionde.

Abbiamo mangiato di gusto, scambiandoci poche battute. Poi Elodie ha chiuso l'ombrellone e ha spostato la sua sedia accanto alla mia per mettersi nella direzione del sole.

Io mi sono appoggiato allo schienale della sedia, ho disteso le gambe e ho socchiuso gli occhi.

L'aria del mezzogiorno faceva tremolare i colori dei murales e c'era silenzio, un silenzio da spiaggia africana deserta e bruciata.

Ho appoggiato il gomito sul bracciolo e ho cercato la mano di Elodie, proprio mentre lei cercava la mia. Fermi, con il sole che scaldava la pelle e con la mano nella mano, come due adolescenti, o come due vecchi, come i vecchi di Jacques Brel. *Les vieux ne meurent pas, il s'endorment un jour et dorment trop longtemps, ils se tiennent la main, ils ont peur de se perdre et se perdent pourtant.*

Non so dire quanto tempo siamo rimasti lì, in silenzio. Parecchio, a giudicare da quanto è rossa stasera la mia faccia.

A un certo punto, lei mi ha stretto di più la mano. L'ho interpretato come un modo per far ripartire la conversazione e ho detto la cosa più banale che potessi dire:

«A cosa stai pensando?».

«All'intrecciarsi delle persone e dei destini.»

«Cioè?»

«Pensi mai a quante persone incroci ogni giorno? Pensi mai al fatto che la maggior parte di loro non le rivedrai mai più?»

«Sì, per questo mi piacerebbe vivere in un piccolo paese, per non essere solamente circondato da passanti, da comparse che poi spariscono in un attimo.»

«E non ti è mai capitato che il destino ti facesse incontrare di nuovo, per caso, una persona sconosciuta?»

«Sì, mi è successo due volte. La prima a Helsinki, da ragazzo: ho rivisto in un museo un tipo col quale, l'anno prima, avevo diviso la camera di un ostello a Edimburgo. La seconda, un paio d'anni fa. Ero in stazione Centrale, a Milano, e noto una famigliola di giapponesi: padre, madre e figlia sui vent'anni. La figlia portava un paio di occhiali da sole con la montatura verde e gialla di una bruttezza incredibile. Il giorno dopo io ero a Chamonix, e chi ti vedo in contemplazione del Monte Bianco? La famigliola giapponese.»

«Anche a me capita spesso. Prendi quel signore laggiù, ad esempio.»

«Quale?»

«Quello con la camicia gialla con le maniche arrotolate. Quello lì, stamattina, mentre tu prendevi i soldi allo sportello automatico, era seduto alla terrazza del caffè lì vicino; sai il bar dove io guardavo la lista? Lì. Non ti sembra prodigioso che in una città grande come questa, due persone possano seguire casualmente i medesimi percorsi?»

«I prodigi mi hanno sempre fatto paura.»

«Anche a me, a dire il vero.»

Mi ha stretto ancora la mano e mi ha sorriso: «Andiamo?».

«Andiamo.»

Tornati su uno dei grandi viali anonimi, siamo passati davanti a un negozio di informatica.

«Ti dispiace se entriamo un attimo?» ho chiesto.

«No, figurati. Solo che alle quattro ho un appuntamento.»

«Non credo di metterci molto. Basta che il commesso sia un tipo sveglio.»

Era un tipo sveglio.

«Vorrei un computer portatile, di gamma medio alta. Non mi interessa né la capacità del disco fisso, né che tipo di scheda grafica monta; mi basta che possa connettersi a internet attraverso un telefono cellulare GSM.»

Il commesso mi ha mostrato due modelli. Ho scelto quello più caro. Poi ho preso un telefonino e uno zainetto porta-computer e ho pagato.

Uscendo dal negozio, Elodie mi ha guardato sorpresa.

«Fai sempre i tuoi acquisti in questo modo?»

«No, questa è una situazione particolare.»

Mi è parsa preoccupata, allora, per rassicurarla, le ho fatto una carezza sulla guancia, con il dorso della mano, ma non so se sono stato convincente, perché per tranquillizzare qualcuno bisogna essere tranquilli dentro di sé, e io non lo ero.

Camminare ancora però ci ha fatto bene. Abbiamo

chiacchierato, scherzato, riso; come due persone normali, come due che si sono amati.

Alle tre e un quarto eravamo di nuovo in albergo.

«Adesso ti devo lasciare» mi ha detto Elodie, «ma mi dispiace.»

«Posso venire con te?»

«Non credo che ti divertiresti. Mi vedo con due amiche dei tempi del liceo. La classica rimpatriata tra donne: vietato portare uomini e vietato parlarne bene.»

Mi ha ricambiato la carezza di prima e ha aggiunto:

«Ti affido Candide, fallo giocare un po' anche per me».

Ho preso con me il gatto e sono salito in camera. Ero ansioso di provare il mio nuovo giocattolo tecnologico, ma soprattutto avevo bisogno di sistemare un paio di cose.

Ho collegato il computer alla presa del telefono, lottando con Candide che cercava di mangiarsi il cavo.

Appena connesso ho cercato, nel mercato parallelo della rete, qualcuno che avesse una scheda GSM da vendere. Una scheda prepagata e intestata a un nome di comodo, cioè a qualche vecchietta dell'ospizio o a qualche defunto. Non è stato facile trovarla: da quando hanno cominciato a usare i telefonini come inneschi per le bombe, la gente è più cauta in questo tipo di commerci. Alla fine però, concordando un prezzo molto più alto di quello che sarebbe stato quattro o cinque mesi fa, sono riuscito a combinare lo scambio: domani (ma non le dico né come, né dove) avrò la mia scheda.

Risolta questa questione, sono passato all'altra, quella che mi tormenta da stamane: "Dopo giorni che controlli a distanza le sue e-mail, scopri che Mirko Guidi ha fissato un appuntamento con qualcuno per giovedì 20 maggio a tarda ora". Intercettare la posta elettronica di qualcuno è meno facile di quanto sembri; invece, penetrare nella sua agenda web è questione di pochi minuti.

Le spiego meglio.

Internet è pieno di siti web che ti mettono a disposizione uno spazio per annotare i tuoi appuntamenti e i tuoi numeri di telefono. È una vera e propria agenda elettronica sempre disponibile da qualunque punto tu ti connetta: da casa, dall'ufficio o da un qualsiasi internet cafè. Quando lavoravamo insieme, ricordo che Guidi ne aveva una e che ci appuntava ogni cosa, anche la più banale. Aveva il terrore di dimenticare gli impegni e allora scriveva tutto, se no gli veniva l'ansia. Non avevo presente su quale sito la tenesse, ma la ricerca è stata breve.

E così, ho avuto sotto gli occhi la scaletta del suo ultimo giorno di vita.

Scommetto che quelli della Scientifica hanno analizzato il suo computer fino all'ultimo documento e scommetto anche che hanno cercato di ricostruire le sue navigazioni in internet. Forse sono ancora lì che esaminano, uno per uno, i siti visitati da Guidi prima di morire, ma è un lavoro che richiede giorni, settimane e che può non condurre a nulla se non si sa dove cercare.

Io sapevo dove cercare e ho trovato la risposta: so il nome della persona che Guidi doveva incontrare giovedì 20 maggio a tarda ora.

A questo punto dobbiamo fare un patto, un accordo definitivo tra me e lei.

Lei, signor giudice, deve darmi fiducia, una volta per tutte, oppure abbandonare questo carteggio e darmi semplicemente la caccia. Non può continuare a dirmi che sono pazzo, non può continuare a mettere in dubbio ciò che le dico. Pensi a Simenon, al nostro amato Maigret. Quante volte Maigret ha sfidato le apparenze! Quante volte ha dato fiducia a un sospettato! In *Una testa in gioco* arriva persino a far evadere un condannato a morte dal carcere pur di dimostrare la sua innocenza. Anche lei, signor giudice, deve fare così, deve decidere se credermi o non credermi. E se decide di credermi deve venire con me fino in fondo a questa indagine, deve seguirmi fino a che non scopriremo chi ha ucciso Mirko Guidi, perché oramai questa è diventata la nostra indagine.

Per aiutarla a decidere, le offro un segno della mia buona volontà, le consegno quel nome che compare sull'agenda web di Guidi, nella pagina del 20 maggio alla riga corrispondente alle ore 23: Silvano Brambilla, il cavalier Silvano Brambilla.

Lo so cosa sta pensando. Sta pensando che Brambilla è un nome troppo milanese per essere vero, che il cavalier Brambilla è una macchietta, un personaggio di comodo.

Lo credo anch'io, ma la sua firma l'ho vista e mi è rimasta impressa. L'ho vista su un foglio, uno dei tanti che si ammassavano sulla scrivania di Giuliano Lajanca, un foglio di carta intestata di una compagnia telefonica con sede a Trinidad e Tobago. Se mi ricordo della cosa è perché, all'epoca, avevo sorriso all'idea che su quel pezzo di carta si incontrassero i due estremi: l'essenza del casereccio, della milanesità, e l'esotismo dei luoghi lontani; una specie di risotto allo zafferano servito sotto le palme di una spiaggia tropicale.

E poi, quel nome così meneghino l'ho sentito un'altra volta, in un dialogo tra i due Lajanca. Due battute, niente di più, qualcosa come:

«Giuliano, hai mica fatto arrabbiare il cavalier Brambilla?».

«Non credo proprio.»

«Bene, perché oggi io e lui dobbiamo discutere di cose serie.»

Ecco signor giudice, ecco il mio contributo all'inchiesta.

Adesso però devo farle una domanda, anche se non posso pretendere che lei mi risponda con franchezza.

Chi era l'uomo con la camicia gialla dalle maniche arrotolate che io ed Elodie abbiamo incontrato per ben due volte nel giro di poche ore?

Una coincidenza di quelle che il caso si diverte a disseminare per farci credere a misteriosi disegni celesti? Un frutto della mia paranoia di fuggitivo? Un agente in borghese che mi pedina? Chi era? Me lo dica lei, signor giudice.

Inviato: venerdì 4 giugno 17.24
Da: miogiudice@nirvana.it
A: angelo@nirvana.it
Oggetto: tutta la verità

Hai ragione, non è più tempo di tentennamenti. La questione è che ogni volta che credo di aver fatto la mia scelta, interviene qualcosa che mi sprofonda nel dubbio, qualcosa che mi fa pensare che tu non abbia detto tutta la verità. Prima l'omicidio Guidi e adesso, due giorni fa, la storia della foto. Avevo deciso di non parlartene, ma se dobbiamo davvero siglare questo patto è bene che tutto sia chiaro.

La scorsa settimana, il padrone di casa del tuo appartamento a Milano ha fatto chiedere dal suo avvocato il dissequestro della stanza che occupavi tu: una camera sfitta sono soldi che mancano all'appello! Naturalmente, avevamo già fatto una perquisizione il giorno dopo l'assassinio di Lajanca e non era venuto fuori niente; così ho incaricato due agenti della Polizia Giudiziaria di imballare le tue cose e di portarle in Procura: stanza libera e padrone di casa soddisfatto.

Non è che nutrissi grandi speranze, ma, quando gli scatoloni sono arrivati nel mio ufficio, ho pensato che studiare gli oggetti che ti avevano circondato negli ultimi mesi sarebbe stato un modo per conoscerti meglio.

Non c'era granché. Un paio di jeans, di quelli che i cinesi vendono al mercato, due o tre T-shirt da grande magazzino, due maglie con più acrilico che lana e un pigiama di seta blu, comperato in una boutique del centro, un pigiama perfetto per uno che abita in un loft e che, di tanto in tanto (ma forse non così sovente, visto che il pigiama sembrava nuovo), dorme con una donna conosciuta da poco. Niente che mi parlasse davvero di te.

Allora ho puntato dritto verso lo scatolone più pesante, quello dei libri, ho pensato. Era così: trentasette volumi, trentasette libri dai quali non avevi saputo separarti. Immagino che la tua vecchia casa, il tuo lussuoso loft, fosse pieno di librerie stracolme. E immagino la crudeltà negli occhi e nella voce del vecchio rivenditore di libri usati il giorno che lo hai chiamato per vendergli tutto quel patrimonio di parole:

«Mi dispiace, signor Barberis, ma, a parte quei cinque o sei volumi del Settecento che lei ha comprato da me, tutto il resto è roba senza valore, carta da macero. Posso darle trecento euro dei libri antichi e cento per tutto il resto, solo per farle un piacere e per aiutarla a sgomberare».

E tu hai accettato, perché non potevi fare altrimenti. Hai accettato, anche se quei libri antichi, con le rilegature perfette e i margini originali, non tagliati, li avevi pagati più di un milione. Gli hai detto di passare il giorno dopo a prendersi tutto e nella notte sei stato sveglio per ore a scegliere i pochi volumi da tenere, quelli che ci sarebbero stati sull'unica mensola della tua stanza ammobiliata. Trentasette libri, te ne cito qualcuno, come da verbale: Eliot, *La terra desolata*; Henry James, *Il giro di vite*; Dürrenmatt, *La panne*; Süskind, *Il profumo*; Potocki, *Manoscritto trovato a Saragozza*; e poi Martin Amis, un McGrath autografato dall'autore, Borges, Camus, Barthes, García Márquez, Pessoa. E naturalmente Simenon: *L'uomo che guardava passare i treni*, *I fantasmi del cappellaio*, *Les inconnus dans la maison* e *La Marie du port* in francese e infine, al fondo della scatola, *Lettera al mio giudice*. Libri strani per un informatico: brandelli di ciò che avresti voluto studiare se non fossi cresciuto vicino alla Fiat Mirafiori? I segni di ciò che avresti voluto essere?

Li ho sfogliati, ad uno ad uno, cercando tracce di te. Ma tu non sei di quelli che annotano a matita i pensieri sul margine, non sottolinei, non fai le orecchie agli angoli delle pagine. Al massimo, lasci dentro la cartolina o la fotografia che hai usato come segnalibro. Ne ho trovate parecchie, tutte inviate dai tuoi, da Loano, Lignano Sabbiadoro, Ceriale, Cattolica; cartoline che l'orgoglio paterno e materno ha indirizzato al "dottor" Luca Barberis. E poi qualche foto, probabilmente scattata da te: una marmotta, l'insegna di un vecchio caffè francese, dei pescherecci colorati all'ancora in un porto del Nord. In ultimo, la fotografia infilata a metà di *Frammenti di un discorso amoroso*. Un'immagine ripresa con una macchina digitale, di quelle piazzate nei parchi di divertimenti, che scattano in automatico; una di quelle foto che ti vendono quando scendi dalla giostra. Si vedono due persone infagottate nei cappotti, un uomo e una donna, stretti, abbracciati, nel punto in cui il vagoncino dell'ottovolante sta per iniziare la sua discesa più vertiginosa. Ma il loro abbraccio non è solo paura: le teste sono vicine, le guance una contro l'altra; si capisce che quella delle montagne russe non è l'unica avventura che condividono. Ci sono due amanti, un uomo e una donna: l'uomo sei tu, la donna è Stella Biffi, la fidanzata di Giuliano Lajanca.

Perché non me l'hai detto? Perché mi hai parlato di quella ragazza che non era completamente tua, ma non hai mai fatto il suo nome?

Non volevi che il tuo fosse scambiato per un delitto passionale? O forse non volevi coinvolgere lei? Sei l'ultimo dei gentiluomini? Tacere per non compromettere una donna è una cosa da romanzo dell'Ottocento, di quelli che piacevano tanto a tuo nonno.

Ovviamente, non ho potuto fare a meno di chiamarla per un nuovo interrogatorio.

È venuta stamattina.

Le ho mostrato la foto.

«Signorina Biffi, a quando risale questa fotografia?»

L'ha guardata con attenzione, poi ha risposto:

«Fine novembre. Novembre di due anni fa».

«Quanto tempo è durata la sua relazione con Luca Barberis?»

«Quattro mesi, più o meno.»

«Può essere più precisa circa le date?»

«La prima volta che ci siamo visti da soli è stato all'inizio di ottobre e abbiamo chiuso la vigilia del mio compleanno, cioè il 16 gennaio.»

«È stato lui a troncare?»

«No, sono stata io. Non sono fatta per le storie clandestine: dopo un po', la menzogna rovina tutto ciò che c'è di bello.»

«E allora cosa l'ha spinta a tradire Giuliano Lajanca?»

«Le solite cose: l'indifferenza di Giuliano, il bisogno di essere amata, l'illusione di un grande amore. Insomma, tutto quello che si legge nelle riviste femminili.»

«Dunque, un sentimento forte. »

«Con Luca provavo una grande dolcezza, ma, a posteriori, non so se questo sia veramente un sentimento o solo una sensazione. Comunque, ero innamorata, se è questo che intende.»

«E poi?»

«E poi una storia che nasce tra due persone ha bisogno di aria, di allegria, di chiarezza; la tenerezza ha cominciato a non bastare più e le difficoltà del vedersi di nascosto hanno fatto il resto.»

«Dove vi vedevate?»

«Vuole sapere che posti frequentavamo o dove facevamo l'amore?»

«L'uno e l'altro.»

«Naturalmente evitavamo tutti i locali di Milano, tutti i posti dove conoscevano Giuliano. Se si trattava di mangiare fuori, andavamo in provincia, nelle trattorie dei paesi persi nella nebbia. Per quanto riguarda le tenerezze, avevamo la scelta tra casa sua e casa mia; io e Giuliano non abbiamo mai vissuto insieme, dunque, l'appartamento era libero.»

«Vi incontravate spesso?»

«Un paio di volte la settimana, le sere in cui Giuliano giocava a calcio con gli amici. Avremmo potuto vederci anche di più, ma in quel periodo Luca lavorava come un forsennato.»

«Perché non mi ha raccontato prima tutto questo?»

«Crede che sia facile confessare di aver amato l'assassino del proprio fidanzato?»

«Si sente in colpa per la morte di Giuliano?»

«Questo no. Sono sicura che quello che c'è stato tra me e Luca non ha niente a che vedere con l'omicidio.»

«Non crede che nella scelta di uccidere il suo fidanzato ci fosse un po' di gelosia?»

«Ormai è passato più di un anno e mezzo da quando ci siamo lasciati e non mi è mai sembrato che Luca provasse rancore o gelosia.»

Ha frugato nella borsa e ha preso un pacchetto di sigarette e un accendino d'oro. Si è portata la sigaretta alle labbra ed ha acceso e solo dopo mi ha guardato con aria interrogativa, come a chiedermi il permesso. Non mi piace che si fumi nel mio ufficio, ma mi sembrava che in quel momento lei ne avesse bisogno, così le ho sorriso e le ho fatto un cenno col capo. Poi ho ripreso.

«Crede che anche Luca la amasse?»

«Sì. Per questo mi ha capita fino in fondo quando gli ho detto che non aveva più senso continuare la nostra relazione.»

«Non le ha chiesto di lasciare il suo fidanzato?»

«Me lo ha chiesto, ma non ha insistito; ha rispettato la mia decisione.»

«E a lei è mai venuto in mente di lasciarlo per stare con Luca?»
«Certo, ogni giorno, anche dopo aver troncato con Luca.»
«E perché non lo ha fatto?»
«Perché Giuliano aveva più bisogno di me di quanto ne avesse Luca. Più mi trattava male, più mi trascurava, più mi faceva scenate e più capivo che non potevo lasciarlo solo. La chiamano la "sindrome della crocerossina", ma noi donne siamo fatte così.»
Noi donne! Come se fossimo tutte uguali. Mi ha fatto arrabbiare quella battuta idiota, ma poi ho pensato a me, a me e a Enrico, alla sua vita da pachiderma in corsa e al mio corrergli a fianco. Noi donne siamo fatte così.
Ho ripreso il filo del discorso:
«Giuliano Lajanca ha mai saputo della vostra relazione?».
«No, ne sono assolutamente certa.»
«E con Luca, vi siete ancora visti dopo la fine della vostra storia?»
«Ci siamo visti il giorno dopo, alla festa per il mio compleanno, ma naturalmente c'era anche Giuliano e tutti gli amici, poi non ci siamo più né incontrati, né telefonati, anche perché la sua impresa ha cominciato ad andare male.»
«Lei sa cosa è successo?»
«Tutto quello che so è che Giuliano parlava di un errore informatico, ma, come le ho detto la prima volta, io del loro lavoro non ci ho mai capito nulla.»
«Lei che mestiere fa?»
«Mi occupo dell'ufficio stampa di una casa di moda francese.»
Mi ha porto un bigliettino da visita dell'azienda.
«Un'ultima domanda.»
«Dica.»
Ci ho provato, ma senza troppa convinzione.
«Giuliano le ha mai parlato di un certo cavalier Brambilla?»

Mi ha scrutato senza capire:

«No, non mi pare proprio».

Ci siamo alzate entrambe e io l'ho guardata con quel misto di ammirazione e disappunto che si concentra negli occhi di una donna quando ne vede un'altra che la fa sentire sciatta e vecchia. È così, Stella Biffi mi ha fatto sentire sciatta e vecchia. Con quel vestito color crema, a tubino, con quei capelli biondo rame, corti e spartiti a metà sulla fronte, non dimostrava meno dei suoi trent'anni, ma sembrava voler dire a tutti che avrebbe continuato a dimostrare trent'anni per il resto della sua vita. Di solito, quando vedo la bellezza oltraggiosa delle ragazze in giro per Milano con l'ombelico all'aria e i pantaloni a vita bassa che scoprono il solco tra le natiche, mi dico: voglio vedere come sarai alla mia età; ma con Stella Biffi è diverso, io so che lei, alla mia età, tra poco meno di dieci anni, sarà bella come oggi, bella come io non sono mai stata.

Ecco dunque il resoconto del suo interrogatorio.

Mi è parsa sincera, tutto qui. Però, adesso vorrei avere una tua versione dei fatti.

Come vedi ti do fiducia, sottopongo le sue parole al tuo giudizio di verità e non viceversa. È la mia sigla al nostro patto.

E ora passiamo proprio al cavalier Silvano Brambilla.

Devo confessarti che ci hai dato un argomento nuovo, non tanto per il nome, quanto per la questione della società telefonica a Trinidad e Tobago. Ho un'idea in testa, un'idea che sta prendendo forma, ma te ne parlerò solo quando avrò qualcosa di più concreto. Per il momento mi sono consultata con un mio collega, un esperto di queste cose: prometto che ti terrò aggiornato.

Circa l'uomo con la camicia gialla e le maniche arrotolate, non so dirti nulla. Certo, esiste su di te un mandato di cattura internazionale, non può essere diversamente, ma mi sorprende alquanto che la polizia francese ti dedichi tutta questa attenzione, mi stupisce che usi metodi da servizi segreti. Altro non so dirti.

Inviato: sabato 5 giugno 14.18
Da: angelo@nirvana.it
A: miogiudice@nirvana.it
Oggetto:

Questa mattina, alle otto e un quarto, il telefono della mia stanza ha squillato: era la prima volta, in tante settimane, che succedeva.

Ho alzato la cornetta e dall'altra parte ho sentito la voce del signor Armand:

«Non scendere» mi ha detto, «salgo io da te».

Era anche la prima volta che mi dava del tu.

Un attimo dopo ha bussato alla porta. Ho aperto. Sono entrati lui ed Elodie.

«Devi andartene» mi ha detto Armand, «subito.»

«Cos'è successo?»

«Alle otto, avevo appena tirato su la saracinesca, sono entrati nel bar due tipi, sui quarantacinque anni. Mi hanno chiesto se era in albergo un certo Luca Barberis, un loro amico, hanno detto. Io ho risposto che tra gli ospiti non c'era nessun Luca Barberis e che non conoscevo nessuno che si chiamasse così. D'altra parte, tu, a quanto ne so, ti chiami Bernasconi. "Allora ci siamo sbagliati" hanno risposto; e se ne sono andati.»

«Avevano un accento italiano?»

«No, nessun accento.»

L'ho guardato e lui deve aver capito la domanda che non mi usciva.

«Facendo questo mestiere, ne ho conosciuti di poliziotti, di tutti i tipi. Quelli della Buoncostume, quelli della Polizia Giudiziaria, persino quelli dell'antiterrorismo. Ormai li so riconoscere. Secondo me non erano sbirri. Erano peggio.»

Non sapevo cosa fare, cosa dire. L'ho guardato ancora.

«Non devi spiegarci niente. È meglio così per tutti. L'importante è che tu ora vada via. Ti aiuterà Elodie.»

E lei ha preso la parola:

«Il cortile dell'albergo è chiuso al fondo da un basso fabbricato. È un'autorimessa. Ho già appoggiato al muro una scala a pioli. Tu sali sul tetto del garage e lo attraversi per tutta la lunghezza. Dall'altra parte c'è una botola, con una scaletta che porta all'interno. Entri nell'autorimessa, e io sarò lì ad aspettarti con la Renault Espace di mio padre. Dovrai solo infilarti nel bagagliaio. Il padrone del garage ci conosce da sempre, ormai non fa più caso alle nostre stranezze». E ha sorriso, per sdrammatizzare, ma si vedeva che era tesa.

«E poi?» le ho chiesto.

«Ti accompagno alla stazione ferroviaria di un paesino a una trentina di chilometri da qui. Da lì in poi sarai solo. Adesso sbrigati.»

Sono usciti. Io sono rimasto immobile, indeciso.

Ho pensato di riprendere la moto, ma poi ho preferito accogliere il suggerimento del treno: più anonimo, più sicuro. Forse, il giorno in cui il garagista segnalerà alla polizia la targa di quella moto abbandonata, lei, signor giudice, verrà a sapere dov'è che mi sono rifugiato subito dopo il delitto, ma ormai sarà tardi, tardi per tutto.

Ho preso dal fondo dell'armadio la sacca nella quale avevo trasferito il contenuto delle due borse che avevo lasciato saldamente ancorate sulla R45. L'ho riempita con le mie cose, poi ho estratto il disco fisso dal vecchio computer e ho messo anche quello nella sacca, mentre il nuovo portatile era già nel suo zainetto.

Ero pronto. Pronto a scappare di nuovo.

Mi sono affacciato per l'ultima volta alla finestra e ho visto gli occhi del vecchio giudice che scrutavano nella mia direzione; un attimo, un attimo appena e poi il suo volto rugoso si è ritirato dietro la tenda.

Ho sceso le scale e mi sono infilato nel corridoio che portava verso il cortile. Armand e sua moglie erano lì ad aspettarmi, sulla porta.

«Grazie, grazie di tutto.»

Armand mi ha stretto la mano. Una stretta forte, piena di fiducia. Poi mi ha dato una busta:

«La apri dopo» mi ha detto, «adesso vai!».

Ho seguito le istruzioni di Elodie e venti minuti dopo eravamo fuori dalla città.

Ha accostato e ha fermato la macchina.

«Adesso puoi tornare tra noi» ha scherzato aprendo il portellone posteriore.

Mi sono sgranchito un attimo e ho massaggiato le parti indolenzite per via dei sobbalzi, anche se, in fondo, il viaggio non era stato poi così traumatico. Elodie aveva avuto cura di imbottire il baule con una trapunta e un paio di cuscini: si sarebbe detto che lo faceva per mestiere di trasportare fuggiaschi.

Mi sono seduto accanto a lei e abbiamo ripreso la strada. Voltandomi per vedere se qualcuno ci seguiva, ho notato, sul sedile posteriore, una gabbietta bianca con la maniglia: dentro c'era Candide, spaventato e muto.

«Ho pensato che forse volevi salutarlo» mi ha detto lei.

«Hai fatto bene.»

Mi sono girato di nuovo e, con qualche acrobazia, sono riuscito a prendere Candide per la collottola e a mettermelo in braccio. Lui è rimasto lì, sulle ginocchia, come la prima volta che l'ho accarezzato appena uscito da quel cestino dei rifiuti.

Elodie ci ha guardati, intenerita:
«Non vuoi portarlo con te? Ti terrebbe compagnia».
Ho pensato a quanto poteva essere ridicola la situazione: un ricercato che attraversa la Francia con un gatto nella gabbietta!
«Allora, se a te non dispiace, lo porto con me.»
Al diavolo anche il ridicolo. Signor giudice, se vorrà potrà segnalarmi all'Interpol come il pericoloso assassino dal gatto in braccio.
«Promettimi che se non potrai più prenderti cura di lui, lo rimanderai all'albergo.»
«Promesso.»
Poi è tornato il silenzio, ma un silenzio diverso da quello che aveva accompagnato la nostra passeggiata di due giorni fa. Un silenzio definitivo, come di una conversazione troncata sul nascere.
Elodie teneva saldo il volante senza mai distogliere gli occhi dalla strada; di tanto in tanto si mordicchiava il labbro inferiore. E io ho pensato ancora a *Jules e Jim*, a quando lei guida la macchina fino allo schianto che annulla tutto.
Ma purtroppo non ci siamo schiantati. Dopo un po', ci siamo fermati davanti a una stazioncina perduta nella campagna. Il piazzale era deserto. Elodie è andata a controllare che non ci fossero strani tipi ad attendermi.
«Tutto a posto. Tra un quarto d'ora passa un treno regionale. Puoi scendere in qualche stazione un po' più grande e lì prendere una coincidenza.»
Ho appoggiato il mio bagaglio a terra, accanto all'Espace: una sacca, uno zainetto porta-computer e una gabbietta bianca con dentro un gatto, bianco anche lui; tutto ciò che mi resta.
Siamo rimasti un attimo in piedi, l'uno di fronte all'altra, poi lei mi ha abbracciato e ha nascosto il suo volto sotto la mia spalla.

«Adesso io vado.»

Ha dato un'ultima carezza a Candide ed è salita in macchina scomparendo man mano lungo il rettilineo tracciato in mezzo ai campi.

Sono andato alla biglietteria, ma era chiusa; un cartello avvertiva che i passeggeri avrebbero dovuto acquistare il titolo di trasporto direttamente in vettura. Meglio così, avevo un po' più di tempo per pensare alla destinazione.

Mi sono seduto su una panchina lungo il binario e ho preso dal taschino della camicia la busta che il signor Armand mi aveva dato prima di uscire. L'ho aperta: dentro c'era una foto di Jacques Brel. Una foto di scena, ma autografata. Armand aveva voluto regalarmi un santino, un portafortuna; aveva voluto concedere anche a me la possibilità di un miracolo. A quel punto, la destinazione era scelta.

E adesso sono qui, signor giudice, su questo treno veloce, diretto verso un posto che non ho mai visto, verso una nuova tappa. Guardo il paesaggio che mi sfreccia a fianco e mi viene in mente l'ultima volta che sono andato a trovare i miei genitori. Nell'atrio, accanto all'ascensore, ho incontrato un vicino di casa; lui mi ha riconosciuto subito, io invece ho fatto fatica a capire chi fosse, poi, quando ha premuto il pulsante del terzo piano, ho realizzato: il ragionier Rossetti. Non so quanto tempo fosse che non lo vedevo; so solo che di lui avevo cancellato ogni immagine recente e avevo serbato un ricordo molto lontano, il ricordo di un uomo sulla quarantina, con due figlie poco più grandi di me. E così, all'improvviso, mi trovavo di fronte un vecchio. In quel momento ho pensato che quel vecchio aveva passato in quella casa tutta la sua vita, senza incertezze, senza domandarsi dove sarebbe andato il giorno dopo. Per questo ora lo invidio.

Candide mi guarda dalla sua gabbietta sistemata sul sedile accanto al mio. Ho pagato il biglietto anche per lui:

siamo compagni di viaggio, ormai. Mentre aspettavamo il treno seduti sulla panchina, gli ho parlato di Stella, di quanto lei amasse i gatti, di come lo avrebbe coccolato, di come lo avrebbe tenuto nel suo letto, sempre, anche mentre facevamo l'amore.

Non sono l'ultimo dei gentiluomini, signor giudice, e non ho nessun vezzo di salvaguardare l'onorabilità di una donna sposata o fidanzata. È che ho tentato di tenere fuori da questa vicenda l'unica cosa buona che l'incontro con i Lajanca mi aveva portato, l'unico sogno intatto.

Tentativo inutile. Eccole tutta la storia.

Giuliano mi ha presentato Stella dopo circa un mese che lavoravamo insieme. Una sera, al ristorante. Poi ci siamo visti altre volte, sempre insieme a lui e ad altra gente.

Io la trovavo bella, come tutti del resto. Bella, simpatica, intelligente, ricca e anche un po' timida. Aveva tutte le caratteristiche giuste per farmi allontanare da lei, per farsi guardare con un distaccato rispetto: io suddito e lei regina. Giuliano la teneva in ombra. A cena, lei passava ore in silenzio, mentre gli altri parlavano di soldi, di motoscafi, di altri ristoranti, di persone in salita e di persone in discesa nella società che conta. Gli altri sembravano la brutta copia degli yuppie interpretati da Boldi e De Sica, lei era un'isola misteriosa.

La prima volta che siamo andati al di là delle quattro chiacchiere sul vino o sul tempo è stata durante il weekend sulla barca.

Gli amici di Giuliano erano più triviali che mai e le loro ragazze li battevano. Era tutta un'esibizione di costumi griffati, tanto cari quanto minuscoli; di bikini fatti non per coprire, ma per mostrare natiche e seni sapientemente modellati col bisturi e rassodati con massaggi e creme costose. La regina invece, stava là col suo costume intero, nero, ma senza superbia e senza accondiscendenza, con il sorriso di chi proprio non ce la fa ad essere diverso da com'è. Hanno cominciato a parlare di centri estetici, tutti, sia gli uomini che le donne, seduti in cerchio sul ponte, come facevamo un tempo quando si cantavano le canzoni dei cantautori passandoci una canna. C'era chi chiedeva consigli, chi elencava trattamenti, chi elogiava questo o quel centro.

«Dove vado io» ha detto a un certo punto la fidanzata del miglior amico di Giuliano, «quello che sanno fare proprio bene è la depilazione. Non è solo depilazione, è un'opera d'arte. Guardate.»

Si è tolta lo slip e ha mostrato a tutti il suo pube sul quale spiccava un ciuffo di peli corti tagliato a forma di cuore.

La conversazione è proseguita ancora un po', sullo stesso tenore, fino a che qualcuno, accaldato, non si è buttato in acqua e il gruppo si è sciolto. È stato in quel momento che Stella si è seduta accanto a me e mi ha chiesto:

«Perché a voi uomini piacciono donne così?».

«Perché di loro non abbiamo paura.»

«E di me sì?»

«Un po'.»

È così che siamo entrati in confidenza. Una confidenza discreta, che si limitava a sguardi d'intesa carichi d'ironia.

Poi c'è stata quella cena di inizio ottobre. Stella e Giuliano, altre due coppie e io. Tra loro due c'è stata tensione fin da quando sono arrivati: dovevano aver litigato prima. Verso la fine della serata, uno ha proposto di andare a casa sua a vedere un incontro di boxe che trasmettevano su non so quale canale satellitare.

«Non ci casco» ha replicato Giuliano, «l'ultima volta mi hai fatto vedere la partita della nazionale tutta sbiadita che sembrava che avessero lavato gli azzurri nella candeggina.»

«Era colpa del videoproiettore, aveva la regolazione del colore fuori uso. L'ho fatto smontare e stavo per buttarlo via, poi la donna delle pulizie mi ha chiesto se lo davo a lei che lo portava in parrocchia, che lì ne avevano bisogno.

Te lo immagini il mio apparecchio a proiettare i filmini del catechismo dopo tutti i porno che sono passati per il suo obiettivo?»

Abbiamo riso tutti, con più o meno convinzione.

«Al posto del videoproiettore ho preso un televisore al plasma da sessantatré pollici, ti sembrerà di essere proprio sotto il ring.»

«Allora non si discute, paghiamo il conto e andiamo a casa di Sergio.»

«Io preferirei andare a dormire» ha detto Stella.

«Che palle! Sei la solita morta in piedi.»

«È che domani mattina ho un incontro per le nuove sfilate.»

«Ma sì certo. Il lavoro, le sfilate... Ma come fai a occuparti di moda, tu che sei sempre vestita come una monaca e che vai a letto presto come le educande.»

Lei non ha risposto e io ho notato che il labbro inferiore le tremava.

«Comunque io vado, tu, se vuoi prenditi un taxi. Anzi, scommetto che Luca ti accompagna a casa: tra morti di sonno vi intendete.» E mi ha dato una pacca sulla spalla, per dire che, con me, non voleva essere offensivo.

E io l'ho portata a casa, senza dire niente perché lei sembrava sempre sul punto di scoppiare a piangere. L'ho accompagnata fino al portone: lei non mi ha detto di salire, io non gliel'ho chiesto. Ci siamo baciati sulle due guance e ci siamo detti buonanotte.

Il giorno dopo, verso le cinque del pomeriggio, mi ha telefonato in ufficio.

«Lavori fino a tardi stasera?»

«Non tardissimo, vorrei uscire per le otto, otto e mezza.»

«Voglio provare a fare la cuoca; ti va alle nove a casa mia?»

Ha lasciato un attimo di sospensione, poi ha aggiunto: «È giovedì, Giuliano gioca a calcetto».

Cosa posso raccontarle di quella sera, signor giudice? Cosa posso dirle che lei già non immagini?

La cucina americana, scura e con poca luce, il tavolo preparato per due, il vino rosso nei calici dal gambo lungo. Il dessert. Un bacio, poi un altro, in piedi, contro il muro, le mani che azzardano. Poi due passi, fino alla camera da letto. L'emozione della sua camicetta che si slaccia, in fretta. E infine sul letto, nudi; le mani che accarezzano il corpo, dove le carezze danno più brividi. E dopo le mani, le labbra...

È iniziata così, signor giudice. Superati i trentacinque anni, l'ordine delle cose si inverte: prima il sesso e poi, semmai, l'amore.

E l'amore è arrivato. Troppo. Tutto insieme. Quell'amore autoritario che ti impone una scelta: o tutto o niente!

Non so se sarei stato capace di scegliere "tutto"; se sarei stato in grado di buttare alle ortiche l'affare da sette milioni di euro e di affrontare Lajanca con una frase ad effetto del tipo: "tu, Stella non la meriti". Il seguito ha dimostrato che sarebbe stato meglio così, ma in quel momento era difficile dirlo. D'altro canto, la decisione di Stella ha sgomberato il campo dai dubbi: lei ha scelto "niente". E io le ho dato ragione. Le ho dato ragione quando sosteneva che vedersi di nascosto sviliva il nostro amore. Le ho dato ragione quando chiedeva una svolta. L'ho capita quando mi ha detto che era finita, che Giuliano aveva bisogno di lei e che non poteva lasciarlo solo. La "sindrome della crocerossina", mi sembra la definizione ideale.

Ora il treno è fermo in una stazione. Guardo il display del mio nuovo cellulare: c'è segnale. Tra un minuto premerò invio e la mia storia con Stella giungerà fino a lei. Il messaggio risulterà partito da un computer di un supermercato di Oklahoma City, un supermercato della Wal-Mart.

A risentirci, signor giudice.

Inviato: giovedì 10 giugno 11.40
Da: miogiudice@nirvana.it
A: angelo@nirvana.it
Oggetto: una svolta

Perdonami se ho lasciato passare così tanto tempo prima di scriverti, ma adesso posso finalmente dirti che siamo a una svolta. Siamo: tu, io e anche il collega che ho interpellato. Sì, perché adesso l'inchiesta si è allargata: non più solo la morte di Giuliano Lajanca o quella di Mirko Guidi, ma un giro vasto come il mondo.

Si chiama *cyberlaundering*. Avevi mai sentito questo nome? Tu probabilmente sì, per me, invece, era nuovo. Me lo ha spiegato il collega, che è un esperto di reati finanziari.

Cyberlaundering, letteralmente "lavanderia telematica", o qualcosa del genere. Ma in quella lavanderia non si lavano panni, si lava denaro. Noi, in Italia, lo chiamiamo riciclaggio, ma è la stessa cosa. Solo che il cyberlaundering usa internet per ripulire i soldi sporchi. A dire il vero è qualcosa di più di un semplice riciclaggio. Riciclare significa investire soldi di provenienza illecita in attività lecite, in modo che il criminale possa godere di quei soldi senza apparire legato a un'attività criminosa. Oppure si possono trasferire quegli stessi soldi in Paesi dove il governo se ne frega della provenienza del denaro: i cosiddetti paradisi fiscali. O, meglio ancora, si possono fare entrambe le cose: trasferire all'estero e investire.

Una volta, non tanto tempo fa, se volevi portare dei soldi in Svizzera, reclutavi uno "spallone" e lui, in cambio di una modesta percentuale, si riempiva lo zaino di biglietti di banca e te li portava di là attraverso sentieri che conosceva solo lui. A pensarci oggi fa quasi tenerezza. Quella lotta epica tra doganieri col binocolo e contrabbandieri che corrono su per le montagne è cosa da commedia oramai. Gli "spalloni" appartengono a un'epoca in cui la costituzione di capitali all'estero era una faccenda artigianale, quasi artistica: un lavoro fatto a mano e riservato a pochi. Adesso è diventata un prodotto industriale su vasta scala, un processo codificato, con una divisione di tipo taylorista; tra un po' sarà persino certificata ISO-novemilaqualchecosa. Dopo l'automobile per tutti, dopo la lavatrice in ogni casa, eccola la nuova frontiera: diamo a chiunque abbia dei soldi da nascondere al fisco la possibilità di portarli in qualche posto al caldo. Basta con la Svizzera, roba superata! Adesso vanno di moda Antigua, Grenada, St. Kitts e Nevis, Vanuatu e, perché no, Trinidad e Tobago. Perché solo i ricchi possono evadere le tasse? Loro possono continuare con le grandi somme, con i miliardi di euro. Ma vogliamo dare qualche strumento anche al piccolo industriale? Vogliamo fare in modo che anche i commercianti all'ingrosso, che anche gli impresari edili che fanno lavorare i rumeni in nero, che anche i ginecologi, gli avvocati, i dentisti, i salumieri abbiano modo di trasferire in qualche paradiso fiscale i loro guadagni faticosamente sottratti alla voracità del fisco? Sì, perché quando le tasse sono troppo alte, si è moralmente autorizzati ad evaderle, e questa cosa non l'ha mica detta il fruttivendolo al mercato!

Perché ti racconto tutto questo? Per dirti che il tuo committente esiste. L'importante società finanziaria estera che ti aveva commissionato il lavoro attraverso la mediazione della Mida Consulting è reale e non è un trucco dei Lajanca per rubarti il mercato.

Da un anno e otto mesi opera anche in Italia una società lussemburghese che propone ai piccoli risparmiatori investimenti per via telematica. Fin qui, tutto normale, di società di questo genere ce ne sono decine: nascono, promettono, prendono e poi falliscono, ma sono cose che sappiamo. La differenza è che la Nouveaux Horizons Financiers S.A. propone ai suoi clienti una serie di servizi aggiuntivi, che, in realtà, costituiscono il punto centrale della sua offerta. In sostanza, la NHF si presenta come banca on-line, offre interessi discreti, ma non esorbitanti, poi, dopo aver conquistato il risparmiatore, lo fa contattare personalmente da un suo funzionario. Il contatto avviene per telefono, dall'estero, il numero non è rintracciabile. Con molta discrezione, il funzionario gli fa capire che potrebbe essere nel suo interesse disporre di un "borsellino elettronico", cioè di una carta prepagata che consente pagamenti all'estero. Il cliente obietta che lui ha già una carta di credito, ma il funzionario gli replica, con tono ammiccante, che quello della carta prepagata è un sistema molto più discreto, che lascia meno tracce.

«È come la scheda telefonica» gli dice, «chiunque può controllare dove lei l'ha comprata, ma di qui a stabilire in quali cabine la usa ce ne passa. Si può fare, certo, ma è molto, molto complicato.»

Il borsellino elettronico funziona alla stessa maniera. È una tessera a scalare. Tu la carichi e poi spendi. Nel momento in cui compri qualcosa per cinquanta euro, non avviene una transazione bancaria; semplicemente, la tua tessera si scarica di cinquanta euro e quella del negoziante si carica di cinquanta: quando vorrà, il negoziante potrà andare in banca a monetizzare la sua carica, ma del tuo acquisto non rimarrà traccia. Adesso immagina una carta come quelle che offre la NHF, una carta senza limite di carica e accettata all'estero, e quando dico estero dico Antigua, Grenada, St. Kitts e Nevis, Vanuatu e, perché no, Trinidad e Tobago. Con una carta così, trasferire i capitali diventa uno scherzo: chi può stabilire se i cento, i duecento o i trecentomila euro con cui l'hai caricata li hai spesi nei night club della tua città pagando champagne a tutte le entraîneuse del locale, oppure li hai portati in qualche paradiso fiscale?

E il borsellino elettronico è solo uno dei gadget che la Nouveaux Horizons Financiers S.A. propone ai suoi clienti più fidati. Un altro aggeggio molto in voga è la scheda telefonica prepagata. Certo, ne abbiamo tutti una in tasca, ma quelle della NHF sono particolari, sono rilasciate da una società telefonica con sede a Trinidad e Tobago. Ti dice niente? Qui, il gioco è ancora più semplice. Quando compri una carta Telecom, acquisti un credito che potrai spendere in telefonate: cinque euro, dieci euro e così via. Quando compri una scheda telefonica emessa a Trinidad e Tobago è la stessa cosa, acquisisci un credito: solo che quelle telefonate non le farai mai e quel credito andrà a depositarsi, salvo una certa percentuale che la società trattiene come commissione, su un tuo conto, magari a Grenada, o magari andrà a caricare un altro borsellino elettronico e poi un altro conto, fino a cancellare ogni legame apparente tra te, la carta telefonica e quei soldi. Certo, costituirsi un capitale a colpi di cinque e dieci euro richiede una pazienza da certosino, ma anche in questo la NHF ti viene in aiuto; le sue schede telefoniche sono concepite per il grande traffico e possono essere ricaricate con tagli fino a quindicimila euro al mese. La dimensione ideale per un piano d'accumulo equilibrato. La dimensione ideale per il padre di famiglia che pensa al futuro dei suoi figli, per il piccolo imprenditore, per il professionista previdente, per chiunque si senta moralmente autorizzato.

Il mio collega tiene d'occhio la NHF da parecchio, da prima che entrasse in azione in Italia. Le finanziarie che si occupano di cyberlaundering sono parecchie, ma in Europa sono solo due quelle che si rivolgono ad un pubblico così generalizzato, sono solo due quelle che hanno fatto del traffico di valuta un prodotto di massa, e tutte e due hanno puntato al mercato italiano nello stesso periodo, vale a dire nella seconda metà del 2001. Solo che, come tu ben sai, occorreva mettere a punto le infrastrutture telematiche, bisognava garantire l'anonimato e la sicurezza delle transazioni: la Nouveaux Horizons Financiers ha battuto l'altra sul tempo e si è conquistata la fetta più importante dei risparmiatori interessati a questo tipo di affari, per l'altra società non c'è più stato spazio.

Ma un sistema del genere non si mette in piedi senza personale in loco. Assieme alla rete telematica, è necessario costruire una rete di persone, di consiglieri occulti che, in via confidenziale, orientino gli investitori ad entrare nel giro. Di solito, questi consiglieri occulti vengono reclutati tra gli impiegati di banca, tra i promotori finanziari, tra gli assicuratori, ma naturalmente, anche tra i fiscalisti e i commercialisti. Quello che il mio collega vuole fare è smascherare questa rete di persone con pochi scrupoli, anche perché, di per sé, la NHF è inattaccabile. Dobbiamo scoprire chi infiltra la NHF nel tessuto finanziario italiano, chi la promuove e soprattutto chi tira le fila.

Grazie a te, ora abbiamo un elemento in più: il cavalier Brambilla.

Certo, il nome di Brambilla era noto anche prima, ma era solo un nome, una facciata. Adesso sappiamo che dietro questo nome si nasconde qualcuno, qualcuno che aveva un legame con Mirko Guidi e quindi anche con i Lajanca. Ci stiamo avvicinando al braccio italiano della NHF.

Abbiamo fatto un grande passo avanti, ma, al tempo stesso, siamo tornati indietro per quanto riguarda la tua vicenda: se il committente esiste, se non è solo un'invenzione dei Lajanca per fregarti e per sottrarti la tua azienda, perché quel trucco del virus nel programma di protezione?

Giro a te la domanda. Tu sei l'unico che possa trovare una risposta, tu ed Ennio Lajanca, ma lui, ahimè, si è reso irreperibile: è sparito due giorni fa.

Inviato: lunedì 14 giugno 10.15
Da: angelo@nirvana.it
A: miogiudice@nirvana.it
Oggetto: Tutto chiaro

Questa volta, signor giudice, ho mantenuto fede al mio impegno di non farla lavorare durante il week-end. D'altra parte, mi ci è voluto un po' di tempo per mettere insieme i pezzi del nuovo puzzle.

Certo che conosco il cyberlaundering. Il cyberlaundering incarna tutto ciò che un vero hacker odia: la segretezza, l'uso capitalistico della rete, la violenza digitale, la forza delle società transnazionali. C'è una specie di nemesi in tutto questo: io, un hacker, mi vendo al sistema capitalistico e vengo schiacciato, annientato da un giro di riciclaggio in rete. Forse, la giustizia è anche questo.

Ma almeno mi sono ricordato di essere stato un hacker. E così mi sono intrufolato nel sito della NHF.

Non è stato difficile.

Naturalmente loro hanno un sistema di protezione estremamente sofisticato, ma io non ci ho impiegato più di un minuto per violarlo: per la semplice ragione che è il mio. No, non un prodotto simile a quello che avevo progettato per i Lajanca, proprio lo stesso programma; virus a parte, ovviamente.

Come faccio a riconoscerlo?

Un progettista aggiunge sempre la sua firma, mette sempre una routine inutile in un punto che conosce solo lui. Dicono che nei primi computer Apple vi fossero intere parti di circuito del tutto superflue, messe lì solo per disorientare gli ingegneri della concorrenza che cercavano di clonare le loro macchine. I programmatori fanno la stessa cosa.

È così che ho riconosciuto il sistema al quale ho lavorato per otto mesi.

Due piccioni con una fava.

Giuliano e suo padre ci rubano il programma, se lo fanno pagare dal committente e in più ci mandano in rovina. E tutto perché noi abbiamo ceduto su quel maledetto punto diciotto, sulla consegna dei codici sorgente.

Siamo stati due imbecilli, ma posso consolarmi sapendo che siamo in buona compagnia. L'anno scorso è uscito anche in Italia il libro di Kevin Mitnick, si intitola *L'arte dell'inganno, i consigli dell'hacker più famoso del mondo.* Lo legga, signor giudice, scoprirà quanti segreti industriali, quanti software, quante formule segrete, quanti dati sono stati rubati senza ricorrere a tecnologie sofisticate, con la semplice capacità di convincere. Ancora oggi devo riconoscere che sette milioni di euro erano uno strumento abbastanza convincente; nel libro di Mitnick si parla di gente che ha regalato inconsapevolmente dei codici sorgente per un invito al ristorante. Quelli come i Lajanca, Mitnick li chiama "ingegneri sociali", cioè persone in grado di usare il loro ascendente per convincere gli altri a fare ciò che non vorrebbero; mio nonno li avrebbe chiamati semplicemente farabutti, ma la sostanza non cambia.

Due piccioni con una fava. Mi sembra una buona risposta alla sua domanda. E con questa risposta posso anche azzardare un'ipotesi sull'omicidio di Mirko Guidi. Dopo che io ho ucciso Giuliano, Mirko comincia ad aver paura, comincia a credere che io voglia vendicarmi fino in fondo. Parla con Lajanca padre e gli chiede dei soldi, molti soldi, per nascondersi dove io non lo possa trovare; altrimenti rivelerà tutto, non solo la truffa nei miei confronti, ma anche la questione della NHF. Ennio Lajanca, messo alle strette, accetta; per la consegna del denaro, gli dà un appuntamento in un luogo isolato, poi, secondo la migliore tradizione, gli spara.

Ci ha pensato anche lei, vero signor giudice? Ci ha pensato un po' e si è mangiata le mani per la rabbia di aver concentrato su di me tutti i sospetti. Va da sé che incastrare Ennio Lajanca non sarebbe stato facile; va da sé che, prima di uccidere Guidi, si è costruito un alibi o, più probabilmente, ha mandato qualcuno a ucciderlo, proprio mentre lui era impegnato in una riunione del Rotary, del Lions o di qualche altra lodevole associazione. Ma allora, perché sparire proprio adesso? Ancora una volta, provo a rispondere: Lajanca fugge perché adesso non si sta cercando l'assassino di Guidi, adesso si sta cercando il cavalier Brambilla e lui lo sa. L'ha già scoperta la talpa, signor giudice?

Ha ragione lei, forse siamo vicini al braccio italiano della Nouveaux Horizons Financiers, forse stiamo per scoprire che Ennio Lajanca e il cavalier Brambilla sono la stessa persona, ma poi? Cosa farete? Le attività di queste finanziarie, lei lo sa bene, non sono illegali. Sono ai limiti della legalità, ma non sono illegali. O meglio, sono in quella zona grigia che le leggi nazionali non coprono e che le leggi internazionali si guardano bene dal definire. Il solo modo che avete per bloccare il cavalier Brambilla è proprio quello di imputargli l'omicidio Guidi.

Ma poi?

Cosa farete quando, smantellata la NHF italiana, spunterà una BKK, una CSD, una JHG, ciascuna con un proprio cavalier Brambilla?

Il problema non è il cavalier Brambilla, il problema sono gli investitori, quelli che si sentono moralmente autorizzati. Moralmente autorizzati a portare via il denaro, moralmente autorizzati a impiegarlo nel modo più redditizio, tappandosi il naso e chiudendo gli occhi, fingendo di non sapere che i legami tra cyberlaundering e terrorismo sono a filo doppio. Moralmente autorizzati a fingere di perdere i soldi in qualche casinò on-line; fingere, perché poi i soldi che hai perso, detratta la solita percentuale, ti vengono accreditati all'estero. E i padroni dei casinò investono: armi, droga e un sacco di altre cose dalle quali cerchiamo poi di difenderci, spendendo parte di quel denaro col quale le abbiamo alimentate.

Ma non è uno che ha un conto in Svizzera e che ha ucciso un uomo che può fare di questi predicozzi.

Però mi arrabbio lo stesso. Mi arrabbio e penso a quanti moralmente autorizzati devono esserci nel paese dove è nata Marieke.

La vuole sentire la storia di Marieke? Spero di sì, perché è interessante. Emblematica, direbbe qualcuno.

Come al solito parto dall'inizio, altrimenti perdo il filo.

Cominciamo dal mio arrivo qui.

Dove sono lo ha capito, vero?

È stata la foto di Jacques Brel regalatami dal signor Armand a suggerirmi la direzione da prendere.

Avec la mer du Nord pour dernier terrain vague... et de vagues de dunes pour arrêter le vagues... Avec le vent de l'est écoutez-le tenir... Le plat pays qui est le mien...

Sono venuto nel *plat pays* di Jacques Brel a contemplare il mare del Nord, e le onde di dune che fermano le onde.

Abbiamo fatto un patto, no? Ci siamo promessi di dirci tutto. Dunque le posso dire dove sono. Magari non nei dettagli, ma a grandi linee sì. Non credo che la polizia mi scoverà qui, non mi sembrano così interessati a darmi la caccia. Ho più paura degli altri, quelli che mi cercavano all'albergo, ma spero che anche loro non mi trovino.

Sono arrivato domenica mattina, con il treno delle 7.50, dopo una notte passata in stazione, come da ragazzo, quando giravo l'Europa con l'InterRail. Per fortuna, qui le agenzie immobiliari che si occupano di locazioni turistiche sono aperte anche di domenica. Non devo aver fatto loro una grande impressione, con la mia sacca in una mano e la gabbietta di Candide nell'altra, ma, alla fine, i biglietti da cinquanta euro depositati sul bancone hanno fatto il loro solito effetto. Così ho affittato un monolocale in riva al mare, con un terrazzino. Da lì, si vede la spiaggia di sabbia e le onde a perdita d'occhio; anche se, per il momento, si è vista solo tanta nebbia, un po' di pioggia e qualche sprazzo d'azzurro: mi dicono che capita spesso in questa stagione. Infatti, la spiaggia è quasi deserta e gli appartamenti dei palazzoni grigi che si allineano sul lungomare sono per la maggior parte chiusi.

Devo dire che, in fondo, questo clima provvisorio, questa attesa del sole e dei turisti, non mi dispiace: anch'io mi sento in attesa.

Quando Marieke ha il turno di giorno, passo un sacco di tempo sul terrazzino, a pensare. Anche a Candide piace stare lì fuori: infila la testolina tra le sbarre della ringhiera e si ferma a guardare di sotto, e io ho sempre paura che mi cada giù.

Marieke l'ho incontrata proprio grazie a Candide. È stato lunedì, al supermercato. Alla corsia degli articoli per animali ho preso la cassettina, la lettiera e poi sono rimasto impalato per cercare di capire quali crocchette dovessi comperare. Alla fine ne ho scelto un pacco grande, con sopra il disegno di un gattino che assomigliava a Candide. Marieke, che era lì vicino, ha indicato il pacco e mi ha detto qualcosa in fiammingo. Ho fatto una faccia ebete, allora lei mi ha ripetuto la stessa cosa in francese, con quel francese scolastico e un po' stentato che hanno qui al nord quando proprio si impegnano, quando si ricordano che in questo paese le lingue nazionali sono due.

«Non prenderle quelle, sono cattive. La mia gatta non riesce proprio a digerirle, le vomita subito.»

«Quali mi consigli?»

«Che età ha il tuo gatto?»

«Due mesi, forse tre. L'ho trovato per strada.»

«Allora forse, invece delle crocchette, è meglio il cibo umido.» E mi ha mostrato delle scatole di paté con delle foto da far venire l'acquolina in bocca anche ai padroni, non solo ai gatti.

Ho gettato un'occhiata al suo carrello, era ancora vuoto, come il mio.

«Ti va se facciamo insieme la spesa?» ho buttato lì, «così posso chiederti suggerimenti.»

Lo giuro, signor giudice, non era un bieco tentativo di corteggiamento; non sono mai stato bravo con gli approcci. Era solo desiderio di scambiare due parole. Nella mia nuova condizione di fuggiasco, ho provato una sensazione che non conoscevo: la paura del silenzio. Lì, in mezzo a gente che parlava una lingua sconosciuta, Marieke, con il suo francese scolastico, mi è sembrata un'oasi. Le presentazioni le abbiamo fatte percorrendo gli scaffali dei detersivi, poi ci siamo detti quattro banalità sul cibo italiano guardando le scatole blu della Barilla; al frigorifero dei surgelati le ho chiesto cosa diavolo fossero quegli strani molluschi che, sulla scatola, venivano presentati con un nome incomprensibile; mi ha preso in giro vedendo quante schifezze grasse e dolciastre avevo prelevato nella corsia dei dessert confezionati e abbiamo continuato a chiacchierare fino alle casse.

Forse anche Marieke conosce la paura del silenzio, forse non c'è bisogno di essere dei fuggitivi per conoscerla, ma, in fondo, anche Marieke è un po' fuggitiva.

Siamo usciti dal supermercato, con le mani cariche di sacchetti.

«Se qualche sera sei stufo di mangiare surgelati e roba in scatola, puoi venire a cena dove lavoro io.»

«Dov'è?»

«Sul lungomare, di fronte al molo. Se vieni verso le otto e mezza non c'è più nessuno e possiamo parlare un po'.»

Ci sono andato la sera dopo.

«Già stanco di cibi pronti?» mi ha fatto lei.

«Sì» ma in realtà ero stufo di stare solo.

Ho ordinato cozze e patatine fritte, la specialità locale, e una birra chiara e densa, una *Mort subite*.

Marieke è sparita in cucina.

Il locale era deserto, come del resto era deserta e umida la strada che avevo fatto per arrivarci. I tavoli di legno e le panche avrebbero dovuto richiamare in qualche modo la mensa di una nave di fine Ottocento, di una goletta pronta a salpare per Terranova. Ma, in realtà, erano solo un pacchiano miscuglio di tutto ciò che chiamiamo "marinaro". Dal soffitto pendevano festoni di carta e sulle pareti si alternavano immagini di pescherecci e fotografie della formazione al completo dello Standard di Liegi in maglia rossa. Proprio accanto al mio tavolo, incorniciato in uno spesso riquadro di legno grezzo, c'era il ritratto in bianco e nero di un uomo corpulento e baffuto, con in testa il casco da minatore.

«È DouDou, il padrone» mi ha spiegato Marieke giungendo con le cozze proprio mentre contemplavo la foto. «"DouDou" era il suo soprannome in miniera. Lavorava a Marcinelle, ma dopo che suo fratello maggiore è morto nel disastro del '56 ha deciso di cambiare aria ed è venuto qui. Ha fatto il lavapiatti, il cameriere, l'aiuto cuoco e alla fine è riuscito a rilevare il locale.»

Si è seduta di fronte a me.

Marieke ha trent'anni, gli occhi azzurri e i capelli sottili, d'un biondo slavato. È l'esatto opposto di Stella: lo capisci che è stata molto bella, ma vedi anche che, per lei, il tempo è passato in fretta.

«Cosa ci fai da queste parti e in questa stagione?»

Una domanda innocente, innocua, da persone che non sanno bene cosa dirsi. E invece, per me, è la questione cruciale. Cosa ci faccio da queste parti? Mentirle o dire la verità?

«Mi nascondo» le ho risposto. Con una reticenza ipocrita che velava di mistero ciò che era la squallida verità.

"Mi nascondo" poteva voler dire un sacco di cose. Poteva significare che mi ero ritirato a meditare, o che mi nascondevo dal mondo per ritrovare me stesso: un po' new age, ma sempre meglio che dire "sono un assassino che sfugge alla polizia".

«Allora siamo in due» ha replicato lei. «Mi nascondo dalla gente del mio paese, che è a una trentina di chilometri da qui, nella campagna.»

Signor giudice, adesso le faccio una domanda. Da quel poco che lei mi conosce, le sembro uno che attira le confidenze altrui? Uno a cui gli sconosciuti raccontano la loro vita? A me non è mai sembrato di essere il confessore ideale, eppure, da quando è iniziato tutto questo, pare che tutti vogliano consegnarmi le loro cose più segrete. Sarà forse perché un vagabondo non mette soggezione: ascolta e se ne va. È come parlare al proprio cane: ti sfoghi senza comprometterti.

«Non me la sento più di tornare dove sono nata, di rivedere i miei compagni di scuola.»

«Perché?»

«Perché non so se vergognarmi o arrabbiarmi.»

Ho taciuto, per invitarla a raccontare ancora: più parlava di sé e meno ero in discussione io.

«A diciotto anni ho lasciato il mio paese per andare in città. È normale, lo fanno tutti: i ricchi vanno all'università a studiare; gli altri si cercano un lavoro, per qualche anno. Poi tornano, ma almeno possono dire "ho vissuto in città".»

Si è fermata un attimo e ha indicato la mia birra:

«Me ne dai un goccio?».

«Certo.»

Ha bevuto, poi ha ripreso.

«Io sono andata ad Amsterdam. Potevo andare a Gand, a Bruges, ma, cambiare per cambiare, tanto valeva scegliere la metropoli. Per un anno ho fatto la cameriera, come qui; solo che là il lavoro era più massacrante. Ero in un bar del quartiere a luci rosse che teneva aperto ventiquattr'ore su ventiquattro, si facevano i turni, anche di notte. La paga era bassa, ma ti fornivano vitto e alloggio. Dividevo la camera con un'altra ragazza della mia stessa età, Paula. Era anche lei della campagna, delle parti di Rijen. A bere da noi, venivano spesso quelle che facevano gli spettacoli dal vivo nei locali. Spettacoli erotici intendo. Li hai mai visti?»

«No, ad Amsterdam ci sono stato una volta sola, di sfuggita.»

«Un giorno, ho chiesto a una di loro quanto si guadagnasse a fare quegli spettacoli. Mi ha sparato una cifra che era almeno quattro volte quello che io prendevo sgobbando tutto il mese. E ha aggiunto che i teatri della zona erano sempre alla ricerca di ragazze giovani, soprattutto per i numeri lesbo.»

La storia di Marieke cominciava a prendere forma.

«Ne ho parlato con Paula. Non so se volevo veramente proporle di tentare quella strada o solo lamentarmi di quanto fosse basso il nostro stipendio. Lei però ha subito detto che dovevamo provarci. Al primo turno libero, abbiamo comprato un biglietto e siamo andate a vedere lo spettacolo, tanto per capire com'era il numero lesbo. Eravamo così giovani che all'ingresso ci hanno chiesto i documenti. Quando siamo uscite, ci siamo dette che ce la potevamo fare anche noi. Nessun problema, nessun dubbio morale; semplicemente "ce la possiamo fare".»

«È così facile iniziare?»

«Sì e no. A diciotto anni è facile pensare che avrai successo, che guadagnerai un sacco di soldi, e questo ti aiuta a superare l'imbarazzo. Ma l'imbarazzo resta e va via solo con il tempo. Pensa che, prima, non mi mettevo neppure in topless sulla spiaggia; pensa cosa vuole dire immaginare di fare sesso davanti a un sacco di gente. Eppure...»

«E Paula?»

«Paula era come me. Né io né lei l'avevamo mai fatto con una donna. A parole eravamo decise, ma poi... Una sera, dopo il lavoro, Paula ha preso coraggio e mi ha detto: facciamo una prova, qui, adesso, come se fossimo sul palcoscenico; se ci riusciamo andiamo avanti, altrimenti continuiamo a fare le cameriere e non se ne parla più. Ci siamo spogliate a vicenda, come avevamo visto fare in quel locale, poi ci siamo sdraiate sul mio letto e abbiamo preso ad accarezzarci. Ma anche così non era facile. Ci accarezzavamo la schiena, le spalle, i fianchi, ma sapevamo bene che non erano quelle le carezze che il pubblico voleva vedere: bisognava buttarsi di più. A un certo punto ho chiuso gli occhi e ho pensato al mio ex fidanzato quando faceva l'amore con me, a come si muoveva, al ritmo del suo respiro, alle pressioni del suo corpo. Devi fare così, devi fingere di essere qualcun altro e immedesimarti nella finzione. Ho pensato: adesso io sono un uomo. Ho cominciato a muovermi più velocemente, con più forza. Le ho baciato i seni, afferrandoglieli con le due mani, e poi il ventre e più in giù. Lei ha sentito che qualcosa era cambiato e si è adeguata. Mi ha preso la mano e se l'è ficcata in mezzo alle cosce. Adesso non eravamo più due ragazzine di diciotto anni: eravamo un uomo e una donna che scopavano. Essere un altro, un'altra persona in un altro posto: è questo il segreto per esibirsi in pubblico, e in quel momento io e Paula lo abbiamo afferrato.»

«A quel punto avete fatto un provino?»

«No, non subito. Sulla scena devi fingere con la testa, ma non puoi fingere con il corpo: devi fare tutto, proprio tutto e deve essere tutto vero. Noi, a quel livello non eravamo ancora arrivate. Perciò ci allenavamo. Prima che io riuscissi a fare certe cose ci sono volute almeno tre "sedute" e per lei è stato lo stesso. Per non parlare del bacio; arrivavamo sempre a sfiorarci le labbra, ad aprire un po' la bocca, ma poi ci fermavamo. In quel caso, la più decisa è stata Paula: mi ha preso alla sprovvista, un mattino, mentre mi pettinavo, mi ha tirato verso di sé e mi ha cacciato la lingua in bocca.»

In quel momento si è sentito il rumore della porta che si apriva. Sono entrati due clienti e si sono seduti al banco. Marieke ha servito loro da bere, poi è tornata al mio tavolo.

«Dove ero rimasta?»

Avrei dovuto dire "alla lingua in bocca"; ma mi sembrava inopportuno.

«Eri rimasta a prima del provino.»

«Bene. Abbiamo fatto tre o quattro provini, in locali diversi e alla fine ci hanno prese in un buon teatro. Fare i provini è forse la parte più stressante, perché di punto in bianco devi spogliarti e fare sesso davanti a un paio di uomini, in un ufficio, magari sulla scrivania o su un materassino gonfiabile.»

«Più stressante del primo spettacolo?»

«Il primo spettacolo non è stressante, è una cosa diversa. Hai l'ansia, è naturale. Quando, tra un numero e l'altro, si chiude il sipario, sbirci da dietro le tende e vedi la sala piena e ti dici che adesso dovrai uscire lì fuori nuda e fare un sessantanove con la tua migliore amica davanti a tutta quella gente, su di un materasso girevole, in modo che possano vederti in ogni tua parte, più a fondo che dal ginecologo. Ma quello stesso pubblico ti aiuta. Percepisci la loro eccitazione e ti è più facile immedesimarti, essere un altro, magari proprio uno di loro. In fondo, pensi che su quel palco non ci vai tu, il culo che guardano non è il tuo, è quello di un'altra. Senza contare che ci sono gli altri attori che ti incoraggiano: c'è molta solidarietà verso le matricole.»

«Li hai fatti per molto tempo gli spettacoli?»

«Dieci anni. Ho smesso due anni fa, e smettere è molto più difficile che iniziare. Devi capire quando è ora, altrimenti cominci a passare dai teatri migliori a quelli di seconda categoria, poi a quelli di terza e alla fine ti ritrovi in posti dove è meglio non entrare, né da spettatore, né da attore. Fin che sei bella lavori nei locali migliori, poi, man mano che invecchi, passi agli altri, quelli più squallidi, dove, al posto della bellezza, offrono al pubblico le cose più strane, quelle più disgustose. Lì, la gente non si eccita a vedere il tuo corpo, lì gode della tua umiliazione, del tuo annullamento. Io, per fortuna, ho saputo uscire in tempo.»

«Hai sempre lavorato con Paula?»

«No, figurati. Il numero delle lesbiche è riservato alle ragazzine giovani, dai diciotto ai vent'anni al massimo. D'altra parte, dopo due anni, Paula si è fidanzata con un impiegato delle poste e ha lasciato l'attività perché lui non voleva. Adesso è sposata e ha due figli. Quando Paula se n'è andata, io sono passata al numero di coppia, prima con Moreno, lo spagnolo, e poi con Jasper. Con Jasper abbiamo fatto coppia fissa per quasi sei anni. Siamo diventati molto amici e capitava spesso che mi invitassero a fare qualche giorno di vacanza con loro, con sua moglie e i bambini voglio dire. Credo che vengano qui a trovarmi il mese prossimo.»

«I tuoi sapevano che lavoro facevi?»

«No, è la storia di sempre. Riesci a fare l'amore con uomini e donne davanti a chiunque, ma poi non hai il coraggio di dirlo alla tua famiglia. Neanche a mio fratello l'avevo detto. Per loro ero commessa in un negozio del centro. Poi, un giorno, ricevo una lettera da mia madre che mi dice di non tornare più a casa, di non mettere piede in paese, che se volevo fare la svergognata potevo restare dov'ero. Ho capito subito cos'era successo. Qualcuno dei miei cari compaesani doveva essersi fatto un week-end ad

Amsterdam e doveva avermi vista in scena. Pensa che notizia!»

«Mi porteresti un'altra birra? Anzi, se hai voglia te ne offro una, non mi piace bere da solo.»

«Certo, arrivo subito.»

Confesso che, mentre camminava fino al banco, ho provato a immaginarla nuda, a diciotto anni, prima che la bellezza cominciasse a scapparle via.

È tornata con altre due *Mort subite*. Abbiamo fatto un brindisi:

«A chi si nasconde?» ha suggerito lei.

«A chi si nasconde» ho acconsentito.

«Adesso hai capito perché mi sono rifugiata qui.»

«Ma, dopo un po', la cosa non ha perso di clamore?»

«Sì, ma c'è voluta una terapia d'urto. Ti spiego. Nei teatri, lo spettacolo è a ciclo continuo, senza interruzioni, dal mattino a notte fonda. Gli attori si danno il cambio: turni di quattro ore, che corrispondono a cinque uscite in scena.»

«Cinque rapporti in quattro ore?»

«Rapporti interrotti. Cinque minuti l'uno e l'uomo non arriva mai all'eiaculazione se non quando sa che è l'ultima uscita.»

«Mi sembra comunque un esercizio notevole.»

«Questione di allenamento. In ogni caso, ti stavo dicendo che ci davamo il cambio, dunque prima di entrare in camerino potevi guardare la sala già piena. Un giorno, dopo qualche mese che mi era arrivata la lettera di mia madre, entro in sala e, proprio nelle prime file, ti vedo una sorta di delegazione dei maschi del mio paese. Non si erano accontentati della notizia, volevano vedere di persona. C'erano i miei compagni di scuola e i loro padri, c'era il panettiere, il direttore della banca, c'era persino il farmacista che è omosessuale. E c'era mio fratello. Credo che l'abbia fatto per scrollarsi di dosso il disprezzo degli altri. Venire a vedere sua sorella che si faceva scopare significava disconoscerla: da quel momento in poi, lui non era più mio fratello e che dunque lo lasciassero in pace.»

«E tu cos'hai fatto?»

«Forse avrei potuto farmi sostituire, darmi per malata. Ma ho preferito andare fino in fondo. Ho chiesto a Jasper di fare il numero coreografico, quello dove lui, prima di finire, mi prendeva da dietro e mi sollevava mostrando a tutti che eravamo uno dentro l'altra. Dovevi vederli i miei compagni, con la bocca aperta, come degli idioti. In quel momento, mi sono sentita di un altro mondo rispetto a loro, di un altro livello. Non ero più io a dovermi vergognare per quello che facevo, ma erano loro a doversi vergognare di essere lì, a guardare una donna che non avrebbero mai potuto avere, a vedere cose che loro non avrebbero mai potuto fare. Finita la scena, ho chiesto a Chantal di prendere il suo posto nel numero più estremo, il numero che poi ho fatto negli ultimi anni. Lei ha detto di sì. E così ho fatto vedere loro tutto, proprio tutto. Mia madre mi ha scritto che, da allora, nessuno ha più detto niente su di me, ma io in paese non sono più tornata.»

Eccola, signor giudice, la storia di Marieke. Pensi alle risate che gli uomini si sono fatti al caffè del paese e immagini gli sguardi compassionevoli e taglienti che le beghine hanno posato sul volto sfatto di sua madre. Quanti di loro potrebbero sentirsi "moralmente giustificati" a investire soldi in un circuito ai limiti della legalità? Quanti di loro, pensando ai soldi che fruttano, direbbero: che male c'è? Molti, credo. Il denaro non ha odore, il sesso sì. Il denaro lo ripulisci più facilmente delle lenzuola.

Inviato:	lunedì 14 giugno 14.37
Da:	angelo@nirvana.it
A:	miogiudice@nirvana.it
Oggetto:	Tutto più chiaro

Questa mattina, quando le ho scritto, ho buttato lì una risposta alla sua domanda sul perché i Lajanca avessero voluto fregarmi. Mi sembrava una risposta sensata, ma non mi convinceva del tutto. O meglio, mi sembrava convincente, ma ero certo che ci fosse dell'altro. Solo che non riuscivo a fare chiarezza; forse mi pareva più urgente raccontarle la storia di Marieke, forse avevo voglia di condividerla con lei, anche se non è pertinente all'inchiesta.

Poi, sul mio solito terrazzino, col solito Candide in braccio, ho cominciato a pensare a cose che prima avevo trascurato e ho formulato un'altra ipotesi.

Lei, signor giudice, mi ha detto che esistevano due società che sgomitavano per entrare nel mercato italiano del trasferimento di capitali: una è la NHF, l'altra la chiameremo PincoPallino S.p.A. La PincoPallino contatta la Mida Consulting per la creazione dell'infrastruttura telematica e la Mida Consulting comincia a guardarsi intorno per scegliere i suoi collaboratori. A questo punto, la Nouveaux Horizons Financiers, che spia le mosse della concorrente, capisce che l'altra può batterli sul tempo. E allora corre ai ripari. Prende anche lei contatti con la Mida Consulting, con Ennio Lajanca e gli propone di fare il doppio gioco: ritardare l'ingresso sul mercato della PincoPallino e favorire il loro. Gli suggeriscono anche un piano: lavorare sul programma di protezione dei dati. È necessario che quelli della PincoPallino abbiano l'impressione che per loro si stia facendo il massimo e, perciò, Lajanca si affida alla più quotata società di protezione informatica esistente nel Paese, la Titano Informatica, cioè si affida a me. In quel periodo, tra la fine del 2001 e l'inizio del 2002, io sono indiscutibilmente il migliore: la PincoPallino prende le sue informazioni su di me e accetta. Quello che la PincoPallino non conosce, o forse non capisce, è quel maledetto punto diciotto del contratto; anche loro, come me, si giocano tutto su quello. Quando il sistema di protezione è a posto, cioè quando la PincoPallino è pronta a invadere il mercato, ecco che scatta la trappola, per loro e per me: nel sistema di protezione c'è un virus, bisogna ricominciare da capo, altri otto mesi di lavoro. Quelli della PincoPallino protestano, minacciano, ma, in fondo, non possono lamentarsi più di tanto: lo hanno verificato anche loro che la Titano Informatica era la ditta più affidabile; se la Titano ha sbagliato, la colpa non può essere di Lajanca. E per avvalorare la tesi che l'errore è tutto mio, che loro non ne possono niente, è indispensabile che la Titano Informatica fallisca, che tutti riconoscano la mia incompetenza. E, come sappiamo, Lajanca ha pensato anche a questo.

Tre piccioni con una fava, signor giudice; non due soltanto, tre. Certo, la mia disfatta non annullava completamente il rischio di una ritorsione verso i Lajanca, il loro rimaneva un gioco pericoloso, ci si può far male a prendere in giro certe società, ma quelli della NHF devono aver avuto dei buoni argomenti per convincerli. La cosa tristemente buffa è che la punizione è venuta da un povero cristo come me e non dai mafiosi internazionali che hanno fregato. La punizione di Giuliano, intendo, perché quella di Guidi è altra storia.

A proposito di Guidi, mi dica che avete rintracciato Ennio Lajanca e mi dica che ha confessato di essere lui l'assassino di Mirko. Me lo dica, signor giudice, perché da qualche giorno mi è tornato in testa il vecchio ritornello: scoprire e uccidere, scoprire e uccidere, scoprire e uccidere.

Stamane le ho detto che mi sentivo in attesa. Non sapevo di cosa, ma mi sentivo in attesa. Adesso lo so: aspetto una conferma, aspetto di sapere da lei che Lajanca padre ha ucciso Mirko Guidi.

Inviato: lunedì 14 giugno 18.01
Da: miogiudice@nirvana.it
A: angelo@nirvana.it
Oggetto: Nessuna notizia

Nessuna notizia di Ennio Lajanca. Mi dispiace deluderti, ma è così. Però, tu devi cancellare dalla tua mente quel ritornello: non è più tempo di uccidere e c'è ormai poco da scoprire.

Direi che la tua seconda ipotesi chiude l'intera questione. È tutto molto plausibile, tutto molto chiaro. Ho chiesto al mio collega di scoprire se davvero quella che tu chiami PincoPallino S.p.A. ha avuto contatti con la Mida Consulting, se erano loro il vero committente del tuo lavoro. Se così fosse e se si venisse a sapere in giro, per Ennio Lajanca sarebbe meglio farsi trovare da noi, piuttosto che da loro.

Ma tu non ti occupare più di questo.

Continua piuttosto a raccontarmi di Marieke: la sua storia, la vostra storia, mi appassiona.

L'anno scorso, per San Valentino, Enrico mi ha regalato uno scatolone pieno di romanzi di Liala e di Carolina Invernizio. Sai quei libri in brossura, anni Cinquanta, con una scena del romanzo disegnata in copertina come sulla "Domenica del Corriere".

«Li ho trovati su una bancarella» mi ha detto, «così,

quando finalmente ti deciderai a scriverne uno, saprai a chi ispirarti.»

Dice che dovrei lasciar perdere la carriera di magistrato e mettermi a scrivere romanzi rosa.

«Hai la vocazione» mi dice.

È solo perché mi piace immaginare le storie d'amore. Mi piace guardare un uomo e una donna che pranzano al ristorante e capire quanto tempo ci impiegheranno prima di lasciarsi, o prima di mettersi insieme, prima di tradirsi o prima di fare un figlio.

Parlami di te e di Marieke.

Inviato: martedì 15 giugno 15.23
Da: angelo@nirvana.it
A: miogiudice@nirvana.it
Oggetto: La lettera scarlatta

Come lo devo chiamare, signor giudice? Intuito femminile? Deformazione professionale? Animo romantico? O, semplicemente, capacità di leggere nella banalità della vita?

Era chiaro che io e Marieke saremmo andati a letto insieme. Era chiaro che, quando io ieri le ho scritto, tutto questo era già avvenuto. E non perché Marieke sia una ragazza facile, non perché il fatto di essersi esibita in spettacoli erotici faccia di lei una puttana; ma perché le traiettorie della gente come noi si incrociano facilmente.

È stato giovedì. Avevamo un appuntamento per l'ora di pranzo: programma da definire. Io mi sono svegliato presto; fuori c'era un pallido sole: il primo che vedevo da quando ero arrivato. Ho fatto colazione e ho coccolato un po' Candide. Ho controllato che avesse cibo a sufficienza e gli ho messo l'acqua fresca nella ciotola; poi sono uscito lasciando socchiusa la porta che dà sul balcone. Quando sono stato in strada ho alzato gli occhi: la testolina di Candide era lì, infilata tra le sbarre della ringhiera, che mi guardava. Aveva ragione Elodie: ti farà compagnia.

Sono andato in spiaggia, ma non veniva nessuna voglia

di mettersi in costume. Mi sono tolto le scarpe e le calze, ho arrotolato il fondo dei pantaloni e ho iniziato a camminare. Di tanto in tanto vedevo qualche gruppo di coraggiosi che cercava di abbronzarsi esponendo la pelle bianchissima a quei raggi malati, che non riuscivano a scaldarti neanche col maglione addosso. I coraggiosi stavano sdraiati, il più in basso possibile e, al posto degli ombrelloni, avevano piantato delle piccole staccionate di tela per ripararsi dall'aria fredda.

Ho continuato a camminare. Nonostante quel poco sole, la spiaggia metteva tristezza. In testa mi giravano di nuovo le canzoni di Brel.

Mon père disait, c'est le vent du nord qui fait craquer la terre entre Zeebruges et l'Angleterre... c'est le vent du nord qui portera en terre mon corps sans âme, face à la mer.

D'altra parte, dopo il lavaggio del cervello che mi aveva fatto il signor Armand, era per quelle canzoni che mi trovavo lì, a contemplare il mare del Nord e a sentire in faccia quel vento del nord che riporta a terra, sulla battigia, i corpi senz'anima e senza vita degli annegati.

Ho percorso tutta la spiaggia. Da un capo all'altro del paese, se si può chiamare paese questo posto che d'estate raggiunge i centomila abitanti. Di tanto in tanto, la striscia di sabbia era interrotta da un pontile di legno che partiva dalla strada e si allungava verso il mare per finire in una specie di piattaforma petrolifera che, invece delle trivelle ospitava un ristorante. Ne ho contati otto di quei ristoranti e per il mio pranzo con Marieke ho scelto il terzo a partire da est.

Marieke è arrivata un po' in ritardo all'appuntamento.

«Scusami, ma alla posta c'era un sacco di coda. Se non approfitto del giorno libero per fare le commissioni...»

«Non ha importanza, figurati.»

Le ho proposto il ristorante e lei ha accettato.

Il locale era immenso, o forse sembrava così grande per via dei tavoli vuoti e di tutte quelle pareti di vetro che parevano appoggiate al mare. Oltre a noi c'erano altre tre o quattro coppie, di gente anziana, di quelli che li vedi e ti dici: io vorrei invecchiare così. Ma poi non sai se sei davvero disposto a invecchiare.

Fritto misto di pesce, innaffiato col vino della Mosella. Due bottiglie, che la prima è finita subito.

Abbiamo parlato dei nostri gatti, della gente che non ce la fa ad arrivare alla fine del mese, di quello che immaginavamo di là dal mare, di quello che facevamo da ragazzi...

È arrivato il dolce, e poi un liquore dal gusto indefinibile di cui abbiamo bevuto solo un sorso.

«Hai voglia di fare l'amore?» mi ha chiesto Marieke.

Non so che espressione ho assunto, se stupita, eccitata, confusa. In ogni caso doveva essere una faccia strana, perché lei ha aggiunto:

«Guarda che, anche se per dieci anni l'ho fatto per mestiere, non significa che abbia perso la voglia di farlo con chi mi piace».

Ho pagato il conto e ci siamo alzati, in fretta. Fuori, sul pontile di legno, le ho preso la mano. Mi sembrava il minimo tributo da pagare al romanticismo prima di passare al sesso, una sorta di preliminare fuori dal letto.

Sempre tenendoci per mano abbiamo percorso il tratto di spiaggia che ci separava da casa mia e lei mi è parsa felice di quello che stava accadendo, e forse anche di quello che sarebbe accaduto dopo.

Siamo entrati nel palazzo e abbiamo preso l'ascensore. Appena le porte automatiche si sono chiuse, lei mi ha baciato; un bacio lungo, come se fossimo stati innamorati.

Appena aperta la porta, Candide mi è corso incontro, ma quando ha visto Marieke è andato a nascondersi sotto una poltrona.

Lei lo ha chiamato:

«Su dài, vieni a farti accarezzare».

Ma Candide è stato irremovibile.

Marieke mi ha baciato di nuovo, più velocemente, poi mi ha buttato lì un tradizionale "torno subito" ed è sparita in bagno.

Io ho aperto il divano letto. Quando lei è tornata in stanza era completamente nuda.

Il suo corpo non è come il suo viso, non ci leggi le tracce del tempo. Il suo corpo è snello, dolce, perfetto.

E abbiamo fatto l'amore.

Prima, al ristorante, quando lei me lo aveva proposto, avevo pensato a come sarebbe stato farlo con una professionista. Non con una prostituta che lo fa il più in fretta possibile pensando solo al prossimo cliente, ma con una professionista del sesso inteso come gesto estetico, come rappresentazione. Sarà come una specie di balletto, mi dicevo, di danza: gesti studiati, movimenti calcolati... E invece è stato tenero, naturale, spontaneo. Lei era lì ed era lei, lo sentivo, non cercava di essere un'altra. Credo che perfino il suo orgasmo sia stato autentico.

Non voglio entrare nei particolari, signor giudice, altrimenti, più che di Liala, dovremmo parlare di Anaïs Nin; anche se credo che la storia di Marieke non sia affatto romantica, che sia più Hawthorne che Carolina Invernizio.

Dopo siamo rimasti nel letto, abbracciati e, in ossequio a quell'abusata attitudine alle confidenze che abbiamo tutti dopo aver fatto l'amore, lei ha iniziato a raccontarmi dei suoi progetti.

«Sai» mi ha detto, «io voglio fare come DouDou, voglio aprire un mio bar.»

«Qui?»

«No, nelle Antille Olandesi.»

Ognuno ha il suo paradiso, fiscale o non fiscale.

«Ho risparmiato soldo su soldo, quando ero ad Amsterdam e anche qui. Poche ferie, pochi vestiti, niente viaggi, ma adesso sono già a metà del capitale che mi serve. Ho investito tutto in buoni postali. Tra cinque o sei anni farò il grande salto: un bar tutto mio, ai tropici.»

Ha capito signor giudice? Un bar, uno stupido bar. Marieke ha lavorato come una matta per un sacco di tempo, ha fatto sesso davanti a uomini bavosi ed eccitati per dieci anni, se l'è preso nel culo cinque volte al giorno per cosa? Per un bar.

Chi è che ci ha costretto a sogni così piccoli, chi è che ci ha portato via la capacità di immaginare altri futuri? Me lo spieghi, signor giudice.

Il bar di Marieke è come la mia Titano Informatica: un buco nero che divora la vita. Un bar pieno di clienti, un'azienda che funziona, un successo che si mette subito nel portafoglio: perché cercare altro? perché cercare di più? Eppure, malgrado il nostro fosse un sogno a buon prezzo, non ce l'abbiamo fatta a raggiungerlo: non ce l'ho fatta io e forse non ce la farà neanche Marieke, con tutte le sue economie.

L'ho abbracciata forte, all'improvviso, l'ho baciata e lei non ha capito il perché. Però era contenta.

Adesso dormiamo insieme tutte le notti. Da lei o da me. E ci comportiamo un po' come due fidanzati, anche se sappiamo di non esserlo.

Inviato: giovedì 17 giugno 19.00
Da: miogiudice@nirvana.it
A: angelo@nirvana.it
Oggetto: Nessuna novità, o quasi

Scusami se sono stata indiscreta, se ho fatto la figura dell'impicciona o, peggio, quella della guardona. È che tu mi hai chiesto di capirti e io, ancora una volta, ci sto provando.

Lajanca continua ad essere irreperibile e la perquisizione a casa sua e nei suoi uffici non ha dato esito. Tutto in regola, nessun contatto apparente con la NHF. O meglio, tutto segreto, tutto occultato nelle cartelline con sopra i nomi dei pittori.

Appena c'è qualcosa di nuovo te lo faccio sapere.

Inviato: lunedì 21 giugno 14.56
Da: angelo@nirvana.it
A: miogiudice@nirvana.it
Oggetto: È finita

È finita, signor giudice. Adesso è proprio finita. Non credo che riuscirò mai a scoprire e poi a uccidere, non credo che riuscirò a fare entrambe le cose.

Stamane, verso le dieci. Sono andato al bancomat. Ero quasi senza soldi. Cinquanta euro in tasca, non di più.

Ho infilato la tessera nella fessura, ho selezionato la lingua e ho digitato il codice, il PIN.

"Codice sbagliato", mi ha risposto il monitor.

Ho composto di nuovo il numero di cinque cifre, meccanicamente, senza pensare.

Codice sbagliato. Di nuovo.

Allora mi sono concentrato. Ho richiamato alla mente tutti i riferimenti che avevo usato per memorizzare quel codice: i re di Roma, l'anno di nascita di Stella, i castelli di Eulalia Torricelli da Forlì...

Avrei potuto premere "Annulla", ma ormai ero sicuro. Ho digitato di nuovo il PIN.

Sul monitor è di nuovo apparso "Codice sbagliato". Poi, dopo un attimo di schermo nero, è comparsa un'altra scritta: "Conformemente alle regole sulla sicurezza bancaria vigenti in questo Stato, la vostra carta è stata trattenuta in seguito all'errata digitazione del PIN per tre volte consecutive. Per la restituzione della carta dovete rivolgervi alla più vicina filiale della vostra banca".

Merda. Avevo sbagliato di nuovo. Ormai mi ero rincoglionito.

Sono entrato in banca, ma, ovviamente, non c'è stato niente da fare; loro non avevano il potere di restituirmi la carta trattenuta automaticamente dal bancomat. Dovevo proprio andare alla mia banca. Sono stati gentili e mi hanno dato l'indirizzo dell'agenzia: era a cinquecento metri da lì.

Cinquecento metri che ho percorso piano, con quella cautela che avrei dovuto avere prima, mentre componevo quel numero maledetto.

Eppure, più me lo ripetevo nella mente, e più lo trovavo giusto, corretto, quel numero. Le sue cifre mi si allineavano davanti agli occhi nello stesso identico modo in cui le avevo viste sul foglietto col quale la banca te lo consegna, quel foglio di carta carbonata piena di ghirigori per proteggere dalla lettura in trasparenza.

Merda! Il numero era giusto. Cos'era successo allora?

Le idee mi giravano in testa, ma non riuscivo ad afferrarle. Come quando cerchi di tornare in te dopo una sbornia. O come quando cerchi una parola, un nome che hai sulla punta della lingua ma che proprio non vuole venire fuori.

È stato solo quando l'ho visto che finalmente la girandola delle ipotesi confuse si è trasformata in una chiara certezza: ero finito.

Ho visto l'uomo dalla camicia gialla e dalle maniche arrotolate. Naturalmente non aveva più la camicia gialla, né le maniche arrotolate, ma sicuramente era lui. E sicuramente non era lì per combinazione, a meno che non avesse l'insana abitudine di stazionare nei dintorni delle varie filiali della mia banca sparse nel mondo. Era seduto in un'auto parcheggiata, accanto a lui c'era un uomo sui quarantacinque anni, dal cranio rasato. È stato un caso se mi sono accorto di loro; è stato perché, proprio mentre io sbucavo da una via laterale, l'uomo ha abbassato il finestrino e ha buttato a terra un pacchetto di sigarette accartocciato. Io detesto quelli che gettano la carta per terra, mi viene voglia di raccoglierla e di fargliela mangiare. Ed è così che l'ho notato, così che l'ho visto prima che lui vedesse me.

Ho fatto dietrofront immediatamente. Prima con passo normale, indifferente. Poi di corsa, a perdifiato, verso casa, voltandomi per verificare che nessuno mi seguisse.

Sono entrato nell'androne: l'ascensore era lì. Ho premuto il bottone dell'ultimo piano: meglio scendere a piedi fino al piano giusto. Appena le porte si sono chiuse mi sono appoggiato con la schiena in un angolo e ho guardato lo specchio. Mi ha rimandato l'immagine di un uomo spaventato, sconvolto, un uomo che non conoscevo, anche se quell'uomo ero io.

Sono arrivato alla porta del mio monolocale. Non riuscivo neppure a infilare la chiave, tanto tremavo. Ho dovuto aiutarmi con l'altra mano. Alla fine sono entrato e Candide mi è venuto incontro saltellando. L'ho preso in braccio e l'ho stretto forte. Piangevo. Lacrime di disperazione, ma soprattutto di rabbia. Ero furioso con me stesso, con la mia ingenuità, perché avevo capito solo in quel momento una cosa che avrebbe dovuto essermi chiara fin dall'inizio, o almeno fin da quando abbiamo cominciato a parlare del cavalier Brambilla.

Ho posato Candide sul divano, e lui è rimasto lì a guardarmi, con la testolina un po' inclinata su un lato, immobile; si sarebbe detto che era triste anche lui. Ho preso il computer e sono entrato nell'area riservata del sito della NHF, forzando il mio stesso sistema di protezione. Ho controllato quali erano le banche di appoggio per le operazioni intermedie di trasferimento del denaro, le banche su cui vengono depositati i soldi versati per l'acquisto fittizio delle carte telefoniche e per i giochi del casinò on-line. Per la maggior parte si trattava di istituti di credito con sede in paesi tropicali, ma c'erano anche utenti che preferivano far transitare il denaro su banche del Lussemburgo, del Liechtenstein e, naturalmente, dell'amata Confederazione Elvetica. E, tra le banche svizzere, indovini un po', signor giudice, qual è la più gettonata? Ovviamente quella nella quale c'è il mio conto corrente! Quella dove avrei dovuto recarmi per riavere il mio bancomat. Quella dove mi aspettava l'uomo dalla camicia gialla.

Stupido, imbecille, idiota, cretino, deficiente!

Perché non ci avevo pensato prima? Chi era stato a farmi aprire quel conto in Svizzera? Lei adesso non ha difficoltà a immaginarlo.

«Mi consenta un suggerimento» mi aveva detto mettendomi una mano sulla spalla. «Non è necessario che il committente le paghi tutto in Italia. Un pagamento da banca estera a banca estera non dà nell'occhio e così le tasse non se la mangiano vivo.»

A quelle parole avevo cominciato a sentirmi moralmente autorizzato anch'io.

«Se lei crede» aveva continuato, «posso fare io le pratiche per l'apertura di un conto a suo nome presso un Istituto di fiducia. Lugano le va bene?»

«Certo. Mi affido a lei, dottor Lajanca.»

Forse avrei dovuto dire "cavalier Brambilla", ma all'epoca non lo sapevo ancora.

Ma non era certo l'ingenuità di allora che mi bruciava, era la stupidità di adesso. Come ho potuto pensare che prelevare con la carta di credito di una banca svizzera mi tenesse al riparo da tutti? Certo, il segreto bancario mi assicurava la copertura dalla polizia, ma non ho capito che era dalla banca stessa che mi dovevo nascondere. Con quei prelevamenti mi sono consegnato a quelli che davvero mi vogliono morto, mi sono messo nelle mani del padre della mia vittima. Mi hanno localizzato, mi hanno pedinato, hanno cercato di beccarmi una prima volta e adesso erano pronti al colpo definitivo. Il codice sbagliato ha funzionato come i cani nella caccia alla volpe, che spingono la preda fino al suo cacciatore. Grazie ai prelevamenti hanno capito dove mi sono rifugiato, la città voglio dire. Poi Ennio Lajanca ha fatto cambiare il codice al mio bancomat e i suoi scagnozzi mi hanno aspettato davanti al luogo dove, prima o poi, avrei dovuto passare per avere una nuova carta; perché senza quella carta io non avrei potuto vivere.

Ed è così, signor giudice. Posso morire subito, per mano dei sicari di Lajanca; oppure posso morire di fame, piano piano, senza soldi. O ancora, posso finire in galera, e morire giorno per giorno.

Credo che questa volta sia davvero finita.

Inviato: lunedì 21 giugno 16.35
Da: miogiudice@nirvana.it
A: angelo@nirvana.it
Oggetto: costituisciti

Hai ragione, Luca, è finita. Puoi solo costituirti. Ennio Lajanca è un delinquente, così come lo era suo figlio. Ennio Lajanca sta cercando di ammazzarti e anche questo peserà nel tuo processo. Non è che uccidere un delinquente non sia reato, ma ci sono le circostanze attenuanti.

Costituisciti, ti prego. Consegnati alla polizia prima che ti trovino i killer della NHF. E loro ti troveranno, non possono farne a meno. Non è solo la vendetta di un padre. È che tu sei un pericolo per il loro sistema. Loro non sanno che tu mi hai già parlato del cavalier Brambilla e dei Lajanca, non sanno che è troppo tardi per metterti a tacere, quindi ci proveranno finché non ci riusciranno.

Hai una sola strada.

Potrai contribuire a far scoprire il loro traffico: sai quanto la Giustizia può essere generosa in questi casi!

Non continuare a fare come le prostitute nigeriane, che credono sempre che tocchi alle altre, e poi un giorno una la trovano in un fosso, strangolata. La tua vecchia scatola del caffè è vuota e non c'è più speranza di riempirla. Torna in Italia.

Inviato: giovedì 24 giugno 17.27
Da: miogiudice@nirvana.it
A: angelo@nirvana.it
Oggetto: rispondi!

Non mi hai risposto. Non ti sei più fatto sentire. Dimmi almeno che sei vivo, che non ti hanno beccato.

Ho allertato la polizia belga. Hanno garantito che faranno il possibile. Che ti cercheranno nelle cittadine della costa. Ma non ho molta fiducia. Per loro non conti nulla, non sei neppure un problema, sei solo un assassino condannato a morte: chi se ne frega.

Consegnati.

Tua madre mi ha telefonato stamattina. Lo aveva fatto altre volte, anche se non te l'ho mai scritto. Voleva sapere se avevo tue notizie.

Le ho mentito di nuovo. Le ho detto che presto saresti stato in Italia e che, in qualche modo, tutto si sarebbe sistemato.

Mi ha ringraziato. Poi la voce ha cominciato a tremare:

«Oggi è San Giovanni» mi ha detto, «qui a Torino è festa. Stasera, sul Po, al ponte di piazza Vittorio, faranno i fuochi d'artificio. Luca ci accompagnava sempre a vederli; da quando mio marito non guida più. Era uno dei pochi momenti che stavamo insieme. Ci dica di tornare...».

Consegnati.

Fallo per tua madre, per tuo padre che ti voleva laureato, per i fuochi d'artificio sul Po, per Candide.

Fallo per me.

Inviato: martedì 29 giugno 16.11
Da: miogiudice@nirvana.it
A: angelo@nirvana.it
Oggetto: dimmi che non sei tu

È più di una settimana che non ho tue notizie. Ho paura. Ho paura che tu sia morto. Che ti abbiano rapito, che ti abbiano sparato e poi gettato in mare. O qualcosa di simile. Ho paura perché non capisco più niente.

È per questo che adesso ho bisogno di una tua risposta, immediata, precisa.

Lo so che ho promesso di darti fiducia, ma ho ancora bisogno che tu mi tolga l'ultimo dubbio, che tu mi provi, adesso, di essere vivo e di non aver ucciso Ennio Lajanca.

Sì, lo abbiamo trovato. Morto, in un'auto a noleggio. Ucciso con un colpo al cuore sparato a bruciapelo, col silenziatore. Il cavalier Brambilla è morto non più di un'ora fa. Lo ha ritrovato un vigile urbano di Bergamo mentre lo stava multando perché il ticket della sosta a pagamento era scaduto. L'auto era parcheggiata lungo le mura, in città alta, vicino a Sant'Agostino.

Il commissario che è intervenuto ha fatto un'ipotesi sul calibro della pistola che ha sparato. Se l'ipotesi è giusta potrebbe essere la stessa arma che ha ucciso Mirko Guidi.

Dimmi dove sei, dimmi che hai un alibi per questo omicidio. Dimmelo subito.

Inviato: martedì 29 giugno 16.18
Da: angelo@nirvana.it
A: miogiudice@nirvana.it
Oggetto: Sono ad Amsterdam

Sono vivo, signor giudice. Non so ancora per quanto, ma sono vivo. Non so per quanto tempo riuscirò ancora a fuggire, per quanto tempo potrò continuare a camminare guardandomi indietro per controllare che nessuno mi segua. E chissà quanto potrò andare avanti con questo modo di guadagnarmi da vivere.

Ho paura, signor giudice. Non so se ho più paura di quelle facce da galera che potrebbero aspettarmi dietro un angolo qualsiasi, o di finire a fare il barbone. Già mi vedo, su un marciapiede, a chiedere l'elemosina. Fino a che un giorno, una di quelle giornate bellissime, di cielo sereno, quando qui ghiacciano i canali e la gente ci va sopra con i pattini, uno di quei giorni mi troveranno morto.

Et puis la mort qui est tout au bout.

Ho paura, signor giudice. Persino di lei. Paura che lei possa convincermi a tornare. Convincermi a finire in galera. Condanna mite, certo. Ma sarà mite lo sguardo della gente al processo? Mia madre verrà ad ogni udienza e starà seduta, composta, con la sua borsetta stretta tra le due mani. E poi la chiameranno a testimoniare, a parlare di qualcosa che non sa. Sarà mite tutto questo?

E così non le ho più risposto. Le ho lette le sue mail, ma non le ho risposto. E anche adesso, che il computer in stand-by mi ha annunciato immediatamente l'arrivo del suo messaggio, ho aperto la posta intenzionato a non risponderle. Ma questa volta non posso. Perché la verità è importante.

Sono ad Amsterdam, signor giudice. Questo è il mio alibi. Non posso averlo ucciso io, sono troppo lontano.

Avrei mille modi per dimostrarle che sono qui. Farle una telefonata abbastanza lunga perché lei possa individuare il telefono dal quale proviene la chiamata, farmi tracciare telematicamente... Ma sono sistemi troppo pericolosi per me. Perché per me, la morte di Lajanca non mette fine a nulla, anzi...

Però le posso dire una cosa che non potrei sapere se non fossi qui, adesso. Un quarto d'ora fa, al porto, ho visto ripescare un annegato. È stato uno spettacolo atroce. Era un uomo più o meno sui trentacinque, la mia età; rosso di capelli, livido, gonfio, gli occhi spalancati, la fronte sbarrata da una ferita profonda. Non so chi fosse. Marieke ha sentito la gente intorno che parlava di un marinaio ubriaco caduto da una nave. Pare che nel porto di Amsterdam queste siano storie correnti. Ah, *dans le port d'Amsterdam*!

Non avrei modo di saperlo se non avessi assistito alla scena. Non penso che la notizia sia già stata data da qualche parte, ma lei, signor giudice, corra a consultare il sito di "De Telegraaf" (è www.telegraaf.nl se le interessa); sono convinto che tra non più di trenta minuti vedrà il titolo e le foto. Così saprà che le ho detto la verità; a meno che io, in questo momento, non sia a Bergamo e mi sia fatto raccontare al telefono da qualcuno la faccenda dell'annegato: ma ammetterà che è un po' complicato.

Sono ad Amsterdam, signor giudice. Ora invio questa mail perché lei sappia subito che non sono stato io ad uccidere Ennio Lajanca e poi le spiego come sono arrivato qui, come sono giunto a un altro punto di non ritorno.

Inviato: martedì 29 giugno 18.38
Da: angelo@nirvana.it
A: miogiudice@nirvana.it
Oggetto: Come sono capitato ad Amsterdam?

Come sono capitato ad Amsterdam? Glielo racconto subito, signor giudice.

È stato lunedì sera, lunedì della scorsa settimana, il giorno della carta di credito catturata, per intenderci. Finito il turno al bar, Marieke è venuta da me. Prima di aprirle sono andato in bagno a sciacquarmi, a cercare di darmi un aspetto normale, ma non c'è stato verso: la mia faccia sembrava uno straccio passato mille volte in lavatrice. Mi pareva che, nel giro di poche ore, la mia pelle fosse diventata grinzosa come quella di certi vecchi che vedi nei telegiornali quando li intervistano all'ospizio per il loro centesimo compleanno.

Ho provato a fingere normalità, anche se sapevo che non sarebbe durato; ho provato a fingere solo perché sapevo quello che mi sarei trovato di fronte aprendo la porta: un viso allegro, sorridente, il volto di una persona che era felice di stare con me.

Signor giudice, come si fa ad essere felici della mia compagnia? Me lo sono sempre chiesto, mi sono sempre domandato come Stella potesse essere così contenta di vedermi, ma ancora di più me lo chiedo oggi, ora che sono un assassino.

Comunque, la commedia non ha retto.

«Che cosa ti è successo?»

«Niente, è questo tempo che mi rattrista un po': tutte queste nuvole, questo freddo fuori stagione...»

«Fuori stagione per te che vieni dal sud, per noi è normale.»

«Hai ragione.»

Silenzio. Un minuto, due, cinque. Di silenzio spento, imbarazzato, riempito solo dalle fusa di Candide che finalmente aveva imparato a fidarsi di Marieke e che ora si faceva coccolare da lei.

«Ho l'impressione che tu non mi dica tutto.»

«È vero.»

Così le ho raccontato ogni cosa, dall'inizio; da quando ero in cima fino a oggi, che sono in fondo.

Lei, signor giudice, cosa farebbe se il suo uomo, se Enrico, le dicesse: "Ho ucciso una persona"?

No, mi scusi, ho scelto male il paragone. Lei Enrico lo conosce, lo ama; sono convinto che cercherebbe di capirlo e forse anche di proteggerlo. Ma per Marieke non è così, per lei sono uno sconosciuto col quale ha fatto sesso, col quale ha condiviso un po' di tenerezza disperata, da naufraghi. Se io fossi stato nei panni di Marieke avrei preso le mie cose e me ne sarei andato spaventato.

E invece no.

Marieke mi ha accarezzato, mi ha dato un bacio ed è stata subito pronta, razionale, efficace come solo una donna sa esserlo. Mentre io ripetevo come una litania "è finita", lei già pensava alle soluzioni, alle possibilità.

«Adesso bisogna mangiare.» E dal frigorifero ha tirato fuori un pezzo di formaggio e un salame color viola funebre che non avevo ancora avuto il coraggio di assaggiare.

«Io di soldi non te ne posso dare.»

«Non ne voglio.»

«Non sto dicendo che vuoi dei soldi da me, sto dicendo che ne hai bisogno, che non ne puoi fare a meno.»

«È per questo che ti dico che è finita. Non sentirti in obbligo di aiutarmi, nessuno ha questo dovere verso di me.»

«Cretinate. Se non ti do i soldi è solo perché non li ho. Tutto ciò che possiedo è in buoni postali vincolati, dovrei disinvestire...»

«Non pensarci neanche. C'è la tua vita lì, il tuo bar.»

A quel punto, lei ha snocciolato lì la soluzione, la più semplice, la più ovvia. Con la stessa tranquillità con cui avrebbe detto "domenica andiamo a fare una gita" o "è ora di fare la spesa".

«Anche se non ho liquidi, ti posso aiutare a guadagnare qualcosa, quel tanto che basta per tirare avanti due o tre mesi. Poi si vedrà.»

L'ho guardata, ma senza interesse: per me era un discorso chiuso, una partita persa. Lei ha proseguito.

«Ad Amsterdam ci sono dei locali che fanno spettacoli con attori dilettanti. Spettacoli porno intendo: sesso dal vivo. Li chiamano gli show degli esibizionisti. In realtà, molti di quelli che vanno in scena sono ex professionisti che arrotondano altri stipendi, ma il pubblico ha l'illusione di vedere gente normale che ha il coraggio di scopare davanti a tutti, quel coraggio che a loro manca. Si può andare con una maschera sul volto, tanto non è la faccia che guardano. Anzi, con la maschera, possono illudersi di vedere sul palco il loro commercialista, o la loro vicina di casa e questo li fa godere. In quei locali ti pagano abbastanza bene, non come a Casa Rosso o negli altri teatri importanti, ma una cosa decorosa e soprattutto non ti chiedono niente, niente documenti, niente nomi...»

Per semplificare direi che ero incredulo, ma era sicuramente qualcosa di più dell'incredulità: sbalordimento, confusione, voglia di ridere. A dire il vero non ho realizzato subito; quando ho capito le ho chiesto:

«Io in scena a farlo quattro o cinque volte in una sera? Ma mi ci vedi?».

«Ai dilettanti non si chiedono quei ritmi lì. Un paio di volte sono più che sufficienti e non devi neanche trattenerti, puoi venire: due rapporti completi nel giro di un'ora ce la fai, no?» Ha fatto una smorfia simile a una strizzatina d'occhio e ha aggiunto: «Non mi pare che tu te la sia cavata male in questi giorni, lasciatelo dire da una che in materia ha una certa esperienza».

È riuscita a farmi sorridere. Sarà vero che a noi uomini basta un complimento sul nostro arnese per farci contenti?

Immediatamente dopo però mi è sorto un dubbio:

«Ma con chi dovrei farlo?».

«Con due diciottenni lesbiche e un cane pastore.»

Occhi sbarrati.

«Con me, cretino. Credi mica che ti lascerei fare sesso con un'altra.»

Non era vero che era gelosa; proprio lei che andava in vacanza con la moglie dell'uomo che si scopava tutti i giorni, cinque volte al giorno. Era solo un modo per farmi sentire amato. Era una frase affettuosa.

«DouDou mi ha detto ieri di prendermi le ferie che mi spettano, che poi fino a ottobre non se ne parla. Ho circa dieci giorni. Andiamo ad Amsterdam, dieci spettacoli e ti sistemi per un po', almeno per quanto riguarda i soldi.»

«Tu l'hai già fatto in quei locali?»

«No. Quando ho smesso ho giurato a me stessa che non mi sarei più fatta sbattere da non importa chi.»

Ancora affetto, ancora a dirmi che io ero speciale, che non ero uno qualunque.

«Allora?» mi ha chiesto piantando i suoi occhi nei miei.

Cosa si risponde a una che è disposta a farsi scopare in pubblico, a tornare con le chiappe all'aria solo per aiutarti?

«Va bene, ci provo.»

«Bravo, hai detto bene, domani facciamo le prove.»

«Non ne abbiamo fatte abbastanza in questi giorni?»

«Sai bene che è diverso. Qui lo abbiamo fatto per noi, ma lo spettacolo è per gli altri, per quelli che guardano. Ti devo insegnare come sistemarti perché il pubblico veda bene che lo stiamo facendo per davvero, come devi spostarmi i capelli dalla guancia quando sono inginocchiata davanti a te. Devo spiegarti i tempi, farti capire il momento in cui devi cambiare posizione.»

«È difficile imparare?»

«Un po', ma ricordiamoci che noi saremo lì come dilettanti, non ti si richiede la perfezione. Comunque conviene cominciare le prove il più presto possibile.»

«Allora stasera?»

«Stasera no. Oggi non è stata una bella giornata. Stasera facciamo l'amore.»

Ha voluto fare l'amore con un assassino, un assassino senza soldi e disperato. È ancora la sindrome della crocerossina?

Le prove sono durate tre giorni. Intanto Marieke ha telefonato ai suoi amici di Amsterdam e ha preso accordi per la nostra esibizione. Credo anche che abbia giocato al rialzo sul compenso, ma parlava in olandese e io non la capivo.

Candide l'ho portato a casa di Marieke e la sua gatta l'ha subito preso in simpatia.

«La mia vicina gli porterà da mangiare tutti i giorni, non ti preoccupare. Non è la prima volta che le lascio a balia la mia.»

Il 25 siamo arrivati in città e il giorno dopo abbiamo fatto il primo spettacolo.

Vuole che vada avanti, signor giudice? Vuole sapere tutto? O pensa che le mie descrizioni siano già state abbastanza crude?

La verità è che un po' mi vergogno; forse mi vergogno di più a raccontare queste cose a lei, che a mostrarmi in pubblico. Ma, dall'altra parte, c'è la voglia di dirle tutto, c'è l'impressione che lei abbia davvero cominciato a capirmi e che ormai mi sia impossibile tenerle nascosto qualcosa.

Facciamo in questo modo. Da qui in poi inizia la parte più intima, più difficile, quella che non si può raccontare con giri di parole: scelga lei se leggere o non leggere.

Per me, lo spettacolo è iniziato prima di entrare nel locale, guardando il quartiere a luci rosse. Lei lo ha mai visto, signor giudice? Da qualunque parte tu ci arrivi, ti accorgi pian piano che ti stai addentrando in un luogo particolare, a metà tra Disneyland e Gomorra. Non è l'architettura che cambia: le facciate colorate delle case rimangono le stesse e rimane identico il reticolo dei canali. È che nei negozi di abbigliamento cominci a vedere articoli in cuoio con le borchie, biancheria sempre più ridotta nelle forme, fino a che, praticamente di colpo, arrivi ad una vetrina in cui quei perizomi e quei reggiseni trasparenti non sono più indossati da un manichino, ma da una ragazza e la merce in vendita non è quella in tessuto. Una vetrina, una ragazza; una vetrina, una ragazza. Una, due, tre, dieci vetrine. Poi un bar, un sexy shop, un coffee shop, e ancora vetrine, vetrine e ragazze.

Abbiamo camminato davanti a quell'esposizione. Erano le nove e mezza di sera, il cielo era ancora chiaro e mancava un'ora al nostro numero.

«Ti vergogni a guardarle?» mi ha chiesto Marieke notando il mio sguardo che si posava di sfuggita sui corpi delle ragazze.

«No.»

«E allora fermiamoci e osserviamole, fa parte del gioco.»

Era vero, così come era vero che non mi vergognavo a guardarle; provavo imbarazzo, anzi, stupidamente, mi sembrava di metterle in imbarazzo, di farle sentire a disagio. O forse mi vergognavo a giocare lo stesso gioco degli altri, mi vergognavo ad essere uomo maschio al pari di quel gruppo di inglesi ubriachi che andava di vetrina in vetrina schiamazzando, facendo mosse oscene alle ragazze e trattando a gesti il prezzo per le varie prestazioni.

Ma di tutto questo non ho detto niente a Marieke, non erano pensieri legittimi per uno che si apprestava a fare sesso in pubblico. Così ci siamo fermati davanti a una vetrina. Dentro c'era una ragazza mulatta. Indossava uno slip piccolissimo e un babydoll nero. Avrà avuto una ventina d'anni. Io però non l'ho guardata a lungo. Mi sono soffermato su quello che, attraverso il vetro, si vedeva alle sue spalle: una stanza di due metri per tre, con un letto a una piazza, un termosifone di quelli alti sul quale erano stese ad asciugare tre o quattro salviette da bidet e, al fondo, una porta socchiusa che dava su un bagno. La vetrina non era solo lo showroom, ma anche l'atelier. In quel momento, un signore calvo sulla cinquantina le ha bussato alla porta. Lei ha aperto. I due hanno parlato un attimo, qualche secondo, non di più. Poi lei ha tirato la tenda e il suo lavoro è iniziato un'altra volta.

Abbiamo camminato ancora un po' e siamo arrivati a una strada ancora più animata, più grande, con in mezzo un canale. Sulle due sponde si allineavano i teatri degli spettacoli erotici e ho riconosciuto subito l'insegna di quella Casa Rosso di cui mi aveva parlato Marieke. Fuori dai teatri, la gente faceva la coda per entrare. Non solo uomini arrapati. C'era di tutto. Manager in viaggio di lavoro, liceali dell'ultimo anno in gita scolastica assieme alle loro compagne, pensionati e pensionate, gruppi misti di giapponesi scesi dal pullman poco più in là. Tutti a ridere, con in mano le banconote e le carte di credito per quella trasgressione a poco prezzo, per quell'avventura da raccontare a casa, agli amici, ma solo dopo aver bevuto un po' e sottovoce.

«Aspetta un attimo» mi ha fatto Marieke a un certo punto.

«È qui?»

«No, questo è il locale dove ho lavorato negli ultimi anni.»

Ha salito i tre gradini che conducevano alla porta e ha salutato il buttafuori. Hanno chiacchierato un po', poi lei ha indicato l'orologio, come per dire che era tardi, ed è tornata da me.

«È qui vicino.»

Abbiamo svoltato e ci siamo inoltrati in una viuzza stretta e illuminata solo dalle insegne. Dopo un centinaio di metri ci siamo fermati. Era lì.

Non c'era la folla che stazionava davanti ai teatri più belli. Mentre arrivavamo abbiamo visto entrare due coppie e un uomo solo, ma in fretta, senza l'esibizione di allegria che avevo visto prima, quasi furtivamente.

Marieke ha detto qualcosa all'uomo sulla porta e siamo entrati.

«Vieni» mi ha detto Marieke scostando una tenda di velluto.

Ho guardato la platea, mentre, sul palco, il presentatore annunciava il numero successivo: la folla che non c'era fuori era tutta lì dentro. Non so dire se ho avuto paura. Mi sentivo come ubriaco.

È comparso un uomo in giacca e cravatta, piccolo di statura, italiano avrei detto. Ha scambiato quattro parole con Marieke, poi ci ha condotto verso il camerino. In realtà non era un vero camerino, era uno spazio dietro la scena con delle panche, degli appendiabiti e degli specchi. Dalla sala arrivava, forte, una musica spagnoleggiante.

Ho subito notato una donna sui trentacinque anni che toccava un uomo un po' più giovane di lei. Marieke le si è avvicinata da dietro e le ha messo le mani sugli occhi. L'altra ha continuato a lavorare, facendo un breve elenco di nomi femminili fino a che non ha indovinato quello giusto. A quel punto si sono abbracciate brevemente e si sono fatte un cenno che voleva dire: ci parliamo dopo. Poi l'altra ha ripreso e Marieke è tornata da me.

«È Virginie, una mia amica, facevamo gli spettacoli insieme, è di Bruxelles. Adesso lei lavora qui come riscaldatrice.»

«Come cosa?»

«Riscaldatrice. Significa che ti eccita prima di entrare in scena; se non arrivi sul palco in piena erezione non sperare che ti venga dopo.»

«Riscalderà anche me?»

«Se ne hai bisogno, sì.»

«Ma non potresti farlo tu?»

«Io mi devo truccare.»

Davanti allo specchio c'era una ragazza nuda che armeggiava con fondotinta e pennelli; ho intuito che fosse la partner del tipo in fase di riscaldamento.

«Adesso spogliati e prendi una di quelle vestaglie nere. E ripassa mentalmente la sequenza che abbiamo provato.»

«Mi raccomando» ha proseguito Marieke, «togliti anche l'orologio, che quando lo facciamo a casa non te lo togli mai, ma qui non sta bene.»

Mi sono tolto tutto, ho indossato la vestaglia e mi sono seduto su una panca.

Anche lei si è spogliata e si è messa di fronte allo specchio, accanto all'altra ragazza.

Si è sentito lo scrosciare degli applausi e il rumore di carrucole del sipario che si chiudeva. In quel momento sono entrati un uomo e una donna, nudi, con in mano un lenzuolo. Marieke li ha guardati e poi mi ha detto:

«Quelli sono veri dilettanti, esibizionisti».

«Da cosa lo capisci?»

«Dall'aria appagata che hanno dopo aver fatto il loro pezzo.»

Era vero, sembravano due fidanzatini un po' fuori età. Ci hanno sorriso e si sono seduti anche loro, felici, la mano nella mano, senza rivestirsi.

Gli altri due, la ragazza e l'uomo ormai riscaldato, hanno preso un lenzuolo pulito, si sono messi le vestaglie, lui nera, lei bianca, e sono entrati in scena.

«Vai!» mi ha fatto Marieke accennando col mento alla riscaldatrice che si stava lavando le mani ad un lavabo lì vicino. «Io finisco di prepararmi.»

Virginie ha chiesto qualcosa in fiammingo a Marieke e lei ha annuito.

«Cosa ti ha chiesto?»

«Se era la prima volta.»

«Perché?»

«Trattamento speciale, di incoraggiamento.»

Si è aperta la camicia ed ha appoggiato il petto alle mie gambe, cercando di togliere un po' di meccanicità ai suoi gesti, ma io mi sentivo lo stesso a disagio. E tuttavia ha funzionato, tanto che lei e la fidanzatina si sono scambiate una battuta che Marieke non ha voluto tradurmi.

Ed è venuto il nostro turno.

Vestaglia nera io, vestaglia bianca lei. Lenzuolo pulito.

L'abbiamo sistemato sul letto girevole grande quanto mezza stanza e ci siamo messi in posa: io in piedi sul letto, lei in ginocchio davanti a me.

Il sipario si è aperto e ho visto tutta quella gente. E io ero lì, con un rigonfiamento sotto la vestaglia, e tra un attimo l'avrei mostrato a tutti.

Non era possibile. Io, Luca Barberis, dottore in informatica, esperto di sistemi di protezione. Io, ex proprietario di un loft principesco a Milano, stimato professionista noto per un certo aplomb tutto torinese, ero lì a guadagnarmi da vivere non come un operaio, non come un fonditore, ma con ciò che mi restava, con quello che avevo tra le gambe. Tutto era perduto fuorché... fuorché niente.

Ma no, non ero io e non ero lì. E poi, la gente aveva pagato per guardarmi, ed era eccitante no? Pagavano per vedermi godere.

Così ho superato l'unico momento di incertezza e abbiamo seguito il copione senza problemi.

Marieke ha sciolto la cintura della mia vestaglia, aprendola bene fino a farmela scivolare dalle spalle, e ha iniziato con una voluttà esagerata, con quella passione finta che agli spettatori pare l'unica autentica passione.

Ho calcolato mentalmente trenta secondi. Poi via la sua vestaglia. Piano. Con un movimento delle mani dalle spalle al sedere. Mentre ancora lei è in ginocchio.

Dieci secondi. La spingo dolcemente e lei si sdraia supina. Mi metto sopra di lei, ma non addosso; appoggiato con le mani sul letto e le braccia tese, in modo che i corpi restino bene in vista. Lei allarga le gambe, io sposto prima un braccio e poi l'altro, e lei mi piazza i suoi polpacci sulle spalle. Adesso spingo, su e giù, allargando anch'io un po' le gambe in modo che il campo resti sgombro e gli sguardi possano concentrarsi sul punto cruciale, sull'innesto.

Conto: uno, due, tre. Sono i giri completi che il letto fa su se stesso.

Finito il terzo, è ora di cambiare posizione.

Quello che ora la gente vuole vedere è il movimento dei seni di Marieke che oscillano sotto i miei colpi.

Uno, due, tre: altri tre giri.

Gran finale.

Io le devo spingere la testa contro il mio pube. Una tiratina di capelli è il segnale convenuto. Lei si scosta un po' ed è l'apoteosi. Il pubblico applaude. Il sipario si chiude. Marieke si pulisce il viso col lenzuolo.

Tornati nel camerino l'ho stretta forte tra le braccia e le ho sussurrato:

«Grazie. Grazie infinite».

Lei mi ha baciato, con dolcezza. I due esibizionisti ci hanno di nuovo sorriso, complici, e Virginie l'ha guardata stupita, mentre lavorava ad un nuovo arrivato che non sembrava particolarmente in forma.

Mi ha intenerito la riscaldatrice. Una volta doveva aver fatto impazzire la gente in sala, mentre ora era costretta a raggranellare ogni briciola di fascino per riuscire a eccitare quelli che si esibivano: quando si dice un lavoro oscuro!

Cos'altro le posso dire, signor giudice?

Quella sera l'abbiamo fatto un'altra volta, seguendo sempre la stessa traccia: posizione uno, posizione due, posizione tre, poi ancora posizione uno e fine.

E così i giorni successivi. Tutti i giorni. In orari diversi. Mattino, pomeriggio, quando capita. Stasera, ad esempio, iniziamo alle dieci.

No, signor giudice, non cerchi di farmi rintracciare dalla polizia nei teatri. Tempo sprecato. Qui c'è un tacito accordo e sono i padroni dei locali a far rispettare l'ordine. La polizia resta a distanza, per non rovinare il mercato, perché la polizia spaventa e fa scappare i clienti. No, signor giudice, non riuscirà a spostare questi equilibri per un poveretto come me. Lo ha detto lei stessa: per loro, io non sono un problema.

Arrivederci signor giudice.

— — — — —

UN ATTIMO SIGNOR GIUDICE NON CHIUDA È IMPORTANTISSIMO!!!

È successo adesso, mentre stavo per inviarle questa mail. Come al solito ho riguardato il testo per vedere se il correttore ortografico mi segnalava qualche errore; sono andato su con la barra di scorrimento, puntando lo sguardo là dove sullo schermo compariva la sottolineatura rossa ondulata ed è stato proprio accanto a una di quelle linee rosse che credo di aver trovato la chiave di tutto. Credo di aver capito come sono andate le cose fin dall'inizio, di aver capito chi mi ha incastrato.

Ecco la frase che cambia tutto, gliela metto in corsivo:

«Mi raccomando» ha proseguito Marieke, «togliti anche l'orologio, che quando lo facciamo a casa non te lo togli mai, ma qui non sta bene».

La parola "Marieke" era evidenziata come errore. È normale, il correttore italiano non la riconosce, ma la mia attenzione si è comunque fermata per un attimo in quel punto, su quella frase che proseguiva con "togliti anche l'orologio". Il mio orologio con la memoria flash, quello che non mi levavo mai, neanche per fare la doccia, neanche per fare l'amore con Marieke.

È insondabile il meccanismo del ricordo; una cosa può restare sopita per anni nella tua mente e poi basta una parola sentita o letta in un momento particolare per risvegliarla e darle un senso nuovo. Questa cosa, quella che sto per dirle, ha dormito nella mia mente per quasi due anni e adesso, all'improvviso si è risvegliata per via di quella piccola riga rossa sotto il nome di Marieke. Credo di poter stabilire il giorno in cui quel fatto si è nascosto tra i miei neuroni: il 12 dicembre di due anni fa.

Il 12 dicembre di due anni fa, ora lo so, ho cenato a casa di Stella. Era giovedì (l'ho controllato su Outlook) e Giuliano giocava a calcetto. Eravamo d'accordo che saremmo stati da me e che avremmo rivisto *Delicatessen* in DVD, ma poi lei mi ha telefonato verso le sette e mezza di sera:

«Ero stanchissima» mi ha detto, «così sono tornata a casa e mi sono fatta un bagno caldo. Adesso sono qui in accappatoio e non ho nessuna voglia di uscire: vieni tu da me?».

«Va bene, però passo da casa a prendere il DVD.»

«Lascia perdere il DVD, non possiamo coccolarci un po'?»

Certo che potevamo coccolarci un po', eravamo amanti!

Quando sono arrivato a casa sua, lei indossava ancora l'accappatoio, e nient'altro. L'apertura ampia le scopriva i seni, ma non del tutto, solo la curva perfetta che li completa in basso. La tavola era già pronta, come la prima sera: calici di cristallo blu, tovagliette di bambù e piatti blu come i bicchieri.

«Stasera sushi» mi ha annunciato abbracciandomi. «L'ho ordinato al ristorante giapponese dove siamo andati la settimana scorsa con Giuliano.»

La cena è stata breve. Avevamo tutti e due una gran voglia di fare l'amore, o così credevo: oggi non sono più così sicuro che anche lei avesse così voglia. Però, quantomeno, mostrava di averne.

Siamo andati nella stanza da letto. Lei si è tolta l'accappatoio e io mi sono spogliato, anzi, mi ha spogliato lei, senza smettere di baciarmi.

A un certo punto, mentre le accarezzavo la schiena, lei ha fatto un urletto:

«Ahia! Sempre questo dannato orologio al polso. Mi hai graffiato con il cinturino. Possibile che tu non possa mai toglierlo?».

Me lo sono sfilato in un attimo e l'ho appoggiato sul comodino, vergognandomi come un ragazzino malaccorto che è stato rimproverato da una donna più esperta di lui.

Ma l'intimità è tornata subito.

Abbiamo spento la luce, abbiamo fatto l'amore e dopo ci siamo addormentati abbracciati.

Non ricordo altro di quella notte, se non che, attraverso la porta a vetri della stanza, ho visto accendersi la luce del bagno, poi spegnersi e, infine, ho sentito Stella che rientrava. Si è infilata nel letto e l'ho accarezzata: era ancora nuda.

Il mattino dopo ho cercato il mio orologio sul comodino: era lì dove lo avevo lasciato la sera prima, ma rivolto all'ingiù. Io non lo appoggio mai così, per abitudine, perché da piccolo mio padre mi diceva di fare attenzione a non rigare il vetro. Ho creduto che Stella lo avesse spostato sistemando qualcosa sul tavolino: adesso la penso diversamente e quello che penso è orribile, disgustoso, vergognoso.

Le ricostruisco la scena, signor giudice, un'altra scena per un altro crimine, il primo, quello che è all'origine di tutto.

Io e Stella facciamo l'amore, ma sarebbe meglio dire che lei si lascia sbattere. Finge di dormire, sul mio petto. Poi si alza e nel buio prende il mio orologio, l'orologio che mi ha fatto togliere. Lo porta in bagno e lì lo consegna a Guidi.

Che schifo, signor giudice! Guidi era lì fin dall'inizio, nascosto in qualche stanza: ha spiato i nostri baci, ha ascoltato le nostre parole, persino i nostri gemiti.

Lo so che ormai, dopo aver scopato la mia donna davanti a centinaia di persone, non sono cose che mi dovrebbero toccare, ma qui è diverso. Io e Marieke, la nostra intimità la vendiamo, Mirko Guidi me l'ha rubata, anzi, è peggio, è infinitamente peggio: Stella, la nostra gliel'ha buttata lì. La nostra intimità, la nostra passione era solo l'imballo di un oggetto più prezioso, un imballo che si può gettare via.

Stella, la mia Stella, esce dalla stanza nuda, non si riveste per non destare sospetti: perché mai dovrebbe vestirsi in quel suo appartamento surriscaldato dove ci siamo solo noi? Ma non ci siamo solo noi, e Stella, la mia Stella, si offre nuda agli occhi di Mirko Guidi; gli permette di guardarle i seni, i fianchi stretti, il delicato triangolo biondo. E gli dà l'orologio.

Nell'altra stanza, Guidi ha il suo computer; il virus è pronto, basta inocularlo. Inserisce lo spinotto del mio orologio Kraun nella porta USB2 e dà il via al trasferimento del file: è l'una e trentasette minuti. Da quel momento la mia vita è finita.

Stella torna a letto e si lascia accarezzare da me. Stella si è lasciata accarezzare da me ancora per un mese e più, fino al 16 gennaio, sempre per non destare sospetti.

Guidi posa l'orologio in bagno ed esce di casa; si perde la nuova apparizione di Stella, quella che mi perdo anch'io. Lei recupera l'orologio e lo mette sul comodino: io il giorno dopo, non mi accorgerò di niente.

Ecco cos'è successo, signor giudice. Credevo di essere io a fare di Giuliano Lajanca un cornuto e invece era lui che mi stava trombando. Ha usato Stella per fregarmi, l'ha usata come riscaldatrice, per farmelo venire duro e si sa che quando ce l'abbiamo duro non capiamo più nulla. E, per amore di Giuliano, Stella si è prestata a questo gioco: lui l'ha plagiata e lei è venuta a letto con me. Io credevo che ci amassimo e invece lei magari provava ribrezzo nei miei confronti. Cosa sentiva quando la toccavo? Cosa provava quando eravamo a letto insieme? Schifo, vergogna, disprezzo, nausea, umiliazione.

È un pensiero insopportabile. Proprio quando credevo che fosse felice, lei vinceva a fatica il disgusto di stare con me.

No, signor giudice, non è affatto come sulla scena; lei non doveva solo fare finta di godere, era molto peggio.

Signor giudice, mi dica che mi sono sbagliato. Indaghi e scopra la verità. Scopra che Stella non c'entra niente, che mi sono sbagliato, che quell'orologio col vetro all'ingiù l'ho messo io, confuso dal desiderio del suo corpo, intontito dal suo amore, dal suo vero amore.

Inviato: giovedì 1 luglio 15.45
Da: miogiudice@nirvana.it
A: angelo@nirvana.it
Oggetto:

Come la vuoi la verità? Tutta intera? Di quelle verità che scorticano la pelle e le spargono sopra il sale?

Credo di non avere scelta. Te la dirò tutta. Ed è una verità che non mi fa onore.

Non mi fa onore perché se io avessi seguito i tuoi consigli, se io avessi indagato fin dall'inizio, forse avremmo due morti e un assassino in meno.

Ma perché dovevo investigare? Io il colpevole ce l'avevo già. Non solo reo confesso, ma anche riconosciuto dai testimoni. Perché scavare più a fondo? Il mio unico obiettivo era prenderti, assicurarti alla giustizia, come si dice. Pensavo solo a quello, anche quando tu mi dicevi di cercare la verità. Ma tu avevi confessato: più vero di così!

Perciò, dopo la tua ultima mail, ho riflettuto su cosa avrei fatto se non ci fosse stato il nostro carteggio, se non avessi saputo fin dall'inizio chi aveva ucciso Giuliano Lajanca.

La prima cosa che avrei fatto sarebbe stata quella di sospettare la gente che gli stava intorno: il padre, i colleghi, la fidanzata…

E adesso preparati. È brutale, la verità.

Ho firmato un mandato di comparizione per Stella Biffi. Ma lei non è comparsa. Irreperibile anche lei.

Allora ho ordinato la perquisizione del suo appartamento. Senza sapere esattamente cosa cercare, ma con un'idea in testa, un'idea diversa dalla tua.

Ed è con quell'idea che ho chiesto di frugarle nel guardaroba, di passare al setaccio ognuno dei suoi cinquanta e più capi firmati, a partire da quelli più leggeri, quelli di stagione.

Eccola la verità brutale, nascosta, anzi dimenticata nella tasca anteriore di un paio di pantaloni di lino color sabbia.

La verità accartocciata di un minuscolo scontrino da bar, di quelli che metti via senza badarci, con un gesto meccanico e che ti si infilano da tutte le parti senza che tu te ne accorga.

Uno scontrino della pasticceria Cavour, Bergamo Alta, via Gombito 7/A, rilasciato il 29 giugno alle ore quattordici e trentaquattro: due caffè, un euro e novanta.

Cosa ci faceva Stella Biffi a trecento metri dal posto dove è stato ucciso Ennio Lajanca? Cosa ci faceva lì mezz'ora prima della sua morte?

Adesso è il mio turno di fare una ricostruzione del delitto, sarebbe stato il mio turno fin dall'inizio.

Ennio Lajanca e Stella Biffi hanno un appuntamento. Lajanca è ricercato, ovunque, ma soprattutto a Milano; quindi i due si vedono a Bergamo. Bevono un caffè alla pasticceria Cavour, ma il locale è troppo affollato per parlare. Fanno due passi e decidono che è meglio continuare nella fresca tranquillità di un'automobile con l'aria condizionata. L'Ulisse noleggiato da Lajanca è lì, parcheggiato alle mura. Entrano e ricominciano a discutere. La discussione assume toni più accesi, più duri. Stella si spaventa e spara; Lajanca o, come dici tu, il cavalier Brambilla, muore sul colpo, raggiunto da una pallottola al cuore.

Torna tutto, tranne un particolare: il cavalier Brambilla non è morto.

E ora, la verità non si limiterà a scorticarti: ti strapperà le carni, quelle più vicino al cuore.

Il cavalier Silvano Brambilla non è morto in quell'auto; il cavalier Brambilla è ancora in libertà, con la sua pistola: perché Stella Biffi è il cavalier Brambilla.

Come stai? Hai il coraggio di continuare?

Stella non ha sparato per paura; sulla sua pistola era montato il silenziatore. Quello che aveva paura era Ennio Lajanca. Sì, perché lui sapeva da sempre una cosa che noi sappiamo solo adesso: la pistola di Stella aveva già ucciso Mirko Guidi. La perizia balistica lo ha confermato.

Ed è da Mirko Guidi che dobbiamo ripartire per capire le cause e gli effetti; da Guidi e da te.

Quello che dà origine a tutto è la morte di Giuliano. Guidi non pensa a un raptus; lui crede che per te sia giunto il momento della vendetta. Comincia a temere per la sua vita, comincia a pensare che sarà lui la tua prossima vittima. Così interpella il cavalier Brambilla per chiedere aiuto, soldi, protezione, magari un espatrio dorato. Guidi sa come sono andate le cose, conosce molti segreti della Nouveaux Horizons Financiers e sa chi è il suo contatto in Italia, sa chi ha tirato i fili di tutta l'operazione: Stella Biffi.

Mi sembra di vederlo, con la sua cialtronesca sicurezza che conduce Stella in un luogo isolato e tetro, convinto di poterla spaventare e ricattare. Me lo immagino, nella sua Golf, sul piazzale del cimitero di Greco, mentre fa la voce grossa con lei, perché lei è una donna e si impressiona facilmente:

«Datemi quattro milioni di euro e io sparisco. Altrimenti, la prossima volta che quel giudice mi interroga, io racconto tutto».

Stella lo lascia parlare, poi, all'improvviso, tira fuori dalla borsa la sua pistola. Ma non gli spara subito, no. Gli ordina di scendere, come se volesse graziarlo. Gli concede di allontanarsi di qualche metro, poi tira e con due colpi lo colpisce mortalmente. È una buona tiratrice lei, sempre, non solo al luna park.

Guidi cade a terra, stecchito. E lei passa sul sedile del guidatore e si allontana con la Golf. È per questo che ha fatto scendere la sua vittima prima di ucciderla, per non dover spostare il corpo con fatica e con il rischio di farsi scoprire, perché lei è una donna e certi lavori sono lavori da uomini.

Poi lava la macchina, la ripulisce da ogni traccia e la parcheggia nel posto più innocente: nel garage del suo proprietario.

Non è stato Giuliano a plagiarla, a usarla per incastrarti: era Stella che conduceva il gioco e i Lajanca erano in associazione con lei, ma in posizione subordinata. È probabile che Stella e Giuliano stessero davvero insieme, ma il lavoro è lavoro... Forza, ancora un po' di coraggio e ci siamo.

Ma la morte di Mirko Guidi non mette fine ai rischi per la NHF, anzi... A partire da quell'omicidio, io e te (sì, proprio io e te), iniziamo a indagare e a dare la caccia al cavalier Brambilla. Io emetto un mandato contro Ennio Lajanca e lui si sente braccato. E fa lo stesso errore di Guidi, chiede aiuto a Stella, cioè alla NHF. Rispetto a Mirko ha un elemento di pressione in più: sa (o almeno sospetta) che Stella è un'assassina. La forza del ricatto è maggiore, ma anche i pericoli sono più grandi. Per questo le dà appuntamento in pieno giorno, in luoghi affollati. Ma lei è pronta a tutto. O forse è solo allo sbando. Corre il rischio di uccidere un uomo in un'auto parcheggiata lungo le mura di Bergamo Alta. Gli spara e lo lascia sul sedile come un vecchio assopito nella calura estiva. Poi scende dall'auto e si allontana, senza dare nell'occhio. Con freddezza torna a casa, si cambia e si mette al sicuro. È tranquilla; nessuno ora la può mettere in relazione con quegli omicidi, nessuno tranne te, forse: ma sa che, prima o poi, gli uomini della NHF ti prenderanno e tu smetterai di essere una minaccia. È talmente tranquilla che commette un'imprudenza: non si accorge di quello scontrino e lo scontrino la inchioda. Lo scontrino e il tuo orologio col vetro all'ingiù sul comodino.

È stata dura la verità, ma adesso ce l'hai.

Scoprire e uccidere: ora hai scoperto tutto ciò che c'era da scoprire, abbandona l'idea di uccidere. È finito tutto Luca. Ancora una volta, torna!

Inviato: venerdì 9 luglio 02.17
Da: angelo@nirvana.it
A: miogiudice@nirvana.it
Oggetto: sono sempre ad Amsterdam, ma ancora per poco

No, signor giudice, non mi è passata la voglia di uccidere. Proprio perché ora so la verità, la voglia è più forte che mai. Ma Stella può stare tranquilla: non sarà lei la mia vittima. Il nome di questa vittima designata lei, signor giudice, dovrebbe saperlo fin dall'inizio, anche se ha fatto finta di ignorarlo. La mia voglia di uccidere è la stessa di Charles Alavoine, in *Lettera al mio giudice*, la persona da eliminare è sempre la medesima, fin dall'inizio.

Però devo confessare che, per il momento, ho trovato qualcosa che placa quel desiderio; qualcosa di più feroce, di più violento, di più distruttivo.

Marieke se n'è andata una settimana fa. Era previsto così, doveva tornare da DouDou a servire birre, patate fritte e cozze.

Sono stati giorni strani quelli passati qui ad Amsterdam con lei, quasi belli. Avrei potuto farmi tutte le canne che servivano a dimenticare la mia situazione, ma io non riesco a fumare, neppure le sigarette. Ho assaggiato una torta alla marijuana, ma sono rimasto tutto il pomeriggio seduto su un divano, con lo sguardo fisso al muro. Decisamente la droga non fa per me. D'altro canto sono stati sufficienti gli spettacoli a tenere lontani i pensieri. L'idea di essere lì, costretto ad esibirmi nudo e artificiosamente eccitato, era abbastanza mortificante e ingombrante da cacciare tutte le altre. Anche le più nere.

Per questo, quando Marieke mi ha detto di preparare le mie cose che saremmo rientrati in Belgio, io le ho risposto:

«Vai tu; io rimango qui ancora per un po'».

«Guarda che di soldi adesso ne hai abbastanza» mi ha risposto. «La mia parte non la voglio, è tutto per te.»

«Ti sbagli, non bastano.»

«Ho capito, ti sei lasciato conquistare dai discorsi di Virginie.»

Due sere prima, finito lo spettacolo, eravamo andati a bere una birra con Virginie, la riscaldatrice, e lei ci aveva parlato di altri locali dove si facevano numeri particolari e dove pagavano meglio. Anche se non era più una reginetta di bellezza, in quei posti la facevano ancora esibire e così, ogni tanto lo faceva, ma solo ogni tanto, perché era un lavoro duro.

«Sì, mi piacerebbe mettere da parte ancora qualcosa» ho ribadito.

Ma non era vero. Non era per i soldi che volevo restare ad Amsterdam. È che non me la sentivo di tornare indietro con Marieke, di iniziare a vivere a casa sua. Non avevo il coraggio di affrontare la sua voglia di stare con me e, in fondo, di amarmi. Lei signor giudice, penserà che sono un vigliacco, un ingrato, che Marieke ha riaperto un capitolo della sua vita solo per aiutarmi e che io la ripago in questo modo. Sono tutte cose che ho pensato anch'io, e anche di peggio. Ma dopo la sua ultima mail, dopo che ho saputo tutto, ho cominciato a provare una sensazione strana: quando Marieke mi accarezzava sul palco, quando mi toccava, erano le mani di Stella che sentivo sulla mia pelle. Chiudevo gli occhi e rivedevo i gesti di Stella nella sua stanza, e mi sembravano identici a quelli che Marieke eseguiva con cronometrica precisione su quel letto rotante. Il segreto dell'esibizione erotica, Stella lo conosceva benissimo: essere un altro, un'altra persona in un altro posto. Lei recitava, io facevo l'amore. E io, adesso, non riuscivo più a pensare di fare l'amore con nessuna, neanche con Marieke. L'idea mi dava la nausea. Povera Marieke! Avrei potuto continuare per anni a sbattermela nei teatri porno, ma fare l'amore no.

Naturalmente, di quello che mi passava per la testa non le ho detto niente. Ho solo aggiunto:

«Ancora un po', ancora un po' di soldi e poi torno».

Credo che in quel momento lei fosse molto più che triste, ma una come Marieke è pronta alle batoste. Mi ha avvertito:

«Ricordati quello che ti ho detto: il difficile non è cominciare, il difficile è capire quando devi smettere. Ci sono locali dove vendono la tua umiliazione».

Erano quelli i locali che cercavo.

Il giorno dopo l'ho accompagnata alla stazione e, baciandola per l'ultima volta, le ho raccomandato di badare a Candide.

Verso mezzogiorno sono andato all'appuntamento con Virginie: doveva darmi le istruzioni per lo spettacolo.

Ci siamo seduti al tavolino di un caffè e lei ha iniziato a spiegarmi:

«Stasera facciamo il numero della cliente, lo conosci?».

«No.»

«Lo fanno solo in certi posti, quelli dove non si preoccupano troppo di fare le cose in modo perfettamente legale.»

Il suo francese aveva un fortissimo accento belga.

«In quei locali, i clienti possono assistere agli spettacoli, ma se vogliono, e la cosa è riservata alle donne, se vogliono, le clienti possono partecipare all'estrazione.»

«Una lotteria?»

«Una specie. Le clienti che lo desiderano prendono un

numero all'ingresso e, se vengono sorteggiate, possono salire sul palco.»

«Fanno uno spogliarello?»

«Guarda che qui, lo spogliarello della dilettante lo fanno nei teatrini parrocchiali. Quando dico che salgono sul palco, significa che si mettono a fare sesso con noi, anzi, che tu dovrai farti la cliente.»

«Adesso è più chiaro.»

«Il numero funziona così: io e te andiamo in scena come se fosse un normale numero di coppia, come quello che facevi con Marieke, per intenderci. Ma con me è solo l'inizio. Mentre noi siamo lì che facciamo la nostra parte, viene estratta la cliente. Quella si alza e viene sul palco. Noi ci fermiamo, la spogliamo insieme, poi io ti infilo il preservativo e tu te la fai, mentre io la tocco.»

«Una roba a tre, dunque.»

«Sì.»

Il sogno di una vita. Solo che me lo ero sempre immaginato diverso, non con due sconosciute davanti a una platea di gente strana.

«E chi sono le clienti che si prestano al gioco?»

«C'è di tutto. Non ti immagini neppure quanta gente c'è che ama queste cose. E quasi tutte vengono col marito o col ragazzo. Gli uomini stanno in sala e godono a vedere le loro donne che si esibiscono. Non chiedermi perché, che non saprei risponderti.»

«Età?»

«Te l'ho detto, le più varie, ma generalmente tra i trentacinque e i sessantacinque. Una volta ho beccato anche una ragazzina sui vent'anni, accompagnata da un fidanzato che poteva avere l'età di suo padre. Comunque, non ti fare illusioni: le modelle vanno a farsi trombare dai calciatori, non vengono da noi.»

Era esplicita Virginie, senza poesia. E a me serviva così.

«E come mai possono partecipare solo le donne?»

«Vorresti che fosse il contrario?»

«No, certo che no. Era solo per sapere.»

«Hai presente quanti puttanieri si farebbero sotto? Diventerebbe un bordello. No, sono ammesse solo donne e accompagnate; non importa se da un uomo o da una donna, vanno bene anche le bisessuali, purché in coppia.»

Devo dire che con la prima cliente sono stato fortunato. Era una tedesca sui quaranta, ma piacevole e soprattutto sorridente. Assomigliava alla bruna degli Abba, solo un po' più vecchia di come lei appariva sulla copertina di quel quarantacinque giri che mio cugino ascoltava in continuazione quando io ero bambino, credo che fosse *SOS*. Quando il presentatore ha estratto il suo numero, la cliente ha tirato fuori un gridolino di sorpresa, ma quando abbiamo iniziato a spogliarla, si è visto subito che si era preparata a quell'eventualità. Mentre Virginie si occupava della parte di sopra, io le ho aperto la gonna e gliel'ho sfilata piano, palpandole le natiche e le cosce. Sotto, esibiva un paio di autoreggenti nere e un perizoma, nero anch'esso e tutto bordato di pizzi. Le sue carni erano sode, la pelle liscia, senza cellulite: una splendida quarantenne, avrebbe detto Nanni Moretti. E io mi sentivo un imbecille a palparla, inginocchiato davanti a lei, nudo, in piena erezione. Sì, perché, come da copione, con Virginie avevamo già dato avvio alle danze, in attesa che la sorte completasse il trio.

Cosa spingeva una splendida quarantenne a farsi fare quello? Non aveva mica ucciso nessuno lei! Non era mica stata ingannata.

Qualunque cosa fosse, erano affari suoi, il mio compito era solo quello di fare sesso con lei e così è stato. L'ho sdraiata sul materasso, che stavolta non girava, e Virginie mi ha infilato il preservativo. Poi ha preso a strusciarsi su di lei e io ho fatto ciò che andava fatto, la cosa per cui sia lei che io eravamo lì.

La tedesca ha cominciato a gemere forte, di piacere. No, non era il piacere che le davo io e neanche la sensazione torbida del contatto col corpo di un'altra donna; a eccitarla era la situazione, era suo marito che la guardava, erano le altre persone in sala, anche loro eccitate all'idea che alla prossima estrazione avrebbe potuto toccare a loro. Tutta quell'eccitazione si concentrava nel suo basso ventre e io la sentivo.

Ha urlato.

Quando tutto è finito, la cliente si è alzata in piedi, ha dato un bacio sulla guancia a me e a Virginie, poi ha raccolto i suoi vestiti ed è scesa in sala ad abbracciare il marito, passando nuda tra i tavolini pieni di gente che applaudiva.

La seconda cliente non assomigliava più alla brunetta degli Abba, assomigliava semmai a Jabba the Hutt, l'orrendo mostro obeso che tiene prigioniero Jan Solo nel secondo film della saga di *Guerre Stellari*. Sul collo, sul ventre e sulle cosce la sua pelle flaccida era pieghettata come il mantice di una fisarmonica.

Non mi sono chiesto perché lei lo facesse e sapevo benissimo perché lo stavo facendo io. Quella donna, con la sua strabordante bruttezza, era la ragione vivente e scopante del mio essere lì.

La terza cliente non la ricordo e neppure la quarta, o la quinta, o la sesta. Non tutte le punizioni restano nella memoria...

Quattro giorni fa, Virginie mi ha parlato di un altro posto. Non un locale, una casa privata dove si facevano feste ad invito. Credo che fossero quelli i posti di cui parlava Marieke, quelli che mettono in vendita la tua umiliazione.

«Pagano molto bene» ha precisato Virginie.

Ma ormai, dei soldi non me ne fregava più niente. Ci sono andato e basta, sicuro di trovare quello che cercavo. Ci sono andato per quattro giorni di fila.

Ma adesso è tardi, signor giudice. Ha ragione Marieke, devi capire quando è ora di smettere. In tutti i sensi.

Addio signor giudice.

Il giorno 13 luglio, un corriere specializzato nel trasporto di animali consegnava un gatto bianco al proprietario dell'Hotel des Arts a Lione.

Alle ore 23,56 di quello stesso 13 luglio, sul conto corrente di Marieke Van Bloeck, residente a Blankenberge, sulla costa belga del mare del Nord, venivano accreditati fondi per un totale di 2,7 milioni di euro. Il giorno successivo, di Marieke Van Bloeck si perdeva ogni traccia e sul sito della Nouveaux Horizons Financiers compariva la seguente scritta in italiano:

"Abbiamo chiuso i battenti, non siete più moralmente giustificati a fare nulla".

Sotto, in francese, seguivano i versi di una canzone di Jacques Brel:

"Mon père disait / C'est le vent du Nord / Qui portera en terre / Mon corps sans âme / Et sans colère".

E, tra parentesi, seguiva una traduzione in italiano :

"Mio padre diceva / È il vento del nord / Che porterà a terra il mio corpo senz'anima / E senza più rabbia".

Estratto dagli atti del processo per la morte di Lajanca Giuliano. Lettera inviata il 29 luglio corrente anno dal Sostituto Procuratore Giulia Ambrosini al Procuratore della Repubblica.

(*omissis*) si allega alla presente l'intero carteggio intercorso tra la sottoscritta e l'imputato Barberis Luca, carteggio composto dalla versione stampata n. 40 messaggi di posta elettronica, di cui 21 inviati dall'imputato e 19 inviati dalla sottoscritta nel periodo compreso tra il 29 aprile c.a. e il 9 luglio c.a..

A partire da detto 9 luglio, la sottoscritta non ha più ricevuto alcuna comunicazione da parte del Barberis. In data 16 luglio riceveva però, a mezzo corriere espresso internazionale, un pacco proveniente da Blanken-

berge, in Belgio. Il suddetto pacco è risultato contenere un orologio da polso di fabbricazione giapponese, marca Kraun, con incorporata memoria informatica da 250 Megabyte. L'analisi di tale memoria da parte dei tecnici informatici della Polizia Postale e delle Comunicazioni ha evidenziato la presenza di due soli file: un programma denominato NHF-KO.EXE e un file dal contenuto musicale denominato MON_PERE_DISAIT.MP3.

Fin dal primo esame è apparso chiaro che il programma NHF-KO.EXE è un sistema di accesso guidato all'area protetta del sito della Nouveaux Horizons Financiers S.A.. Appena avviato, il programma ha iniziato ad estrarre dati da tale sito, creando, sul computer della Polizia Postale, un database contenente le operazioni effettuate nell'ultimo mese dai clienti italiani della finanziaria: operazioni di acquisto di carte telefoniche, di acquisto di moneta elettronica e di gioco d'azzardo on-line.

(omissis) Dall'analisi del database immediatamente precedente la sua distruzione, è però stato possibile rilevare che il giorno 13 luglio, dalle ore 20.32 alle ore 23.48, i versamenti effettuati dai clienti NHF in Europa a copertura di apparenti debiti di gioco contratti nei casinò on-line (debiti che mascherano trasferimenti di capitale), sono stati inviati, anziché sugli abituali conti di appoggio, sul conto corrente intestato a tale Van Bloeck Marieke, residente a Blankenberge, Belgio. Grazie alla collaborazione delle autorità belghe, è stato possibile stabilire che alle ore 01.16 del 14 luglio c.a., dal conto corrente della Van Bloeck Marieke sono stati trasferiti, per via telematica, 2,7 milioni di Euro verso un conto di una banca di Grenada, conto che però, il giorno successivo risultava già estinto. Il 14 luglio, di Van Bloeck Marieke si perdevano le tracce.

(omissis) Nel sito italiano della Nouveaux Horizons Financiers S.A. compare attualmente la dicitura "Al momento i nostri servizi non sono disponibili, invitiamo la clientela a mettersi in contatto telefonico con il proprio consulente finanziario".

(omissis)… espressamente sentita, l'impiegata dell'agenzia di spedizioni di Blankenberge dalla quale è partito il plico contenente l'orologio inviato alla sottoscritta ha detto di ricordare lo speditore come un uomo sui trentacinque anni che parlava francese con un accento straniero e di ricordarlo in particolare per il fatto di aver inviato, contestualmente al plico, una gabbietta contenente un gatto bianco e di averle chiesto più volte rassicurazioni circa le condizioni in cui l'animale avrebbe viaggiato. Il gatto è stato spedito all'Hotel des Arts a Lione.

(omissis)

Il file MON_PERE_DISAIT.MP3 contiene una registrazione dell'omonima canzone di Jacques Brel, tratta probabilmente da uno dei CD acquistati a Lione dal Barberis. La sottoscritta ritiene opportuno portare l'attenzione del Procuratore sul seguente passaggio:

Mon père disait / C'est le vent du nord / Qui portera en terre / Mon corps sans âme / Et sans colère / C'est le vent du nord / Qui portera en terre / Mon corps sans âme / Face à la mer.

Il riferimento al vento del nord che porterà a terra i corpi senza vita, riferimento peraltro già contenuto in una e-mail scritta dall'imputato, potrebbe far pensare all'intenzione del Barberis di uccidere se stesso ponendo così fine alla propria collera. Assumerebbe così un senso diverso quello "scoprire e uccidere" più volte evocato nel carteggio, nonché il richiamo al romanzo "Lettera al mio giudice".

La guardia costiera di Blankenberge ha dichiarato di aver condotto, nei giorni 17 e 18 luglio c.a., lunghe ricerche a seguito della segnalazione effettuata da alcuni turisti circa un uomo che, durante una mareggiata, sarebbe stato visto cadere da uno dei moli che conducono ai ristoranti sul mare. Le ricerche non hanno dato alcun esito e non è stata denunciata alcuna scomparsa.

(omissis)

La sottoscritta propende per l'ipotesi del suicidio del Barberis Luca, ma è conscia che trattasi di semplice opinione personale non suffragata da prove. La morte del Barberis, reo confesso dell'uccisione di Lajanca Giuliano, implicherebbe l'interruzione di ogni procedimento a suo carico. La sottoscritta riconosce altresì che la lunga corrispondenza con il Barberis Luca ha determinato un coinvolgimento emotivo che potrebbe impedire una serena disamina dei fatti e una lucida analisi delle possibilità alternative a quella del suicidio; la sottoscritta intende pertanto astenersi dal proseguire l'incarico che le è stato affidato e chiede che si proceda alla sua sostituzione.

In fede

Dott.sa Giulia Ambrosini

BUR
Finito di stampare nel settembre 2006 presso
il Nuovo Istituto Italiano d'Arti Grafiche - Bergamo
Printed in Italy

RCS Libri

ISBN 88-17-01386-2